女人追憶 1

富島健夫

SHOGAKUKAN
Classic Revival

目次

女人追憶

1

母・おさななじみ

真吾の人生で最初に具体的な女として目に映ったのは、母であった。

真吾は母に全裸の女を見た。二人で家の風呂に入っていたときである。真吾が小学五年の春であった。

一人っ子の真吾は、それまでも習慣として母と入浴することはめずらしくはなかった。そしてそのとき真吾の目の前にいるのは、女ではなく母であった。

すでに真吾は恋の存在を知り、男女のまぐわいを知り、ときとして性欲めいたものをおぼえていた。勃起《ぼっき》した性器を手でもてあそぶこともあり、そのときはそれを女のからだに入れる場面を想像することもあった。

けれども、最後の快楽感を得るまでには至らなかった。途中でやめていた。してはならないことだという自戒があったからであり、最後に至るまでの道を知らなかったからである。

その場合、真吾が想像するのは、あるときは同級生のミヨちゃんであり、あるときは近所で一年上の妙《たえ》ちゃんであった。年上の、成熟した女ではなかった。年のかけ離れた女は、恋の対象ではないからだ。

母の裸像を見ても、母は母であり、自分が恋や欲望の対象にする少女とはまったくちがった存在なのだから、そこに「女」を感じることはなかった。

そして真吾は、本能的な羞恥心《しゅうちしん》によって、母の前ではまったく性に無関心であることをよそおっていた。じっさいよりもこどもっぽく、つまりむじゃきにふるまっていた。事実また、母の前ではそんな気は生じず、自然に童心であった。

ふいにある夕べ、真吾は湯の中にいて、湯の外で洗っている母に、女を感じて胸をときめかせたのだ。檜《ひのき》の木の台に腰かけていた母が、湯を汲むためにこちらを向いた。かつて母がそのような姿勢になったことがなかったのか真吾が気がつかなかったのか、これまではそういうとき、真吾は母の股間《こかん》を見たことがなかった。

一瞬、見えたのだ。そこは黒い秘毛におおわれている。それはそれまでもしばしば目にしており、馴《な》れていた。べつにほとんどのおとなにあるものであり、それが生じることがつまりおとなになった証《あか》しだと心得ているだけであった。

そのとき真吾の見たのはそれだけでなかった。母の両脚の上下の角度がちがっており、しかもやや開き気味で、その奥が見えたのだ。

真吾は息を呑《の》み、すぐに目をそらせた。母への冒瀆《ぼうとく》を感じたのである。

けれども、網膜には鮮明に残った。大きい、と思った。色もショッキングであった。紅《あか》い光を帯びていた。深い魅力があった。

興奮をおぼえたわけではない。むしろ、母がこどもの自分には計り知ることのできない強くたくましい存在であったことを、なまなましく感じた。

真吾は自分のショックを追放するために湯の中で立ち、

「背中を流したげるよ」

と母に言った。母に対してやさしい子で、それはいつものしきたりでもあった。母もまた真吾の背を流してくれるのである。

あれは、まぎれもなく女のあれなのだ。女はああいう貌《かお》をしているのだ。

その夜ふとんのなかに入ってから、真吾は日ごろ見たいと思っていたものを見た満足感を味わっていた。同時に、母によってそれを見たことで、あるうしろめたさもおぼえていた。

しかし、作為的に見たのではなく、自然に見えたのだ。その点で、自分の目は許されるべきだ、と思った。

その後も一年ほど、真吾は母と入浴する習慣を拒まなかった。あいかわらず、母の前で真吾はこどもだったのだ。

ただ、二度と母の秘境を見なかった。見ようとすれば見る機会はあったにちがいない。そのような偶然にぶつからないように留意したのだ。やはり母は、真吾にとっては女ではなく母だったからだ。

真吾が母との入浴をやめたのは、真吾自身の自然発生的な感情によるものではない。また、母が真吾を遠ざけたからでもない。

ある日学校で、

「おい、このなかにまだお母さんと風呂に入っている甘ったれがだれかいるか？」

一人の悪童がそう質問し、目を光らせて一座を見まわした。

「入るわけないよ」

「そんなの、いやだもんな」

すべての少年たちはそう答えた。真吾はなめらかに嘘《うそ》をつける少年ではなかった。で、だまっていた。

名指しで問われた。

「おい、宮崎、おまえはどうだ？　一人っ子だから、怪しいぞ」

真吾は眉《まゆ》をひそめた。どうしてか、秀才のプライドを傷つけられた思いがしたのだ。それは、劣等生が秀才に向けて発する質問としては僭越《せんえつ》なのだ。

「バカを言え。風呂は一人でゆっくりと入って考え事をする場所じゃ」

名答だ、と自分でも思った。自分がうろたえなかったことを祝福した。

家に帰った真吾は、すぐに母に宣言した。

「ぼく、これから風呂はかならず一人で入ることにする」

それが母を悲しませないよう、またそれを母が真吾の思春期への脱皮と解釈しないように、真吾は急いでつけ加えた。

「その話が出たんだ、学校で。女といっしょに入るのは甘ったれだって。みんなに知られたらひやかされるから、やめる」

母はまだ若かった。白くてきれいなからだをしていた。乳房は高くとがっていた。腰のくびれはいちじるしく、お尻《しり》は大きかった。泰西の名画に似ていた。こども心に真吾は、母の裸像に芸術的香気を感じていた。

以後真吾は、その芸術作品に接する機会をみずから永遠に失なったわけである。母は笑って真吾の宣言をみとめた。

十日ほど経《た》って、真吾と親しい級友の池上が、告白した。

「あのときおれはみなといっしょに否定したが、ほんとうはときどき、お母さんといっしょに入ることもあるんだ。もちろん、いつもじゃない。忙しいときなんかだよ」

池上は末っ子であった。

その母親も知っている。真吾の母とちがって、美人でもない。年も五十に近いだろう。

しかし、真吾は、自分が廃止したことをなお続行している池上に、かすかな羨望《せんぼう》を感じた。また、軽蔑《けいべつ》心も生じた。

真吾はおごそかに言った。

「やめろよ。そんなことじゃ、いつまで経っても一人前の男子にはなれんぞ。第一、女といっしょに入るなんて、汚ないじゃないか」

その最後のことばは、真吾が自分の母について感じていたことではなかった。池上の母親の顔や服装を思いうかべることによって生じた感想である。

池上はすなおにうなずいた。

「うん、これからそうするよ。おれだって、お母さんと入るよりもお父さんと入るほうがうれしいんだ」

「それもやめろ」

と真吾は言った。

「自分のからだは自分で洗え。もう、来年は中学だぞ」

真吾は胸を張っていた。自分がついこの前からではあっても廃止しているからこそ、威張って言えたのである。

母につづいて真吾が女を感じた相手は、真吾の年齢にふさわしく一年上の岡田妙子であった。真吾が母との入浴を廃止してまもなくで、だから妙子は女学校の一年生であった。

あるとき、母がおはぎを作った。

その一部を重箱に入れ、風呂敷に包んで、

「これを妙子さんの家に持って行って」

と言った。

真吾はよろこんで承知した。妙子に会える可能性が生じたからではない。人に物を分けることはうれしい話だからである。まだそのとき、真吾は妙子に対してとくべつの感情は抱いていなかった。

訪れると、玄関に出迎えたのは妙子で、ゆかたを着て赤い帯を締めていた。湯上がりだと直感した。髪が濡《ぬ》れて光り、顔も上気しているのだ。

真吾は母に教わった口上を述べ、重箱をさし出した。

妙子は型通りの礼のことばとともにそれを受領したあと、笑顔になった。

「井戸に、西瓜《すいか》が冷えているの。お母さんが帰ったら切ってもらうの。もうすぐ帰って来るわ。ちょっとそこまで行ったんだから。上がって待って、食べて行かない？」

「食べたい」

真吾は縁側にまわった。腰かけて足をぶらぶらさせる。妙子は真吾の横に正座した。髪が匂《にお》った。

その匂いを嗅《か》いで、真吾はめまいに似た感覚に襲われたのだ。正座した姿もおとなびていた。

(あ、妙ちゃんは女なんだ)

もちろん、妙子は男ではない。女の子であることははるか以前から知っている。だからこそ、ぼんやりとした欲望のなかで勃起した性器をもてあそぶとき、妙子のおもかげを想像してきた。しかしそれは間に合わせの便宜的なものであって、はっきりと妙子の女体を意識したものではなかった。全生徒が運動会で紅白に分かれるように、真吾は意味もなく男であり妙子は分類上の女であった。

ふいに、そうではなく生身《なまみ》の女の妙子を感じたのである。

自分のその感覚におどろいて、真吾は妙子をみつめた。妙子のくちびるは花の蕾《つぼみ》のかたちをしていた。

「どうしたの?」

妙子はつぶらな目をみはる。

真吾は率直に言った。

「妙ちゃん、女なんだなあ。女臭いよ」

「あたりまえでしょう」

真吾の発見は、妙子にとってはなんでもないことのようであった。

「あたしは女の子よ」

「うーん。そうなんだなあ」

真吾は妙子の顔に顔を近づけた。

「お化粧しているんだろう？」

「まさか」

妙子は笑った。白い歯がこぼれた。それもまた、妙に色っぽく、おとなびて見えた。

「していないわ。クリームもつけていないわよ」

しかし真吾は、妙子の顔とからだから発生する女の匂いを嗅いでいた。それは、記憶にある母の匂いでもあった。

「それにしてはきれいだ」

「ありがとう。真ちゃん、見る目があるわ」

妙子の顔には、たしかに女でなければあらわれない透明な美しさがあった。とくに頬《ほお》のかがやきがそうである。それも、はじめて発見した。

「なんだか、急にこわい人になったみたいだ。やはり、女学校に入るとちがうのかな」

「それだけじゃないわ」

どういう意味か、妙子は手を伸ばして真吾のあごを撫《な》でた。

「真ちゃんもこどもでなくなろうとしているからよ」

「ふん。いや、ぼくはまだまだ」

二人だけであることに、真吾は楽しさを味わっていた。そういう心理も、これまでになかったことである。

(ずっとこのままでいたい)

(この紅い頬を押しつけてみたい)

(髪に鼻をくっつけたい)

(西瓜なんかより、妙ちゃんのほうがいい)

しかし、さすがにそんなことは口に出せない。

と、妙子が言った。

「じゃ、あたしを好きになって」

「うん?」

「あたしを好きになれば、それだけおとなに近づくわ」

「前から好きだよ」

「ちがうの。そういう意味じゃないの」

そのとき、妙子の母親が帰ってきた。すると、急いで妙子は立ち、真吾がおはぎを持って来たことを報告しはじめた。

真吾には、妙子が必要以上に早く立って真吾から離れたように思えた。

(ということは?)

(妙ちゃんもまた、おれを異性として意識していて、こうして近くに座っていることをおばさんに知られるのがはずかしかったからではないだろうか?)

そう考えると、胸がむずがゆくなるような気分になった。

妙子の家の外井戸には、二つの西瓜が冷えており、真吾はその一つをもらって持って帰る結果になった。

門を出る真吾を、妙子は道まで送って出て来た。

「たまには遊びに来て」

と妙子は言った。

真吾が、

「ああ、妙ちゃんも、な」

と答えたのは、半分は挨拶《あいさつ》のことばであり、半分は来てもらいたいからである。

それに対して妙子は、ふとまじめな表情を作って首を振った。

「だめよ、あたしはもう女学生なんだから」

小学生の家などに遊びに行けるか、という意味であろうか。

西瓜をぶら下げて帰った真吾は、ある誇らし気な心理に浸《ひた》りながら、

「妙ちゃん、きれいになっていた」

と言った。

母は、

「うん、あの子の顔のかたちは整っているからね」

あっさりとそう答えた。真吾としては別の意味をこめたつもりであった。しかし、母の誤解を訂正しようとはしなかった。

こどもたちはよく「お医者さんごっこ」という性的な遊びをすると言われている。真吾の周囲の子たちがそういうことをしていたかどうか、真吾は知らない。おそらく、なかにはしていた子もいたであろう。同級生や下級生の女の子の割れ目を見たことがあると自慢する悪童は、低学年のころからいた。その子たちはそれを友だちに誇りたくてそういう実験をしているかのように真吾には思えた。

真吾にはそのような体験は一回もなかった。優等生のプライドがそれを許さなかったばかり

でなく、やはりそれは不良行為の一つであるという観念があって、タブーになっていたからである。

とはいえ、女体に対する興味はあった。

人よりも多くあったと言えるかも知れない。母のそこを垣間見《かいまみ》たとは言え、母はやはり母であり、他の女によってつぶさに観察したいという潜在意識はつねに抱いていた。

ただ、それは切実なものではなかった。それよりも、やはり運動会で何等になるか、学業試験の結果がどうであるか、のほうが重大であった。恋愛や性に関する話題は、真吾の周囲ではほとんどささやき合われなかった。小学生でも、その学力によって話題がちがうのである。あまり好ましくない遊びをしている少年でも、真吾に対してはそのマイナス面はあまりさらけ出さなかったようだ。

真吾が一人の女性についてなまなましい話を聞かされて考え込んでしまったのは、妙ちゃんに女を感じた小学六年の年のその秋であった。

ある日の学校の帰り、真吾は近所の前田という少年といっしょになった。前田はクラスはちがっていたが、校外ではよくいっしょに遊んでいる。なんとなく早熟な子であった。学業成績も上の部である。

前方から顔見知りの女が歩いてきた。二人は挨拶してすれちがった。そのあと、前田は真吾に肩を寄せてきた。

友だちの姉

真吾と前田がすれちがったのは、二十をわずか過ぎたばかりの小太りの娘であった。丸顔で、笑うと両頬《りょうほお》にえくぼが出来る。

真吾にとってその人は、やさしくて人の好いお姉さんであった。アイスキャンディを二本も買ってもらったこともある。どこかの精米所に働きに行っているはずであった。

その娘について前田は真吾に肩を寄せ口を近づけ、おどろくべきことを言ったのだ。

「あの女はな、隣のおやじと寝ているんだ」

寝ているとはどういう意味か、真吾はすぐに理解した。反射的に、前田一流のほらだと思った。

「まさか。あの人は高峰さんとこのナミさんだぞ」

「そうよ。おれのほうがよく知ってらあ。おれはあの女が隣の松本のおやじと抱き合っているのを見たことがあるんだ。すごかったぞ。あの女は裾《すそ》をこうまくり上げて、白い腹と二本の大根足が見えた。おやじもズボンを脱いで乗っかって動いていた」

「どこで見た？　人の名誉に関することだ。でたらめを言えばたいへんなことになるぞ」

「でたらめじゃない。おれは松本の家の庭のユスラを取りに行ったんだ。ユスラの木の近くまで忍び寄ったとき、近くの部屋からうめき声が聞こえた。おっかなびっくり、障子の破れから覗《のぞ》いたんだ。あの女はおやじの背を両腕でしっかり抱いていた。足は腰にからんでいた。おれ、男と女がしているのをはじめて見たよ。咽喉《のど》がからからになって、ユスラどころじゃなくなった。おまえ、女のあそこは落書きにあるようなもんじゃないぞ。それに、おとなのはでかいぞ。あんなのが、よく入るなあ」

　そのときも真吾はショックを受けながら、優等生の態度を持した。

「どうしてナミさんだとわかった？」

「顔も見たんだ。赤い顔をして、口を半開きにしていた。うめき声はその口から出ていたんだ。いい、いい。何回もそう言った。うーん」

「人ちがいだろう。相手は松本のおばさんじゃないか。おばさんとおじさんなら夫婦だ。夫婦なら、あたりまえだ」

「夫婦が昼そんなことをするか。あの二人の仲は、もう前から噂《うわさ》になっているんだ。あの女が結婚しないのはそのせいだよ」

「そんな噂、聞かない」

「へえ、知らないのかい？　うん、おまえは世間知らずのボンボンだからな」

前田は軽蔑《けいべつ》した表情になった。真吾は首を振った。

「とにかく、そんなことはあまり人に言うもんじゃない。それに、おまえは人の家の庭に泥棒に入ったんだからな」

「ユスラは取らなかった。泥棒じゃないよ」

その後、しばらくは、ナミさんに道で会うたびに、前田の話がよみがえって、真吾はこまった。ナミさんは真吾に対していつもにこやかである。真吾はうしろめたさをおぼえねばならなかった。

だから、あくる年の秋にナミさんが隣の町に嫁入りしたときは、心から祝福したい気になった。前田の話が嘘《うそ》であったと考えることも出来るからである。当時の真吾にとって、前田が描写したような女の生態は、あり得てはならないものであった。真吾の胸のなかに育《はぐ》くまれつつあるベアトリーチェの像にそれは抵触するからである。

しかし、前田の話は直接真吾自身にかかわるものではない。観念のなかだけでのショックだった。

真吾がはじめて女から「誘惑」と言える手をさしのべられたのは、その小学六年の秋である。

土曜日も、中学受験に備えて昼食後二時間の授業がある。ところがその土曜日、緊急職員会議があるとかで、授業は正午打切りとなった。

親しい友だちの中川和弘が、

「どうだ？　自転車旅行をしないか？　霞山《かすみやま》の麓《ふもと》の霞山村におれの親類がいる。きのうから、秋祭りなんだ。おれの姉さんの良《よし》べえも行っている。泊る予定で、自転車で行こうじゃないか。今から行けば、ゆっくりこいでも夕方には着く」

と誘ってきた。真吾が行きたくなったのは祭りに興味があるからではない。普通人の楽しむお祭りなどには自分は浮かれないのだというエリート意識が、真吾にはすでに生じていた。ようやく自我の目覚めがあらわれつつあった。

秋の野をペダルを踏んで見知らぬ村へ向かうことにはロマンチックな夢があったからだ。さっそく母の許可を求めた。

母は了承し、真吾の乗る自転車にイリコの袋の入った包《つつみ》をくくりつけた。世話になる農家への手みやげである。当時、イリコやカツオブシは貴重なものであった。農家に、真吾の食べる分の米を持って行くのは無意味なのだ。相手が農家でない場合は米持参は、泊めてもらう場合の常識となってしまっていた時代である。

真吾は自転車に空気を入れ、油をさした。真吾と中川は出発した。

その夜、真吾と中川は同じふとんに寝た。同じ部屋にくっつけて敷かれたふとんに、中川の姉で真吾もよく知っている良子が寝た。良子は女学校を卒業して花嫁修業のおけいこごとをしている娘であった。

その部屋に寝たのは三人だけであった。なんとなく、真吾のほうが良子のふとんに近い側になった。端っこで寝るほうが落着くので、先きにふとんに入った中川がそう定めてしまったのだろう。

ふとんのなかに入ってから、三人はいろんなことを話し合った。良子は日ごろ真吾が中川の家へ遊びに行ったとき、何くれともてなしてくれており、前から真吾は良い人だと感じていた。まっさきに中川が眠った。なおも良子は話しかけてくる。部屋はうす暗く、窓からのほの明かりだけである。良子の白い顔は間近に見えた。ふとんのこちら側に寄っているのだ。それは、他の部屋に眠っている人たちの睡眠をさまたげぬように小声で話をするためであろう、と真吾は解釈していた。

と、良子の手が真吾のふとんの上に置かれた。真吾は仰向けになっているので、ちょうど胸を圧迫する重みとなった。

「和弘は眠ったでしょう?」

「ええ、眠りました」

「こっちに来ない?」

「…………」

「ね、いらっしゃい。そのほうが話がよく聞こえるわ」

良子は二十に近づこうとしている。真吾にとってはるか年上である。しかも、友だちのお姉さんだ。真吾が恋の対象とする年齢ではない。良子も真吾をこどもと思っているからこそ、招いているのであろう。

それに対してためらいを示しては、かえってへんだ。思い上がっていると思われるおそれもある。おそらく、眠った弟の眠りをさまたげないために真吾の声を中川から遠ざけたいのであろう。

そう解釈した。

けれどもそのさらに奥には、日ごろほのかながらあこがれに似た感情を抱いている良子とより密接になりたいという希望もあった。良子の誘いは、その希望に沿ったものである。

(すこし、なれなれし過ぎるぞ。それに、人に知られて良いことではない)

そう自己批判しながら真吾は、良子の再三の招きに、

「はい」

と答えて、中川が目を覚まさないようにそっと動き、良子のふとんに移った。この分だけ、良子は場所を空けて後退した。

良子のふとんはあたたかであった。甘酸っぱい香りがした。

真吾はすぐに仰向けになり、ふとんのなかで動いた良子の手は真吾の胸を抱いた。一方の手は真吾の首のうしろの枕と肩との隙間《すきま》をくぐって反対側の肩を抱いた。

真吾の良子のほうの手は、良子の下腹部を感じた。で、その手を引いた。

良子の顔は近づいた。

「あなたは一人っ子だから」

それまでとちがったささやく声である。

「いつもお母さんに抱かれて寝ているんじゃない?」

真吾は首を振った。

「いいえ、一人で自分の部屋で寝ています」

「そう。えらいのね」

「普通です」

「お兄さんやお姉さん、あるいは弟や妹は欲しくない?」

それに対して、

「お姉さんが欲しい」

と真吾が答えたのは、良子に対する媚《こび》でもあった。聞いて良子が満足することを計算に入れていた。ほんとうは、望んでも不可能なことは望まないように躾《しつけ》られている真吾は、兄弟姉妹を欲しいと思ったことはない。

一人っ子は真吾の友だちにも何人かいる。聞くと、そのだれもが、兄弟や姉妹を望んでいた。真吾にはその心がわからないのである。兄弟がいればにぎやかだが、反面いろんな邪魔にもなって、一長一短がある。

「そうでしょうね」

真吾を抱いた良子の手に、力がこもった。

「あたしがお姉さんになったげる」

「うん」

うなずきながら、実の姉ならともかく友だちの姉にこうしてふとんのなかで抱かれている状態は異常だ、と考えていた。

しかし、真吾が日ごろそうよそおっている通りに男女のことに無関心な少年ならば、そうたいしたことではないはずであった。離れるほどのことはない。また、甘い雰囲気をもたらしているその腕を拒みたくはなかった。

「ずっと前から」

どうしてか、良子の声は震えを帯びた。

「あなたを、和弘よりも可愛《かわい》いと思っているの」

「それは嘘でしょう」

そんなお上手を信じるほどおろかではないことをあきらかにするための返事である。良子が盛り上げようとしている情緒的な空気をこわす返事だとわかりながら、真吾は反撥《はんぱつ》した。

「やはり、実の弟のほうがたいせつなはずです」

「そうかも知れないけど、あたしの今の気分はそうなの」

良子は真吾の胸を撫《な》ではじめた。顔はさらに近づき、呼吸が真吾の耳をくすぐる。

そのあと良子は、真吾の交友関係に話題を向け、女の子たちとのつきあいに焦点をしぼってきた。

「その子を好きなの?」

「好きというほどじゃない」

「その子より、妙子さんのほうがいい?」

「妙子さんは女学生だから、もうえらくなってしまった感じです」

真吾の胸を撫でている良子の手が移動しはじめた。下がって行くのである。かと思うと、上がってもどる。しばらくしてまた下へ向かう。そうしながら、すこしずつ下がって行き、腹を撫ではじめた。

「夜のごはん、あまり食べなかったけど遠慮したんじゃない？　ほら、お腹ぺしゃんこよ」

腹を撫でていることを意識していることを告げることばである。

「あれが普通なんです。遠慮してはいません」

「そんならいいけど」

そこでふいに良子の胸は真吾に密着し、肩を抱いている腕に力がこもった。腹を撫でていた手がすべり、真吾の性器の上にあてがわれた。てのひらが、パンツの上から吸いついた。

真吾は、それをまったく予想していなかったわけではない。その可能性は、抱かれたときから感じていた。

しかし、多分そんなことにならないだろう、と楽観していた。しかも、良子の手の動きは、それまでの時速の百倍にもなっていた。

真吾はうろたえた。羞恥心《しゅうちしん》が熱くひろがった。あたまが混乱し、胸が大きく波打った。良子は何も気がつかず、手は偶然にそこにあてがわれてしまったのではないか、とも思った。もしそうだとすれば、良子に恥をかかさないように早急に知らせる必要がある、と焦った。

にもかかわらず真吾は、手も足も腰も動かさず、良子に抱かれたまま、声の乱れを防ぎながら、低く言った。

「手を、どかしてください」

「どうして?」

良子の口が真吾の耳に密着した。同時に、てのひらは丸められ、まだやわらかな真吾を握りしめた。

「あなたと、仲好くしたいの」

良子の声は上ずっていた。年上の人が自分に向かって上ずった声を出すのは、真吾にははじめてである。

真吾は目をつむって、

「そんなことをされると、へんな気分になるんです」

自分の声も大きく乱れている。ことばは一応もっともらしく落着いているが、声そのものが乱れている。はっきりとそれを意識した。

「そうなって」

良子の頬は真吾の頬に密着した。真吾のからだはふくらみはじめた。良子の手は動く。一度離れ、ゴムをくぐってじかに握ってきた。

それが逃げるチャンスであったのに、真吾は逃げなかった。理非を離れて、逃げたくなかったからである。

真吾はだまっていた。良子ももう何も言わなかった。真吾は隣のふとんで眠っている中川が気になった。

良子の手のなかで、真吾は完全にかたくふくらんで直立した。

「ああ」

良子の呼吸が真吾のくちびるをかすめる。その手は動かなくなった。

(おれはここで体験してしまうのであろうか)

自問した。いけないことだと、すぐに否定した。

(おれも良子さんのを)

しかし、手は動かなかった。手ばかりでなく、からだ全体が熱く硬直していた。良子の手の感触は、自分で握るときとまったくちがっていた。新鮮な感覚がそこから四方に飛び交っている。

「ああ、どうしたらいいの?」

意外なことばである。しかも、良子は泣き声になっている。

「知っていないんですか?」

「はじめてなのよ。ああ、やるせない」

良子はくちびるを求めてきた。直前にそれを察して、真吾はそれを避けた。本能的に避けた、と言っていいかも知れない。良子のくちびるを嫌ったわけではない。受けたいという欲望にみなぎっていた。しかし接吻《せっぷん》は正規の恋人との間に交わすものだという倫理観が真吾をそうさせたのだ。

良子は真吾の頬に接吻し、あえてさらにくちびるを追っては来なかった。

しばらく、二人は動かず、時は停止していた。真吾のからだは勃起《ぼっき》状態になっているものの、切実な欲望はおぼえなかった。むしろ、真吾は心情的になっていた。

これからは今までとちがった意味で良子を強く好きになる。そんな予感がした。それは真吾にとってはこわい予感であった。

真吾は自分をはげましてからだ全体で良子のほうを向き、その肩に手をまわした。

良子の手は真吾から離れなかった。

真吾は胸の動悸《どうき》を整えようとはかった。しかし、それは不可能であった。

声を殺してささやいた。

「ぼく、向こうへ、もどります」

良子は首を振って、

「もうちょっと」

絶え入る声で言った。

良子の手はぎこちなく動いた。呼吸は乱れ、からだ全体が大きく波打っている感じであった。

(この人は処女なのだ)

はっきりとそう察した。まだ体内に男のからだを迎えたことのない女をそう呼ぶことを真吾が知ったのは、つい最近であった。それは、「乙女《おとめ》」というロマンチックなことばとちがって、なまなましい意味を持っていた。そのことば自体、人の前で口にするのははずかしいものであった。かつて真吾は、顔見知りの娘たちに対して、こういう観点から考えたことがなかった。

はじめての体験であり、自分がおとなっぽくそう感じたことにも、また動揺をおぼえた。

(だから、わからない。おれだってわからない。それに、そんなことをしてはいけない)

そんなこととはどんなことか、それははっきりわかっていた。それがわかっている以上、方法はおのずから見出せるはずであった。自分がその結論に達したならば、あたらしい世界がひらける。

けれども、それは優等生の踏みだすべき世界ではなかった。堕落のはじまりを意味している。父母に知られたら、二度と家に帰れなくなる。

その一方では、良子の手は真吾に、かつて味わったことのない快適な感覚をもたらしていた。そして良子は、知っていたのか偶然なのか、握ったまま根元へ引き、真吾の丸く張りつめている部分を露出させた。すると真吾は強烈な感覚におそわれ、良子としっかりと抱き合ってのたうちまわりたくなるのである。

理性が真吾を叱《しか》り、真吾は良子の手首を振って強引にはずした。良子に対してよりも自分に対しての強引さである。

「ぼく、向こうへ行きます」

「あたしを、嫌いなの?」

それは年上の女の声ではなかった。心情を訴える響きがある。傷つけてはならない、と強く思った。

「ちがいます」

震える声で真吾は良子の耳にささやいた。

「好きです。和弘君によくないからです。今度また」

最後のことばは、良子との間にはからずも生じてしまったあたらしい人間関係を、この場かぎりのものにしたくなかったからである。それでは惜しいのだ。また、自分が態度をくずしていないことから来る良子のショックへのいたわりの意味もこもっていた。

それが逃げ口上でないことを示すために、自分もまた良子と同罪であって良子一人がはずかしい所業に及んだのではないことを証明する目的もあって、真吾は良子の下腹部へ手を伸ばした。まさぐり、シュミーズの上からそことおぼしいあたりをてのひらにあてがった。胸ははげしく鼓動している。女のからだへのはじめての行為なのだ。母のからだの記憶があたまの隅をかすめた。

そこはあたたかであった。良子のほうから真吾のてのひらを押してきた。真吾は良子の両腕に抱きすくめられるかたちになった。頰《ほお》と頰とが密着した。

「だれかに言う?」

「言いません。秘密でしょう?」

「ええ、秘密よ」

真吾は、てのひらにふくらみを感じていた。布を排して直接探究したい、という願望がみなぎる。しかし、そうしてはならない。

「じゃ、また」

真吾はそう言って手をはずし、決然とした動作で起きた。良子にそれを阻《はば》む余裕を与えなかった。

中川の寝ているふとんにもどって、真吾は仰向けになり、目をつむった。ふくらんで大きくかたくなっているのを人に知られたのも、はじめてである。

(これでもう、おれは一生良子さんにあたまが上がらなくなった)

と思った。妙子が知ったら軽蔑《けいべつ》するだろう、と思った。良子のほうを向くのはこわい。かといって、背を向けるのは良子を悲しませるだろうと考えられ、仰向けになったまま動かなかった。

あくる朝の良子の態度は、いつもと同じであるかのように真吾には思えた。夜の事件を思わせる翳《かげ》りがないのだ。忘れてしまったのか。ほんとうの良子は眠っていて別の良子が真吾に戯れかかったのか、とも思った。

正午過ぎ、真吾と中川はおみやげのさつまいもを荷台にくくりつけてもらって、一夜世話になった家を出発した。門の外まで見送ってきた良子は、

「今度はうちに遊びに来てね」

どうしてか充血している目を大きくみひらいて真吾をみつめ、ややもつれた口調でそう言った。

「はい、行きます」

そのときはじめて真吾は、良子は夜のことを忘れていないと感じた。

しかし、真吾はその後、中川の家に二度と遊びに行かなかった。帰りの道のなかほどで川の

堤で休憩していたとき、中川がさりげなく、

「昨夜、おまえは良子姉に抱かれていたな。おれは知っていたんだぞ」

と言ったからである。

真吾の頬は熱くなった。早急に返事をしなければならない。狼狽《ろうばい》のなかで自分にそう命じて、あたまを回転させ、ごまかしはできないという前提の下に、

「ああ。そのほうが小さな声で話が出来るからな。ああいういい姉さんがいて、おまえはいいなあ」

わざとのんびりした調子で答えた。

「いちゃつきはしなかっただろうな？」

「しないよ」

「気をつけろよ」

中川の声には悪意はないようであった。

「あれは恋人はいないし、前からおまえをおれより可愛《かわい》いと言っているんだ。今度のこの自転車旅行だって、おまえを連れて来いと言ったのはあれなんだ」

中川は前田とちがってまじめな少年である。素直に善意に解釈している。真吾はほっとするとともに罪をおぼえ、

（もう、良子さんに会ってはいけない）

と思った。

以後、しばしば良子に会いたい発作に駆られながら真吾は自己を制し、良子との一夜の思い出は妖《あや》しいときめきをともないながら過去の雲となって行った。

何も知らない中川は、ときどき、

「おい、遊びに来いよ。良子姉がおまえに会いたがっている」

と言った。真吾はそのたびに、

「そのうちに行こう」

と答え、事実行きたいのだが、やはり行かなかった。そこには、中川に負い目を持ちたくないという意識のほかに、小学六年生にしてはおこがましいことながら、嫁入り前の良子とそんな遊びに入ってはならないという観念もあった。

以後、良子は真吾にとっては空想のなかだけの人になった。ある夜真吾はその空想のなかで良子に戯れながら、（現実ではなく空想だから許されると自己弁護しながら）みずからをしごいた。精通があり、白い液はシーツを濡《ぬ》らした。

中学に入ると、それまで身近にいた少女たちが急に遠い存在になった。校庭の光景に色彩がなくなった。規律のきびしさが、内側から〝女性的なもの〟を追放する仕組になっていた。それまで親しく話をしていた彼女たちは女学校へ行き、道で会っても声をかけることがはばかられるようになった。

これまで話をしていたのだから、目を合わせて知らぬ顔をするのはへんである。挨拶《あいさつ》だけというのもおかしい。そこで、たがいに目が合わないようにする。したがって、ますます遠い存在になる。

それでありながら、彼女たちは意識的には近い存在であった。ただ、自分がつねに異性のことを意識に置いていることを人に知られないように気をつけていた。

一年の夏、母の姉が真吾の家にきた。女学校三年のいとこといっしょであった。

千鶴というその年上のいとこに、それまで真吾は何回か会ったことがある。都会に住む千鶴は、真吾にははなやかな存在であった。あるまぶしさを感じていた。以前から、真吾をこどもあつかいにしている。千鶴よりもはるか年上の良子ですら真吾にある意味で対等に話をしたのにくらべて千鶴のこましゃくれたその態度に、真吾はときとして反撥《はんぱつ》をおぼえながら、その反面奇妙なうれしさも味わっていた。悪意がなくて好感を持ってくれていると知っていたからである。

真吾の家では夏は、近所の農家とちがって、風呂は早く入ることになっていた。千鶴が来たあくる日、男である真吾が父につづいて風呂に入っていると、脱衣場に白い影の入って来るのが曇りガラスの向こうに見えた。

「真ちゃん、入っているの？」

千鶴の声である。

「ああ」

肩まで五右衛門《ごえもん》風呂につかって、真吾はわざと眠そうな声を出した。胸の騒ぎを気取《けど》られたくなかったからである。

「そう。あたしも入るわよ」

大きな声でそう言われて、真吾は絶句した。とんでもない話だ、と思った。思っただけである。反撥はできなかった。拒めば勇気のなさを嗤《わら》われそうであった。

白い影が肌色の影に変わり、すぐに戸がひらかれてはだかの千鶴が入ってきた。千鶴はタオルを持っていたが、それで胸をも秘部をもかくそうとしていなかった。

手を振って入ってきた。まともに真吾は、その白い肌を見た。胸の二つのふくらみを見、下腹部の淡い茂みを視野に入れた。

「困るなあ」

胸のときめきとはうらはらに、真吾は努めてのんきそうな声を出した。

「どうして？」

千鶴はなめ向きになって両腿《りょうもも》を揃《そろ》えてしゃがみ、手桶《ておけ》に湯を汲んで肩にかけた。

「お母さんともいっしょに入らないんだ。友だちに知られたらたいへんだ」

「あら、言わなきゃわからないわよ」

千鶴の下半身はよくは見えない。しかし、二回目の手桶の湯で、千鶴は前を洗ったようであった。

立った。やはり、かくそうとはしない。ふたたび、淡い黒の茂みが見えた。大胆この上ない。近所の千鶴と同じ年の女学生では到底考えられない行動だ。都会の女学生はこういうものか、と思った。

「さ、向こうへ寄って」

しかたがない。今さら追い出すことはできないのである。真吾は場所を空《あ》け、千鶴は入ってきた。湯があふれ、からだとからだが密着した。

千鶴は言った。

「おばさんと入るのとあたしと入るのとでは、意味がちがうわよ」

透明な湯の中で乳房が揺れて見え、赤い乳首が見えた。

「千鶴さんは不良になっているのか？」

「ふふふ、そうかも知れない」

千鶴は真吾の肩を抱いた。腕に、乳房を押しつけられた。

「心配しないでいいの。みなさんにあたしもいっしょに入ると言って堂々と入ってきたんだから」

真吾はからだのふくらみはじめるのをおぼえていた。しかし、かたくはならない。かたくなったのを見られてはたいへんで、その前に千鶴から離れなければならない、と自分に言い聞かせた。

「ぼく、これから洗うんだ」

真吾は勢いよく立ち、性器を千鶴に見られないような向きを保って外へ出た。手とタオルでかくしては千鶴に負けたことになるので、からだの向きで調節しなければならなかったのである。

真吾が石鹸《せっけん》をつけて洗いはじめてまもなく、千鶴も上がってきた。

「背中を流して上げるわ」

「自分のことは自分でする」

ぶっきらぼうに真吾はそう答えたが、

「まあまあ、気取らないで」

千鶴は真吾のタオルを奪い、背を洗ってくれはじめた。観念して、真吾は両手を膝《ひざ》の上に正しく置いた。千鶴の目の位置から考えて、見られているのは確実であった。

まだ真吾のそこには、性毛は生えていなかった。普通の肌の下からそれはにょろりと出ているだけである。

千鶴にはすでにおとなになりつつあるしるしのそれがある。

(二つ下だから、しかたがない)

そのことに羞恥をおぼえるいわれはないはずだ、と自分に言い聞かせた。むしろ、それがあったほうが「いやらしい」と思われそうでもあった。

こわいのはかたく大きくなってしまうことだが、さいわいそんな予感はない。

千鶴は力をこめて洗い、洗いおわると湯をかけた。

「さあ、今度はあなたの番よ」

「わかっているよ」

立場が変わり、今度は千鶴が台の上に腰かけた。

真吾は洗いはじめる。雑念にとらわれていないことを示すために、力をこめて洗わなければならなかった。

千鶴の上体は前後に揺れた。白い撫肩《なでがた》である。タオルにこすられて、それに赤みが加わった。

結んだ髪に、石鹸の泡が付着しないように気をつける。

「どう？　あたしのからだ、きれいだと思わない？」

「思うよ」

「気のない返事ね」

「いや、さっきからそう思っているんだ」

「あたしはもうこどもじゃないのよ」

「わかるよ」

「でも、お母さんも叔父さんも叔母さんも、まだあたしをこどもだと思っている」

「おとなから見るとそう思うだろうな」

「だから、平気で入ってきたの」

ふいに千鶴は立ち、大きな動作で真吾のほうを向いた。

それまで真吾は、千鶴は自分より背が高いものと思い込んでいた。背はほとんど同じである。向き合うかたちになり、顔と顔とがすれすれになった。千鶴はきらめく目で真吾をみつめた。

「あたし、大嫌いなやつにくちびるを奪われたの」

「…………」

「心配しないで。くちびるだけよ。でも、いや。真吾、清めて」

くちびるが突き出され、両眼が閉じられた。両手が上がり、真吾の両腕をつかんだ。

(まだ、洗っている途中なのになあ)

真吾はそう思ったが、口に出しては言えなかった。そんな散文的なことを言っては怒るにちがいない、と察したからである。

「ね、早く」

くちびるは可愛いかたちをしていた。真吾はそれをみつめ、どういうわけか、

(妙ちゃんにすまない)

そういう思いをかすめさせながら、千鶴のくちびるにくちびるを押しつけた。千鶴の顔も、さらに前へ出た。鼻と鼻とがぶっつかった。

数秒そうしていた。抱擁はしなかった。吸うことも知らなかった。真吾は息をつめていた。千鶴もそうだったにちがいない。

十秒ほどで、千鶴から顔を引いた。

その目が開けられ、正面から真吾をみつめて、

「ありがとう」

と言った。

腕はまだ真吾の腕を取ったままであった。だれかが来たら困る、と真吾は思った。

千鶴の目

千鶴の目は濡《ぬ》れていた。青みがかっている。きれいな目だな、と真吾は思った。しかし、人が来たら困る。風呂にいっしょに入っているだけならともかく、はだかで向き合って腕と腕をからませているのは異常だ、と思った。

真吾はあごを引き、

「ぼく、入るよ」

と言った。

「うん、いいわ」

千鶴はうなずき、真吾から腕をはずした。真吾は湯の中に入り、千鶴は横顔を見せて台の上に腰かけた。

首筋を洗いながら千鶴は、

「ほんとうにあたしのからだ、きれいだと思う?」

歌うような口調であった。

「ああ、思うよ」

ちらちら見るのは卑しい。真吾は邪心のなさを示すため、風呂桶《ふろおけ》のふちに両腕をかけ、それにあごを載せて千鶴の肩のあたりを見た。

「白くてきれいで、かっこうもいい」

千鶴は上体をねじって真吾のほうを向き、

「ここは?」

目をきらめかせて一方の乳房を下から抱え上げた。示されたので、真吾は目をそこに注いだ。

「やはり、きれいだ」

「今夜、吸わせたげる」

こともなげに、千鶴はそう言った。あたらしいおどろきが真吾にひろがる。

「今夜?」

「そうよ、あんた、自分の部屋で勉強しているでしょう?　遊びに行くわ」

「ああ。しかし」

吸いたくないと言いかけて、真吾は口をつぐんだ。千鶴が怒り出すことをおそれたのである。

一方、これで千鶴が泊って行くことがはっきりしたので、その点はうれしかった。

やがて、千鶴がからだを洗っているうしろを通って、真吾は脱衣場へと上がって行き、曇りガラスの戸を閉めてようやくほっとした。すると、真吾のからだは急速に勃起《ぼっき》した。もう千鶴に見られる心配はないので安心したからである。

夕食後しばらくして真吾は自分の部屋に入り、窓に面した机に向かった。一時間ほどして、

「勉強のじゃまをしに来たわよ」

と言って千鶴が入ってきた。しかし、その態度にはもう妖《あや》しいきらめきはなく、勉強のじゃまに来たのではなく勉強を教えに来たのであって、真吾に英語のリーダーを読ませて発音の訂正をし、和訳させてはもっとやわらかな訳語に変えさせ、およそ一時間ほどさすが上級生としての貫禄《かんろく》を示して、そのまま去って行った。その変貌《へんぼう》ぶりはあざやかであって、真吾は肩すかしを食った気分になるよりも、見直した気になった。

千鶴はあくる年の正月にも遊びに来た。今度は一人で来た。夕方になって真吾は風呂に入り、千鶴の入って来るのを期待した。

しかし、待ってもその気配はない。それで湯から上がって外へ首を出し、

「おーい、千鶴さん」

とどなった。返事があり、千鶴が急ぎ足でやってきた。

「お湯がぬるいの?」

「そうじゃない、きょうは入って来ないのかい?」

「あら、またいっしょに入りたいの？」

「ああ」

「じゃ、入るわ」

千鶴は脱衣場に入り、真吾は湯の中にもどる。

たちまちはだかになった千鶴は、前とちがってタオルで秘部をかくして入ってきた。湯桶の中に入るときも、前のときのような奔放さはなく、女のつつしみがにじんでいた。

ただ、湯は同じようにあふれ、二人の肩は密着した。真吾はわざと目立つ動作で、湯の中の千鶴の乳房を覗《のぞ》き込んだ。それは湯気の上の電灯の光をおぼろに浴びて、桃色に霞《かす》んでいた。

「夏よりも大きくなったかい？」

「それはそうよ。大きくなっただけでなく、充実してきたわ。自分でそう感じるわ」

千鶴はそう言って腰を浮かせた。乳房は湯から出てはっきりとしたかたちになった。みるみる湯が玉となり、はじかれて落ちて行った。乳首があざやかな赤さであった。

「ふーん、なるほど」

真吾は感心する。

「乙女《おとめ》の乳房とはこういうものか」

「こういうものよ。おばさんとちがうでしょう？」

「うん」

「触ってみる？」

「いや、遠慮しておこう。神聖な場所だからな」

「ただの保育器官よ。女はばかばかしい。こどもを育てるためにこんな余分なものが大きくなるなんて」

腰を沈め、乳房は湯の中に没した。なるほど、そう思っているから平気で見せられるのだな、と真吾は感心した。女学生らしくない論理的なものの考え方である。

「しかし、きれいだよ」

前と同じように、背中を流し合うことになった。今夜は父はいない。郵便局長の家に招かれて酒を呑《の》みに行っている。いるのは母だけである。

母がどう思っているだろうかと考えながら背中を洗ってもらっていると、千鶴は横にまわってスノコの上に正座した。

「今度はここを洗ったげる」

かすれた声でそう言って、いきなり左手で真吾の性器を握った。

さっきからそれが千鶴の視野に入っていることを意識しながら複雑な気分を味わっていた真吾は、急襲を受けてあわてた。けれどもとっさの判断で、千鶴の手をもぎ離すことは止《や》めた。

「そこは、困る」

「じっとしていて」

千鶴はてのひらを上にしてそこに真吾を載せ、石鹸《せっけん》を含んだタオルで洗いはじめた。すると、快《こころ》よい刺激を受けてそれはふくらみはじめ、包皮がめくれて亀頭が露出し、かたくなった。自然な現象だからしかたがない、と真吾は観念した。

千鶴は洗う手を停め、タオルをどかしてそれを見た。上下に脈が打っている。

「まあ、こうなるのね。ほんとうだわ」

感動的な声である。

「うん、こうなるんだ」

「生きてるみたい」

「生きているんだもの」

千鶴は顔を上げて真吾を見た。その顔は紅潮し、目は濡れていた。

「それで、あたしを欲しいの?」

「それはそうさ」

おごそかに千鶴は首を振った。

「それはだめよ。女学生と中学生だもの。いとこ同士だから、結婚できないもの」

「わかっているよ」

真吾は千鶴の腿《もも》に手を置いた。

「今度はぼくも見る」

千鶴は逃げなかった。

「見るだけよ」

「わかっている」

「真ちゃんは触らないで。処女膜は傷つきやすいんだから」

千鶴は立ち、真吾のほうを向き、両脚を開き気味にし、両手を添えた。うすくてやわらかそうな秘毛の奥の桃色の肌がひろげられた。その世界は、さらにあざやかな桃色であった。上部に小さな円錐形の突起物があった。

記憶のなかの母のそことは、まったくちがっていた。小ぢんまりとして、色もうすい。電灯の光を浴びてかがやいているのは、あふれ出る透明な液のせいにちがいなかった。真吾はすでに友人間の話によって、女が欲情すれば愛液が湧出《ゆうしゅつ》することを知っていた。

「わかった？」

「よくわからない」

千鶴は手をはずし、腿を閉じた。

「わからなくていいの。お嫁さんになった人のを見るといいわ。さ、今度はあたしの背中を洗って」

そのあとのことばを、千鶴は真吾に背を洗われながら言った。

「でも真ちゃんは、結婚しないかも知れないわね。恋人も出来ないうちに軍隊に入って、戦死するかも知れないわね」

「覚悟はしているよ。海兵か陸士を受けるんだから」

幼年学校を、真吾は受けられなかった。自覚症状はないのだが、レントゲンに翳《かげ》が出ていて、肺浸潤《はいしんじゅん》の疑いがあったのだ。それで、四年になったら受けられる軍関係の学校を志望していた。

「もし、軍隊に入る前に恋人が出来なかったら」

「………？」

真吾は手の動きを停め、千鶴はあっさりと言った。

「あたしがあたしを上げるわ」

「よし、約束したぞ」

「ええ、約束したわ」

女との、男女の道に関する真吾の最初の約束である。真吾は千鶴の背を洗いおわって湯をかけたあと風呂の中に入り、千鶴は自分の腕を洗いはじめた。

真吾が脱衣場に向かうとき千鶴はなおからだを洗いつづけていたが、ふり返って、

「平常になっている?」

と真吾を見た。

「ああ、なっている」

真吾はそれを千鶴に見せ、千鶴はうなずいた。

「そんならいいわ。おばさんに知られたらはずかしいでしょう? あたしもはずかしい」

下着を着ながら真吾は、千鶴が男の機能を知っているらしいことに感心していた。しかし、真吾がすでにオナニーをおぼえていることは知らないだろう、と思った。

夏にいっしょに風呂に入ったことは、ちょっとした事件であった。その体験はたしかにその後の真吾の心に残ったが、そこから何かが発生して発展する、ということはなかった。いわば偶発事件であった。

正月のその体験はちがっていた。千鶴が急に身近になった。飛躍的に好きになった。あくる日の午後、帰る千鶴を送って真吾は駅まで行ったのだが、その途中クラスメートに出会ったとき、誇らしい気になった。その心理のなかには、千鶴が美貌であることのほかに、前夜の風呂の中での秘密の体験があった。恋人になったのではない。しかし、特別の仲になったのはたしかなのだ。

定期券を持っている真吾は、キップを買った千鶴とともに改札口を通ってプラットホームまで出た。もんぺ姿の千鶴には、風呂の中での妖《あや》しい姿態は感じられない。顔もよそ行きの表情をしていた。

「今度は真ちゃんが遊びにいらっしゃい」

「うん、そのうちに行く」

「不良女学生に誘惑されたらいけんよ」

「そんな心配はない」

「あたしと約束したんだから」

「おぼえている」

真吾が千鶴の家に行ったのは、二年の夏休み前の土曜日であった。母に頼まれた用があったのだ。連日空襲があって、その都会は半分以上が焼野原になっていた。警戒警報のなかを、真吾は千鶴の家に急いだ。着いてすぐに空襲警報が発せられ、庭の隅の防空壕《ぼうくうごう》に入った。それは、田舎の真吾の家の申しわけ程度の防空壕とちがって、大きくて本格的なものであった。

真吾を抱くようにして、千鶴は防空頭巾《ずきん》を密着させてきた。

「真ちゃん、うちに死ににに来たのかも知れないわ」

空襲は覚悟していた。にもかかわらずあえて来たのは、千鶴に会いたいからでもあった。風呂場での体験がなおなまなましく記憶にやきついているのである。

「だいじょうぶだよ。死ぬわけがない」

千鶴は真吾の手を握りしめた。

「ほんとうの空襲は見たことがないでしょう?」

「ない」

「いい体験になるわ」

壕の中は暗い。千鶴はさらにからだを密着させてきた。周囲でも、人びとは小声で話をはじめていた。大声を出さないのは空のアメリカの飛行機に聞かれないためではなく、消防団のメガホンの声を聞きもらさないためである。

「どうして疎開しない? 疎開してぼくんちに来ればいい」

「いろんな拘束があるからよ」

あきらかに日本の飛行機とはちがう爆音が聞こえてきた。

「いよいよ来たわ。低いわ」

話声が止んだ。壕の中に何人入っているのかわからない。真吾も、空襲警報のなかで敵機の爆音は聞いたことがある。しかしそれははるか高空を通過する音である。身近に聞くのははじめてであった。いよいよほんとうの空襲を体験するのだと思うと、ふしぎなよろこびすらおぼえていた。一方的に攻撃を受けるだけでこちらが攻撃できない戦闘なのに、妙な心理であった。

「こわい？」

「いや、こわくない」

千鶴の反対側の手が動き、上体が真吾へ向けられた。真吾は横から抱きつかれるかたちになった。壕の中はひっそりとなった。まだ、何も起きない。爆弾の直撃を受けたら、こういう防空壕などは吹っ飛んでしまうだろう。しかし真吾は、千鶴に抱かれていることで、豊かな気分になっていた。

「ね、ね」

千鶴はそうささやき、その手がさらに動いて、ズボンの上から真吾のからだを撫《な》ではじめた。

「二人とも、まだ死なないわ」

「うん」

千鶴はボタンをはずしはじめた。熱い息が頬《ほお》にかかった。周囲の人にはわからない、と真吾は判断した。

真吾はふくらみかたくなっていた。それを、千鶴はじかに握りしめた。

「真ちゃん、勇気があるわ。それを知りたかったの」

小生意気なことばだが、その声は震えていた。その震えは、爆撃の恐怖のためではない。しかも、そのことばだけでは、千鶴と真吾がどんな状況にあるか、他人にはわからない。千鶴こそ大胆な、と真吾は思った。

長い時間が過ぎた。その間、千鶴は真吾を握ったままであった。ときどき指が動いたり握力に変化がつけられたが、愛撫《あいぶ》と呼べるほどのものではなかった。

いつのまにか、飛行機の爆音は止んでいた。そして、空襲警報解除になった。警戒警報にもどったのである。

急に壕の中はざわめき、千鶴は真吾から手をはずした。真吾はすばやくボタンをした。

二人は手を握り合ったまま壕から出て家の中に入った。千鶴の母もつづいてもどってきた。

千鶴の父親はまだ会社である。

「通過して行っただけだった」

「目標はどこなのかしら？　敵はスケジュールにしたがって攻撃しているのね。真ちゃん、経験しそこなったわね」

千鶴は何事もなかったような顔をしていた。それはカムフラージュなのか、ほんとうに些細《ささい》なことと思っているからか、真吾にはわからなかった。

（あのとき、ぼくも千鶴さんに手を伸ばすべきだったんじゃないか？）

訊《き》いてみればよかった、と後悔した。千鶴はそれを期待していたのかも知れない。しかしもう遅い。

「いや、敵機はもどって来るかも知れない」

黒いおおいをかけた暗い電灯の下で、二人はみつめ合った。千鶴の目は正月の夜と同じようにきらめいていた。しかし、その母に対するとき、千鶴はこどもになっていた。二つの人格が同居しているようであった。

初恋

真吾が一年上の妙子に「好きだ」と言ったのは、その年の秋であった。八月十五日の敗戦の日からまもなくである。

そのひとことを言うために、真吾はある日の夕方、わざわざ妙子の家に行った。

妙子は裏庭で、ようやく黄ばみはじめた柿の実を見上げていた。その柿が甘柿であることを真吾は知っている。

ふり返って真吾を見た妙子は、

「あら、めずらしいわね」

と言った。真吾もすでに中学二年だが、妙子は三年である。年上の威厳があった。

食糧事情は戦時中よりも悪化している。空腹との戦いが、真吾たちのもっとも大きな行事であった。

「へえ。ぼくはまた、食べられるかどうかを考えているのか、と思った」

「今、俳句を考えているの」


「ふふふ、そうじゃないの。真ちゃんはまだこどもだから、もののあわれ秋の感傷を知らないんでしょう?」

真吾は妙子と並んで柿を見上げた。大きな柿の木で、実はたわわに実っていた。

「うん、食べるほうが先きだ」

「もうすこし待って」

「しかし、きょうは柿を食べに来たんじゃない。妙ちゃんに話があってきた」

真吾は妙子の顔を見なかった。自然に、力んだ声になった。生まれてはじめて、人を「好き」と言うべく自分に義務づけているのである。

「へえ、なんの話?」

「笑っちゃいけない」

「笑っていないわ」

「ぼくは、妙ちゃんを好きだ。それを言いに来た。もう言った。さようなら」

真吾は歩き出した。これですんだ、と思った。返事は不必要なのである。言うだけでよいのだ。

妙子は呼びかけて来なかった。黙って真吾を見送っているようである。背にその視線を感じながら、真吾は木戸を通って道に出た。自分の勇気を祝福していた。

敗戦とその直後からはじまった多くの混乱のなかで、真吾は軍関係学校への志望を断たれてぼんやりしていた。何もかもが、信じられなくなっていた。最後の一人まで戦うはずの日本が、本土に敵から上陸される前に降伏し、帝国陸海軍は消滅してしまったのだ。新聞やラジオはこれまでとまったくちがったことを叫びはじめ、教師は自信を失なって小さくなっている。学校内でも、腕力の強い者が幅を利《き》かしはじめている。自然、自分を守るためには内向的になる必要があった。やさしいものに救いを求めてやすらぎを得たかったのであろうか。妙子を、「好きだ」ということ自体、心のはずむ行動であった。敗戦が心のよりどころを失なわせた、などという大げさなものではない。なんとなくうつろでけだるい毎日がつづいており、緊張感を求めていたのはたしかで、そのための動きのひとつかも知れなかったようだ。すくなくとも、恋は時代の変化にかかわりなく重要な問題なのである。

十日ほど経って、学校の帰りに妙子に出会った。目礼してすれちがおうとする真吾の前に、妙子は寄ってきた。周囲を、人が歩いている。戦時中では考えられないことであった。

「宮崎さん」

名ではなく、よそゆきことばの姓で呼びかけられた。

「やあ、こんにちは」

真吾はたたずみ、妙子もたたずんだ。

「あとで遊びに来ない？　柿を上げる」

「うん、行くよ」

それだけの会話で、妙子は真吾の返事にかるくうなずいて去って行った。

その日、妙子の家の裏庭につづく小高い山の中で、真吾ははじめて接吻《せっぷん》と呼べる体験をした。その前の風呂場での千鶴との接吻は、くちびるを合わせただけである。さらにその前の良子のくちびるは、こどもとしておとなに可愛《かわい》がられたようなもので、恋のしるしの接吻ではなかった。

勇気をふるって真吾から求め、妙子は態度をはっきりさせなかった。それを許されたと感じて、行動に出たのだ。

その行動を支えていたのは、妙子のこれまでの真吾への情にみちた態度であったし、また年上の女二人とのこれまでの性的体験であった。

妙子は顔を仰向けにして真吾のくちびるを受け、あらがわず、また応じても来なかった。目を開けていた真吾は、妙子の額《ひたい》の紅《あか》さを感じつづけていた。これは真上にひろがる夕焼空を映しているせいでもあっただろう。

途中、妙子は目を開けた。両眼を、ぱっちりと開けた。目と目が合った。真吾をみつめたまま、その瞼《まぶた》はゆっくりと閉じられたが、妙子はなお動かなかった。真吾は強く吸い、両腕に力をこめた。妙子の体温が伝わって来る。

それは空想の世界とちがって、重みがあった。生きた現実であることを、なまなましく感じた。どこかで人が見ているかも知れない。それでもよい、という開き直りがあった。

やがてくちびるをはずしても、なお真吾は頬《ほお》と頬とを密着させて、抱擁を解かなかった。妙子の低いつぶやきが聞こえてきた。

「真ちゃん、不良ね」

しかし、その声には非難の響きはなかった。甘さがにじんでいる。ただ、今のこの状況を軽いものにしてしまおうとする意図が感じられた。

それではいけない。

これは、二人のこれからのあたらしい関係の確固とした象徴であらねばならない。真吾は急いで訂正した。

「そうじゃない。妙ちゃんをぼくの彼女にしたいんだ」

間を置いて妙子は、

「あたしでいいの？」

やはり低い声で問うてきた。

「妙子さんじゃなきゃいけない」

ふたたび、真吾はくちびるを求め、妙子は避けなかった。今度はさっきとちがって、真吾は妙子のくちびるに女を感じた。あたたかくてやわらかな感触も、はっきりと自覚した。さっきよりも、妙子のくちびるはゆがんでいた。

途中から、かすかながら妙子は応じはじめたようである。

それに気づいて吸うのをやめると、妙子も吸っているのが、はっきりとわかった。真吾の胸によろこびがひろがる。ようやく、合意の上の接吻ということがあきらかになったのである。

その間、真吾はたいへん精神的になっていて、性的興奮はおぼえていなかった。妙子の肉体に迫ろうという気は、まったく表面化していなかった。ただもう、妙子の心を得つつあるというよろこびだけにみちていた。

かつてのあの良子とのときとちがって、接吻は肉体的な行動ではなく、恋の儀式の重要なひとつであった。

三度目、妙子の腕は真吾の背にからみ、はっきりと吸うのがわかった。

（もうだいじょうぶだ。ぼくと妙ちゃんはこれで一体になった）

それでも真吾はくちびるをはずしたとき、妙子の耳にささやいた。

「ぼくを好き？」

ことばでたしかめたかったのである。

ことば以上の行為で表現しているのだからもうその必要はないのに、やはりそれでは不安なのだ。

妙子はすぐに、

「好きよ」

と答え、

「もう、ずっと前から」

とつけ加えた。

それは真吾には当然のことのようにも思われたし、また意外でもあった。年上の妙子はあくまでも真吾を下級生と見ているかも知れなかったのだ。

紅かった空の色が紫になり、黒くなって行く。山の中に闇《やみ》が忍び寄ってきた。

いつまでもここにいては妙子の家の者に怪しまれる。

「もう帰るよ」

と真吾は言って最後の接吻をした。妙子の腕にも力がこもった。

「ね」

妙子がためらいがちに訊《き》いてきた。

「だれかとも、した？」

真吾は嘘《うそ》をついた。

「いや、しない。妙ちゃんがはじめてだ」

「あたしもよ。今夜、きっと眠れないわ」

妙子のことばは真実であろう。妙子にそんな相手がいるはずがない。真吾は良心の疼《うず》きをおぼえた。

妙子はこれまでの妙子でなくなっていた。年上という要素は消え、対等な存在になっていた。真吾の意識がそうなった。妙子の真吾への態度もまた、そうなった。そのことを自覚して真吾は、ぼんやりとした責任を感じていた。こういう状況にしたのは真吾自身だからである。そのなかから、これからは身を持するに一層きびしくあらねばならぬ、という当為が生じた。

真吾と妙子は写真を交換した。当時の中学生と女学生が心理的に特別の仲になったときの最初の行事である。写真は机中深く秘密に安置する場合もあれば、定期券入れに入れて常時持って歩く者もいる。

真吾は机の中に納《しま》った。持って歩けば、抜き打ち所持品検査に引っかかるおそれがあるのである。アメリカのデモクラシーが叫ばれはじめていたが、まだまだ男女交際は自由になる気配はなく、禁じられていた。女学生とつきあっている者は、一部の軟派不良たちだけだということになっていた。そういう生徒たちと同じに見られることを、真吾はおそれた。

だから、あたらしい関係が生じたといっても、二人が急に頻繁に会いはじめたわけではない。いっしょに映画を観に行くこともなかった。具体的には、これまでとほとんど変わらなかった。両方の親同士が親しい。小学校時代からのおさななじみで、二人が会って話をしていても、だれも異様に思わない。その点だけは気らくであった。週に一度ほど、二人は野や林を一時間ほど散歩しながら、近況を語り合った。

足は自然に人のいない場所へ向かい、そこで接吻する。しだいに二人とも、接吻に習熟してきた。舌を使うことをおぼえ、戯れることも知った。妙子から求めて来ることもあるようになった。

そういうとき、真吾は妙子の乳房を胸に感じる。また、真吾のからだは欲望を示す。しかしそれは生理的必然にしか過ぎず、それ以上に進みたいという衝動はおぼえなかった。心情的な色彩が濃かった。そのため、自分のからだが興奮状態にあることを妙子に知られるのをおそれ、腰はつねに後方へ引き気味にしていた。

真吾のなかにそのような欲望が潜んでいると知ったら、妙子は身をひるがえして去って行く可能性が強い。真吾はそう考えていた。妙子も、良子や千鶴と同じ女であるという認識はあったけれども、真吾との結びつきの基本がちがっていると感じていたのだ。

世の中は騒然としていた。激動の時代であった。殺伐な事件が相次いでいる。しかし、真吾の周囲は平穏であった。妙子の心を得たことで、心の平衡も保っていた。

年が暮れ、年が明けた。雪が降った。冬休みが終って明日から三学期がはじまるという日の午後、真吾は本を借りるという名目で妙子を家に訪れた。

真吾は居間に通され、こたつのなかに入った。妙子は赤い着物を着ていた。妙子の母は蜜柑《みかん》を出したり餅を焼いてくれたりして真吾を接待した。年末についたその餅はかたくなっており、焼くと香ばしくて真吾の好むところである。

接待を受けながら、秘密を持っていることのうしろめたさを、真吾は感じていた。その点、妙子は落着いて見えた。いかにもかつてのようなむじゃきなおさななじみ同士の延長のようにふるまっているのである。しかも二人でいるときとちがって露骨に姉さんぶっている。

しばらく真吾を歓待したあと、

「ちょうどいいわ。留守番する妙子のお相手をしていてね」

と言って妙子の母は、妙子の妹や弟を連れてどこかへ出かけて行った。

そのあと、きわめて自然ななりゆきで、二人は抱き合ってくちびるを合わせた。

屋内での接吻ははじめてである。そのことによるときめきが、真吾にはあった。しかも、広い家の中にいるのは二人だけである。

「夕方まで帰って来ないの」

と妙子はささやいた。甘い声である。真吾のあたらしい行動を促している気配が感じられた。しかし、それは真吾の錯覚かも知れない。

接吻しながら、二人は畳の上に倒れた。座ったままの接吻は上体が不安定なので、自然にそうなった。足の位置を調整するために、一度顔を離す。上から見る妙子の顔は、妙に小さな感じであった。

(おれと妙ちゃんは、遊んでいるのだろうか。厳粛な儀式のなかにいるのだろうか?)

ふと真吾はそう自問した。どちらの分子も内包されているようであった。

ふたたびくちびるを合わせる。もう今は、はじめのころのような胸のどよめきはない。落着いて妙子のくちびるを味わうことが出来る。

偶然のようにして、真吾の手は妙子の乳房にあてがわれた。拒絶されればおとなしく引くつもりだし、そのつぎの段階に進む意図もなかった。

妙子は、わずかにからだをねじって避けようとしただけで、その動きもすぐに止み、乳房を真吾の手にまかせた。

小さな乳房である。記憶にある千鶴の乳房とちがって、可憐《かれん》な感じであった。真吾は指を動かし、妙子は身悶《みもだ》えした。

それまでであった。真吾はやがて乳房から手をはずし、くちびるもはずした。

二人は畳の上に横たわり、足をからみ合わせ、真吾が妙子のあたまに手枕《てまくら》して、小さな声で話をはじめた。

夕方妙子の母が帰って来たとき、二人は離れてこたつのなかで向き合ってラジオを聞いていた。怪しまれてはならないので、その一時間ほど前からそうしていたのだ。

性的な楽しみへと移行する機会を逸したという意識が真吾になかったわけではない。しかし、それはきわめてわずかであった。二人だけでゆっくりと話をする何時間かを過せたことで、ほぼ満足であった。

妙子の母は、真吾が留守番の妙子の話相手をしていたことに礼を言った。真吾はとくにやましさを感じないで、そのことばを受けた。

真吾のクラスでも、何人かが女学生と交際していた。その多くは、自由に会えない。会う場所と時間を作るのに苦心している。彼女たちがきびしい親の監督下にあり、また世間の目をおそれているのだ。

その点、真吾と妙子は、おさななじみでこれまで切れ目なくゆききしていたことで、障害はあまりなかった。そのことが逆に、行き過ぎを自制する作用をもたらしていたのかも知れない。また、妙子に肉体的に迫りたいという真吾の欲望も、そう強いものではなかった。生理的にはようやく秘毛が生えはじめた段階で、思春期のはじまりを迎えた季節に過ぎなかったのだ。

そのままの状態でせせらぎの水音が高くなって春が訪れ、真吾は三年になった。妙子は女学生としては最上級の四年になった。

妙子

妙子に縁談が生じているということを真吾が知ったのは、竹の子の最盛期であった。日曜日、掘ったばかりの孟宗《もうそう》を妙子が持って来て、真吾とは挨拶《あいさつ》のことばだけで帰って行ったそのあとである。

妙子の家の裏のその竹林で、もう二人は何回もくちびるを合わせている。

(これは、おれが妙ちゃんと接吻《せっぷん》しているとき、おれに踏まれていたのかも知れない)

掘りたての竹の子はゆでなくてそのまま煮ても食べられる。白くみずみずしいその切り口を

見ながらふとそんなことを考えていると、父が、

「あの子もすっかり娘らしくなったな。見合いはもうすんだのか?」

と母に言った。真吾の胸に雷鳴がとどろき、おどろいて父を見た。

「まだらしいの。見合いと言っても、先方で妙ちゃんを見初《みそ》めているんだから、急がないほうがいいんでしょう」

母はそう答えた。

こういうとき、真吾は率直になる。すぐに口をはさんだ。

「見合いだって?」

「そうよ。真吾ももう、あの子と友だちづきあいはできないよ。卒業したら、まもなく結婚するかも知れない。女の子は早いからねえ」

女学生ですでに婚約者のいる女は、すくなくなかった。卒業後一年も経たないうちに嫁いで行くのも、めずらしいことではない。器量よしと言われる子ほど、その傾向が強い。

「へえ、だれと?」

内心の動揺があらわれないように気をつけながら、真吾は質問を進めた。

「中津の人らしいね。むかしの家老の家柄だって」

「向こうは妙ちゃんを好きになっている?」

「何回か妙ちゃんを見たらしいねえ」

真吾と妙子との仲を知らない母は、妙子にかかっているその縁談を祝福している口ぶりであった。

「しかし、早過ぎるなあ」

批判めいた父のその口調のほうが、真吾には頼もしかった。

「で、妙ちゃんは向こうを知らないの？」

「だから、見合いをするの」

それは、二重の意味で真吾にはショックであった。わが恋人であるはずの妙子が結婚して去ってしまう可能性がある。

重大問題なのである。そしてそれは、二人の年齢のちがいを思い知らされる事実でもあった。じっさいの年の差は一年である。しかし、妙子が女であることで、その差は三年にも四年にもひろがる。

妙子を見初めた男は、大学生か社会人であろう。おとなだ。多くの点で真吾の太刀《たち》打ち出来る相手ではない。縁談が進めば、阻止することは真吾には不可能である。

ふいに、これまでの抱擁や恋のささやきがママゴトめいた。

妙子はおそらくもうその話を聞かされているにちがいない。真吾は報告を受けていない。そのこともショックであった。

竹の子はすぐに煮た。ゆでなくてもいいはずなのに、母はヌカを入れてゆでてから煮つけた。

昼、その竹の子を複雑な思いのなかで真吾は嚙《か》んだ。

「あそこの竹の子は毎年うまい」

父は単純に賞味している。しかし、真吾はそれどころでなかった。

本来なら、妙子に会いに行き、くわしい事情と妙子の存念を質《ただ》すべきところであろう。真吾はその行動を起こさなかった。真吾自身がまだ中学三年生で、おとなの世界のそういう進行に口をさしはさむ資格がない、という意識による。

一方では、急に妙子が遠い存在になってしまった、という心理があった。自分の立場を思い知らされてもいた。妙子は生来のやさしさによってこれまで真吾のわがままを許していたのかも知れない、と思った。

数日、真吾はそのことにこだわり、あれこれと考えていた。悩んでいた、という表現は適切ではない。自分と妙子との関係に、これまでとはちがった角度から考察を試みていたのである。妙子にはだまっていた。妙子が真吾に何も言わないのも、いろんな解釈ができる。ただ、妙子が真吾をだまそうとしているのではないことだけは、確信していた。そんな子ではないはずであった。

「あたしを、お嫁に欲しいという人がいるんだって」

その週の土曜、本を借りるという名目でやって来た妙子が、真吾の部屋の書棚から抜いた本に目を通しながら、さりげなくそう言った。

「へえ、もう?」

真吾もさりげなく、いかにも初耳だという態度でそう受けたが、あたりがにわかに明かるくなる思いであった。

「ええ、早過ぎるわよねえ。おかしな話」

あたまから問題にしていない口ぶりである。大きな安心が真吾を訪れる。女学校在学中の縁談である。やはり、常識から考えると、早過ぎる。

「まだまだ、籠《かご》の鳥にはなりたくないわ」

妙子はそうつづけた。そのことばの奥には、いずれは結婚するという前提があり、その相手はまだ決まっていないという意味がこもっていた。真吾との恋の語らいも、遠い将来の結婚を誓っているものではない、という妙子自身の認識も含まれていた。

それは真吾も同様で、結婚などというドラマは、非現実的なものであった。現在とそれにつながる近い将来だけが現実なのだ。

本を選んだ妙子を送るために真吾も家を出た。二人は林の中の道に入り、さらに道をそれて雑木の群生する暗い場所へと進んで行った。

小鳥のさえずりを頭上に聞きながら接吻し、途中から乳房をまさぐりはじめた真吾に、妙子はふいに顔を離した。

みつめ合うかたちになり、妙子は早口に言った。

「あたしのおチチ、小さいの。友だちより発達していないの。吸って」

大胆な目になっている。勇気のあることばであった。

「吸ったりもんだりしたら、大きくなるというわ」

やはり年上であるがゆえの大胆さであろう。破廉恥《はれんち》だとは、真吾も感じなかった。

周囲に人の気配はない。道からは遠い。妙子の乳房をあらわにしても、人に見られる気遣いはない。真吾はそう判断し、また、妙子は自分の願望を先取りしてくれたのだろう、と解釈した。

要請にしたがって真吾は妙子の胸をあらわにし、妙子は力んで紅潮した表情で、それに積極的に協力した。

風が吹き、木の枝や葉が動く。すると、木洩《こも》れ日の作っているまだらな模様が揺らぐ。そのなかで、妙子の胸ははだけられ、可憐な乳房と、山桜の稚《おさ》ないサクランボに似た乳首があらわになった。

真吾は身をかがめ、その乳首に吸いついた。妙子は低く「ああ」と言い、真吾の背を抱いた。まだふくらまない小学生のころの妙子の胸は見たことがある。あれから、いくつかの歳月が経っている。小さいとはいえ、乳房である。くちびるを味わう以上に、真吾は妙子に女を感じていた。

「左も、ね」

かすれた声で妙子は指示し、うなずいた真吾はその指示にしたがった。人が接近するのは妙子が見張っているだろうと思い、ひたすら吸った。それは、快楽というよりも秘密の儀式であった。妙子がどんな感覚のなかをさまよっているかを思いやるだけの余裕は、真吾にはなかった。

やがて妙子は、

「もういいわ」

と言い、顔を上げた真吾の口にくちびるをぶっつけてきた。

「お見合いなんかしないわ。だから、心配しないで」

「わかっている」

いつもより情熱的な接吻になり、真吾の耳から小鳥の声が遠ざかった。光線の作る模様も目に入らなくなり、欲望がみなぎりはじめた。戦時中の千鶴との防空壕での記憶が、なまなましくよみがえった。

戦争が終らずに真吾が軍関係の上級学校へ進むことになれば、千鶴によって性の世界にみちびかれることになる約束であった。その約束は、敗戦によって虚《むな》しくなった。そのことも、あたまを去来した。

はげしい自分との戦いのあと、勇気をふるい起こし、妙子がみずから乳房を許したという安心感に支えられて、真吾の手は妙子の腿《もも》に伸びた。

最初、妙子は真吾の手の動きの意図に気づかなかった。ひたむきに接吻をつづけていた。

抵抗を受けたらたたずむ用意を整えながら、真吾の手は進んだ。妙子はスカートである。その下をくぐってじかに腿に触れた。冷たくひきしまった肌であった。上へと移る。腿への愛撫《あいぶ》自体が目的だと解釈されてもいいように、ゆっくりとした動きであった。ときには後退した。

ふいに、妙子のからだ全体がかたくなった。手が真吾の上着をつかんだ。くちびるの動きが静止した。

それでも真吾の四本の指は妙子の腿への愛撫をつづけた。

くちびるがはずされ、頬《ほお》が頬にぶっつかってきた。

「何をするの？」

震えを帯びて押し殺した声である。ごまかさないほうがよい。いつものように率直であったほうがよい。真吾はそう判断した。

「さわりたい」

明確な声でそう答えた。

「…………」

妙子は答えない。真吾の手を排除しようともしなかった。真吾も、進行は止めていた。こうなったら、許可なく進行してはならない、という規制をみずからに課したのだ。ただ、現在確保している部分への愛撫はやめなかった。

「いけない？」

真吾はやや嘆願する響きをこめて、妙子の耳にそうささやいた。

妙子は答えない。からだはなおかたくなったままである。瞬間、ふっと状況への現実感がうすれ、

（おれが今抱き合っているのは、妙ちゃんのぬけがらではないか。妙ちゃんはこれで、おれから離れてしまったのではないか？）

そんな不安が胸をかすめた。その底には、好色な良子や千鶴ではなく心情的な〝彼女〟である神聖な妙子にそんな所業を加えようとしている自分への非難もあった。

けれども、もうここであいまいにぼかすことはできない。

「たしかめたいんだ」

弁解じみたことばである。妙子が女であることをたしかめる、という意味もあった。自分と妙子がもう密接に結びついていることを確認したい、という意味もあった。

低く、妙子は応じた。

「たしかめるだけ?」

質問の背景は測りかねた。それでも真吾は妙子を安心させるために、

「うん」

とうなずいた。妙子は小さく首を横に振った。拒否である。しかし、その首の振り方にはやさしさがにじんでいる。

「なぜ?」

真吾は詰寄った。理不尽な要求だとは心得ている。勢いなのだ。

「だって、はずかしいし、いけないことなんだわ」

声には乱れがある。それでも、やはり、真吾を諭すニュアンスがこめられていた。おそらくなお妙子は、自分が年上であることを意識しているのであろう。真吾のわがままをたしなめているのだ。

ただ、それでも真吾の手を払おうとはしていない。真吾の指は同じ位置を往きつもどりつし

ている。

「ぼくだから、はずかしがらなくていい」

非論理的なことばだ。もともと論理を超えた要求なのである。

それには妙子は答えなかった。沈黙が流れる。真吾の耳に小鳥の声がよみがえったのは、余裕をとりもどしたからではない。二人の間にさらに深い静寂が浮かび上がったからである。

と、妙子の手が、やわらかく真吾の背を撫ではじめた。

「やんちゃな子ね」

非常に低いつぶやきが聞こえた。それは、あきらめて真吾の要求を黙認しようという姿勢になったあらわれではないだろうか。

真吾の手は動いた。動くと予告する動作を示しながら、動いた。

妙子は逃げなかった。

真吾の背を撫でる動きが止《や》んだだけである。それに替わって、妙子のそのてのひらは、真吾の背に吸いついた。真吾は抱きすくめられるかたちになった。

真吾も、左腕で妙子の背を抱きしめる。妙子のからだ全体が後方へかしいだ感じになった。

真吾の心臓の鼓動は、早く大きくなっている。それに、妙子の胸の乱れが交叉《こうさ》した。

真吾はさらに進み、肌の温度の変化を触感した。しだいにあたたかくなるのである。

いつのまにか、妙子のあたまの重みは真吾の首にかかっていた。重みを真吾に預けるかたちになっているのだ。

腿はさらにあたたかくなり、やわらかになった。

真吾の手は震えた。ぎこちない動作になった。真吾自身のからだは宙に浮いた感覚になっている。

神聖なものを冒瀆《ぼうとく》しようとしている自分を真吾ははっきりと意識していた。そこに甘えがあるのも、これはぼんやりとながら、感じていた。

これまでの火遊びとはちがうのだ、という自覚もある。

ついに真吾の指は、妙子の秘境を保護している布に触れた。それに触れること自体、たいへんな意味をもつ。真吾はそこで急ぎ、一方の手で妙子の上体を強く引き寄せながら、そこにてのひら全体をあてがった。

布はうすい。あたたかであった。ふくらみを感覚した。

妙子の上体の重みがかかってきた。

よろめきそうになって、真吾は踏ん張った。よろめくのはぶかっこうだし、この状況をこっけいなものにしてしまう。

「お願い、もうやめて」

その声には、さっきとちがって、年上の響きはなかった。いじらしさがあふれていた。

それに対して、

「もうすこし」

舌をもつれさせてそう答えた真吾は、てのひらを強く押した。

あたたかみがひろがった。そして、そのてのひらに、妙子の早い脈搏が伝わってきた。

妙子の呼吸は震えていた。不規則である。けんめいにそれを整えようとしているのがわかった。そうわかった真吾自身も、震えを停めるのに非常な努力をしていた。

真吾は指を動かし、谷間の入り口を知覚した。

「ああ」

妙子はうめき、両腿がきつく閉じられた。真吾の指ははさまれるかたちになり、動けなくなった。

あたたかさは熱さに変わった。熱さのなかから、あたたかい湿りが指に伝わってきた。

(おれは残酷な拷問を加えているのではないか?)

反省が胸をよぎる。逆に、貴重なものをてのひらで味わっている意識も強まった。それはひろがりを持っている。てのひらとそこにとどまらず、妙子の全体と真吾の全体との触れ合いへと止揚して行きつつあるのだ。陶酔のなかに真吾はいた。

秘境

その状態はすでに、普通では許されるものではなかった。良子とのときとちがって、真吾はもうこどもではない。責任とともに行動しなければならない中学生であった。しかも、一方的な欲求である。問題の重大さは、十分に自覚していた。

(見合いの話が、おれを興奮させている)

その反省もあった。

真吾は目をつむった。妙子はあえいだ。

「いけないわ、真ちゃん」

悲しみのこもった声である。真吾の醜さを知って悲しんでいるのか。ちらと、そんな不安があたまをよぎった。だとすると、もう二度とこうして会えなくなる。妙子は真吾を避けるようになる。

真吾は妙子の熱さが指から腕へ、さらにからだ全体に伝わるのを意識しながら、その耳に口をつけた。

「嫌いになった?」

嫌われることをしていると自覚している。それを表現する質問である。

妙子は首を振った。

「ううん。でも」

真吾は勇気づけられた。手を引く必要はない、と思った。なおも妙子の両腿《りょうもも》は真吾を締めつけている。指に力をこめ、内へ内へと動かした。

「ああ」

妙子はうめき、

「だめよ。だめ」

と言った。鼻にかかった声である。気持ちはいいのだ、と真吾は察した。男がからだをもてあそばれて快感が生じるように、女のからだも愛撫《あいぶ》をよろこぶ。それはもう、良子によってたしかめている。おどろきのなかで体験したことは、真吾の胸にやきついている。その体験が真吾の大胆な行動の背景にあった。

真吾はさらにささやいた。

「ゆるめて」

「だめ、だめ」

妙子のからだは硬直したままであった。その腕は真吾を強く抱きしめている。ほんとうにいやならば、真吾を押しのけるはずだ。真吾は足で妙子の一方の足を外へと押した。腿はゆるめられ、真吾の手は自由になった。

その手を上へ引いた。布を締めているゴムを感じ、じかに肌を感じた。急いだほうがいい。真吾の手はすばやくそのゴムをくぐって伸びた。

妙子は逃げなかった。身をねじって避けることもしなかった。真吾の手はそのなめらかな下腹部をすべり、うすいくさむらの生える丘に達した。

「真ちゃん」

妙子は真吾を呼んだ。とがめる響きも、そのなかにこもっている。それだけではない、と真吾は感じた。親密感もにじんでいるのだ。

真吾も妙子の名を呼び、さらに手を進めた。手は、さっき布を通して触れていた場所を、なまなましく触感した。肌は二つに分かれ、あたたかく潤んでいた。

真吾は手を静止させる。注意しなければ、処女膜を傷つけてしまう。千鶴のことばがよみがえったのだ。

妙子は真吾にしがみついたままであった。早い呼吸が聞こえ、吐く息が真吾の首にかかる。

(もう、これでいい。これ以上を望むのは危険だ)

はじめてくちびるを交わしたとき、二人は他人ではなくなった。そう感じた。そのときよりもはるかに強く、他人ではなくなったのを感じた。

真吾は用心しながら中指を動かした。やわらかな花びらがはっきりとわかった。神秘なたたずまいである。

真吾の指が動くと、妙子は震えた。なお強くしがみつき、腿はきつく閉じられたり、ゆるめられたりした。

ゆるめられるたびに真吾は進み、やがて秘境のすべてがてのひらにおさめられた。熔岩の池であった。指が内部にのめり込まないように気をつけなければならない。

ふしぎな気分が真吾を領していた。からだは興奮状態にある。それを妙子のここに没入させたい。その欲情は炎となっていた。けれども、そうしてはならないという自制は、力を失なっていなかった。その自制によって、こうしててのひらや指で味わっていることへの満足感がある。

小さな散歩を、真吾は試みる。ふいに、妙子は咽喉《のど》の奥で声にならぬ声を発し、からだ全体を痙攣《けいれん》させた。

「ね、ね、お願い。もう」

「わかった」

一度てのひら全体でやんわりと押し、そのやわらかみとあたたかみを吸収したあと、真吾は手を引いた。指は外気に触れ、冷たさを感じた。

そのままその手で妙子の背を抱き、くちびるを求めた。妙子が避けなければ許されたことになる。それをたしかめるためである。妙子の口は、いつもとちがって開けられて真吾を迎えた。顔をねじり、最初からはげしく吸ってきた。

情熱的な接吻《せっぷん》のあと、妙子は真吾の肩を軽く噛《か》み、

「真ちゃんはどうなっているの？」

ためらい口ごもりながらそう問うてきた。その声には、これまでにない親密な情感がこもっていた。

「…………」

真吾は率直なことばでありのままの状態を伝えた。妙子だって無菌状態で培養された乙女《おとめ》ではない。そのことばの意味することぐらい知っているはずであった。

しかし、妙子は真吾のことばに何も言わない。そこで真吾は、ひめやかに、

「触ってみる？」

と誘った。千鶴は好奇の目をかがやかせて感心しながら洗ってくれたのだ。あのときより毛は深くなり、おとなになっている。自信があった。

妙子はすぐに首を振った。

「なぜ？」

「こわい」

「こわくない」

「ううん、こわいの」

妙子は真吾の誘いを意志のこもった要請だと受けとめたようだ。

「お願い、今度にして」

哀願の口調であった。真吾としては、できたらそういう気になって欲しいという期待を表明しただけである。思いもよらず、近いうちにきょうのこの状態をさらに発展させられることが約束されたのだ。もう焦ることはない。

「ほんとうに、今度はいい？」

「ええ。それまで、勇気をつけておきたいの。おこらないで」

「おこるわけがない。妙ちゃんもおこっていないかい？」

「今までよりはるかにもっと、真ちゃんを好きになるわ、あたし」

それも、期待以上の返事であった。女の妖《あや》しさを真吾は感じた。

気がつくと、妙子の持っていた本がいつのまにか枯草の上に落ちていた。

その本を拾って身づくろいをした妙子に渡す。肩を抱いて歩き出した。すぐに妙子はよろめ

く。そのあとも歩きづらそうで、指で傷つけたのではないかと心配になった真吾は、

「どこか痛いの?」

とささやいた。

「ううん、そうじゃない。そうじゃないの。心配しないで」

妙子は急いでそう答え、真吾の腕に手をまわしてよりかかってきた。

二人は道に出て、腕をほどいた。どこから人があらわれるかわからないからである。

その夜、真吾は母に言った。

「妙ちゃん、見合いしないんだって」

そのことばの奥には、

(妙ちゃんはおれの彼女なんだ)

というひそかな宣言があった。しかし、もとより母はそれに気がつかない。

「そう言った?」

「うん、はっきりと言った」

「真吾を悲しませないためじゃない?」

「そんな気休めを言う子じゃないよ」

「そうかも知れないわね。むかしとちがって女学校を卒業してすぐに結婚だなんて、第一本人

がかわいそうだものね」

「そうさ。結婚は青春の墓場だからな。墓場へ急ぐのはバカだ」

「生意気なことを言っているわ」

母は苦笑したあと、

「真吾のほうが年上だったらねえ」

意味の深そうなことを言った。

それに対して、

（年下だって、かまわないさ）

心のなかで真吾はそう答えたが、口には出さなかった。本心を見透かされそうだったのである。

「今度にして」

妙子のやるせなさそうな声は真吾の耳にこびりついている。つねに、期待は胸のなかにあった。

しかし、その言質《げんち》をつきつけて妙子を強引に二人だけの場所に誘うのはりっぱな行為ではない。自然にそういう機会が訪れたら求めよう。妙子のことばの「今度」とはそういう意味にちがいなかった。

その機会はなかなか訪れなかった。真吾は中学生であり、妙子は女学生なのだ。生活圏がちがっている上に、男女交際はまだ学校や世間の認めるところではなかった。真吾と妙子の交際は、家族的なものであって、町の通りを仲好く歩くことは許されていない。

竹の子の季節はたちまち過ぎ、梅雨《つゆ》に入った。二人は道ですれちがったり、たがいの家を訪ねたりしながら、二人だけでゆっくりと会う機会がない。

そういう機会の来るのを妙子が避けている気配は、たしかにあった。妙子の内部は微妙に揺れているのであろう。それが察せられるだけに、真吾も誘いのことばを口にするのがためらわれた。押しつけてはならないのだ。たいせつなのは、性の世界にさらに深く進むことよりも、やはり妙子の心であった。

それに妙子は、すでに縁談が生じたように年ごろの娘になっており、男の真吾とちがって自由な時間が少なく、人の目に十分に気をつけなければならない。それでなくても真吾との仲の親しさに目を光らせている者は多いのだ。二人がおさななじみであることが、世間の寛容さをもたらしているだけのことで、ちょっとしたきっかけでいつその寛容さが消えて悪評がひろがるかわかったものではない。

どんな噂《うわさ》が立っても、真吾自身はかまわない。妙子のために気をつけねばならなかった。そのためにも、真吾は妙子の約束を胸に抱きながら、梅雨のうっとうしい時期を過していた。

めずらしく快晴の日曜日があった。真吾は今井川にハヤを釣りに行った。

半日遊んで自転車で帰る途中、魚籠《びく》の中の青や赤のきれいな模様の入ったハヤを妙子に見せたくなった。ハヤはそうおいしいとは思わないが、姿はきれいなのである。

妙子の家に寄った。

妙子は半袖のブラウス姿で庭にいて、洗濯物を仕舞っているところだった。

「まあ、きれい」

縁側で魚籠のふたを開けると、妙子は歓声を上げた。

「これ、ほんとうに真ちゃんが釣ったの？」

「そうさ」

「みんな？」

「そうだよ。半分、置いて行く。大きな皿を持って来てくれ」

ハヤのほかに、スナモグリやドンコなどがあった。これは、糸を垂らして魚のかかるのを待つのに倦《あ》きた真吾が、持って行った手網ですくったものである。ドンコは、姿はぶかっこうだが、味濃く煮つければおいしい。とくに、頰《ほお》の肉は絶妙なのだ。

「もらっていいの？」

「妙ちゃんに食べてもらおうと思って釣ったんだ。きょうは暑いから、ついでに泳いできた」

「水泳パンツも持って行ったの?」

「いや。だれもいないから、まっぱだかで泳いだ」

「まあ」

妙子はまじめに目をみはった。首が小刻みに横に振られた。

「いやよ、そんな。人が来たら困るじゃないの」

それはもう、普通の女友だちの心配ではない。あきらかに真吾の女としての懸念であった。

真吾にとってはうれしいことばだ。

「だいじょうぶ。だれも来なかった。このドンコ、砂の中にいるのを手づかみにしたやつだ」

妙子の母も出て来た。

「ほら、お母さん。こんなに釣ってきたわ。今度あたしも連れて行ってもらおうかな」

「ああ、いつでも行こう」

帰る真吾を、妙子は門の外まで送って出て来た。

真吾が自転車にまたがると、横に寄って来てハンドルをつかんだ。

「今度の日曜」

低い声である。

「亡くなったおじいちゃんの法事で、朝から夕方まで、みんな行ってしまうの」

「妙ちゃんも？」

「あたしだけ、留守番。来てくれる？」

「行く」

大きく真吾はうなずいた。妙子はさらに寄ってきた。目がみるみる潤んだ。

「ね、約束してくれる？」

「…………？」

「あたしを困らせないって」

「約束するよ」

「昼のお食事、しないで来られる？」

「うん、そうしよう」

家へ自転車を走らせながら、

(困らせるようなこととはどういう意味なのか？)

首をひねって考える。すると、ハンドルが揺れて自転車はよろめいた。

(約束の実行を迫ることか。それとも約束以上のことを求めることか)

わからないのである。約束以上のことを求める可能性が真吾にないとは言えなかった。

一週間経った。

うす曇りの日曜日であった。

十一時まで、真吾は予定にしたがって学習した。

そのあと、母に、

「友だちのところへ行く。夕方、帰る」

と言った。

「じゃ、何か食べて行きなさい。お昼にかけて行くのはいけないよ」

「いや、いいんだ。そいつ、昼めしをご馳走《ちそう》してくれるんだってさ」

妙子の家に行くと言っても、母は外出を認めるだろう。いつもは、正直にそう言っている。きょうにかぎって、友だちを口実に使った。ひそかな楽しみが胸にあって、そのために真実を言えなかったのだ。また、急用が出来て呼びに来られては困る。

真吾は妙子の家に行き、通りにだれもいないのをたしかめて門の中に入った。それも、これまで気にしなかったことだ。

玄関の戸にカギはかかっていない。開けて入って閉めてから、

「ごめんください」

今度は大声を出した。ひょっとしたら予定が変更になって妙子の父母がいる場合も考えられ

る。そのときはひめやかな声を出しては怪しまれるからである。

「はあい」

妙子の返事が奥から流れてきた。花の模様の入ったエプロンをして、妙子は手を拭きながらあらわれた。

その顔を見て、どういうわけかあらためて、

(きれいだな)

と真吾は感じた。

ふたりだけのとき

妙子のからだから女が匂《にお》った。うっすらとながらお化粧をしているのである。真吾があらためてその顔をきれいだと思ったのは、そのせいでもあった。

それだけではなかった。目が、いつもに倍して生きていた。潤《うる》みを帯びてかがやいていた。動作にも、女らしさがにじんでいた。

いつもこの家で妙子を見るとき、家の中には妙子の家族のだれかがいる。そこで、妙子は真吾に対して年上らしく振舞い、あるいは茶目っ気を出す。きょうは二人だけで、妙子は二人の

仲をカムフラージュする必要はないのである。

本能的に真吾は、自分が期待していることを妙子も期待しているのを感じた。すると、それだけで胸が締めつけられる感じになった。自然、真吾の態度はぎこちなくなった。それを消す意味もあって、居間に通されてすぐに妙子を抱き寄せ、くちびるを求めた。妙子は積極的に応じてきた。はじめから濃厚な接吻《せっぷん》になり、真吾の手はその胸に伸びた。

「待って」

くちびるをはずして妙子は言った。

「お昼の用意をしているところなの。いっしょに食べましょう。夕方までいてくれるんでしょう?」

「うん」

「本でも読んでいて」

急ぐ必要はない。素直に真吾は腕をほどいた。妙子は、

「すぐにすむわ」

と言って台所に去り、真吾は畳の上にあぐらをかいた。

ときどき、妙子はやって来た。そのたびに声をかける。普通の世間話である。真吾も、まともに話に応じる。こうしているところを人に見られても、怪しまれはしない。留守番している

おさなじみを慰問に来ている。状況は普通なのだ。ただ、この前の約束があるので、内面は微妙であった。妙子のからだのあたたかさとやわらかみを、真吾の手ははっきりとおぼえている。

「今度にして」

訴える響きを持ったその声も、記憶になまなましい。あれが妙子の言い逃れであったとは、真吾は思いたくない。無責任な言い逃れをする性格ではないはずであった。こうして家族のだれもいない日に真吾を呼んだことには、小さからぬ意味があるはずであった。しかし妙子がどこまで真吾に許そうとしているかは、わからなかった。この前よりすこしだけ進む程度であろうか。

けれども一方では、妙子がただ真吾に昼食を作って食べさせたいために呼んだのであっても妙子に不満をおぼえてはいけない、と自分に言い聞かせていた。妙子の言った「今度」は遠い将来かも知れないのである。教えられた倫理にしたがえば、真吾の願望はまだ実行に移す季節に二人はいないのである。

(とにかく、この前の地点にまで到達するのが先決なんだ。そのあとのことは、妙ちゃんの意志にまかせて、けっして強引に進んではいけない)

やがて食事の用意が整い、二人は差し向かいで食べた。妙子は味加減を問い、真吾が褒めると心からうれしそうな表情になった。その様子には、食後の真吾の行動を考えている気配はまったくなかった。

食後、真吾の希望で二人は妙子の勉強部屋に入った。茶の間では落着かないのだ。

二人は自然に抱擁し、接吻に入った。妙子はまったく警戒を示さなかった。家の中には二人のほかにだれもいないことはその念頭にあるはずだから、真吾を信頼しているのだろうか。それとも、真吾の願望を肯定的に予想しているのであろうか。真吾にはわからなかった。

すでにこの前その秘境に手で触れている。だから、きょうはもう許可を求めないで手を伸ばせばよいかも知れない。むしろ、あらためて許可を求めたら、妙子ははにかんで首を横に振るおそれがある。

そう考えながらも、やはりそれは卑怯《ひきょう》な手段のように感じられたので、真吾は妙子の耳にささやいた。

「触っていい?」

ほんのわずかな首の動きで妙子は応《こた》えるかも知れない。その意思表示を見逃さないために、真吾は息をつめた。

妙子の意思表示はなかった。真吾の腕のなかでじっとしているだけである。真吾がどこに触れたいと言ったか、それはもうわかっているはずであった。

ややあって、真吾は妙子を強く抱きしめ同じことばをささやいた。

妙子は間《ま》を置いて、小さくうなずいた。ふいに真吾の胸の鼓動は速くなる。反射的に手が動いた。

妙子は真吾の手を拒まなかった。しかし、座ったままのその姿勢では、手の伸びる範囲が限られていた。真吾は一方の手で妙子を抱いたまま、上体を傾けた。

二人は畳の上に横たわった。

妙子は真吾にしがみついたままだ。頰《ほお》と頰とは密着している。妙子のほうから意志的に密着させている。

頰を離れさせれば、たがいに顔を見る状態になる。それがはずかしい。顔を見られぬために妙子はそうしているにちがいなかった。

真吾の手は進んだ。記憶がよみがえる。何か言わなければならない、と真吾は思った。ただの欲望によって動いているのではなくそれが愛情によって支えられていることを知らせる必要がある。

「好きだ」

真吾はそうささやいた。もっと具体的なことばを選びたかったのだが、それでは長くなってしまうのである。

妙子はうなずいただけであった。それは真吾への信頼をあらわしていた。

真吾の手はゴムの下をくぐり、秘境に達した。妙子はほとんどそれを拒む動きをしなかった。この前とちがって畳の上に横たわっているので、その点でもなめらかに進むことが出来た。

真吾の脳裏には、学校の不良たちのことばがある。連中はきわめて露骨なことばで、彼らの体験を語っている。そこには醜さがあった。不潔な遊びという印象を受ける。女体への蔑視《べっし》もこもっていた。相手の女の人格など、まったく考えていない。

連中のそんな遊びとはちがうのだ。愛し合っているのだ。真吾は自分にそう弁解していた。その弁解が事実であることを証明するためにも、けいけんな気分を保持しつづけねばならない。妙子をいたわらねばならない。たいせつにしなければならない。

妙子は真吾にしがみついたまま、呼吸を震わせている。両肩も小さく震えている。真吾の指の動きによって、ときどき腿《もも》が痙攣《けいれん》した。

真吾は深い感動のなかにいながら、妙子へのいじらしさを胸にあふれさせた。

(この子はおれのために、ただもうつらくてはずかしいのに耐えているのではないだろうか?)

不安になった。妙子としては不当にいじめられさいなまれているのかも知れないのである。

真吾は上ずった声で、

「いや?」

そう訊《き》いた。

妙子は首を振る。

いやではない、という意味か。

もうすこしはっきりとささやいた。

「気持ち、よくない？」

真吾の手はよろこびを感じている。しかしそれが妙子の犠牲の上に成立しているのではいけないのだ。男がからだを刺激されて快感をおぼえるように、女も愛撫《あいぶ》によって楽しみを感じることは、知識として知っている。

ただ、そうではない場合も多いので、はたして妙子の感覚がどう揺れているかをたしかめたかったのである。

妙子は答えない。

真吾はさらに声を低くした。

「いい？」

かすかに、妙子はうなずいた。

大きな安心が訪れる。妙子は真吾の手を歓迎しているのだ。けっして真吾の一方的な悦楽ではない。

するとこん度は真吾は、どうすれば妙子がもっとうれしいか、それを試みたくなった。それは妙子のためである。

真吾の指は上にもどった。小さな谷の上流で、そこに小さな花の芽があり、指頭にからんだ。

（あるいはこれが）

真吾はそっとそれを押した。すると妙子は小さくうめき、四肢を硬くし、逃げようとする動きを示した。

真吾は静止する。

妙子にどういう感覚が生じたのか、それはプラスなのか逆なのか。真吾の知識を超えているのである。からだの反射的な反応だけではわからない。

「ここ、いや？」

いやがらせをしてはいけない、という自戒がある。妙子は答えない。呼吸はさらに荒くなっている。真吾は指の動きを再開させた。妙子は強くしがみついてきた。声が洩れた。悪い感覚が生じているならば、逃げるはずだ。悪くはないのだ。そう判断した。

「や、やめて」

あえぎのなかで、妙子はそう訴えた。

「いや？」

「ううん。でも、苦しいの」

真吾は指を移動させた。そこは、さっきよりもさらにあたたかさにあふれていた。真吾の指はすべり、溺《おぼ》れそうになる。二つの花びらを触感した。それは小ぢんまりとしており、真吾の愛撫にもそういちじるしい反応は示さなかった。

（ここまでは、この前も進んだ。今は、それを再確認しているだけだ）

あのときそのあと、真吾は妙子の手を求め、妙子は「今度にして」と言った。もう妙子は、同じことを今真吾が求めることを予期しているにちがいない。

真吾は妙子にささやいた。

「妙ちゃんも……」

それは、愛撫を受けたいからだけではなく、同じ立場に立ちたいからであった。羞恥《しゅうち》を妙子だけに強要するのは一方的だ。

妙子はうなずき、

「でも、こわい」

とささやき返してきた。

「こわがることはない」

妙子の一方の手は真吾の背から離れ、前にまわった。真吾に妙子のからだへのあこがれと興味があると同様に、妙子にもそれがあるはずであった。それほど大胆率直でないためにそれを表現していないだけだ。真吾はそう判断していた。

その妙子の手は、真吾の要請にしたがって、妙子としてはけんめいの勇気のなかで動いている。ためらいは感じられなかった。

試行錯誤ののち、妙子は真吾に触れてきた。と、握る以前に、ズボンの上からてのひらを押しつけたまま、動かなくなってしまった。手がこわばっているのだ。

で、真吾は一度妙子のあたたかさに別れを告げて手を外に出し、まずその手を握りしめ、放し、操作して自分をあらわにした。

ふたたび妙子の手を握って、自分にみちびく。

妙子の手はぎこちなく動き、真吾のみちびきにしたがった。真吾はその指を二つずつ折った。

妙子は抵抗は示さなかったものの、真吾のみちびきより前に出ようとはしなかった。

真吾が手を放しても、妙子の手はそのままであった。

安心して、真吾は手を妙子のからだにもどした。一方の手で妙子を抱きしめた。それでようやく、たがいをたしかめ合うかたちになった。

妙子の手はこわばったままだ。真吾はそのてのひらに脈搏を伝える。ふくれあがろうとして制限を受けている真吾のからだは、妙子の手に圧迫され、そこに強い快よさが生じている。疼《うず》きも消えている。

その感覚よりも、妙子にそうされているという心理的なよろこびのほうが、より大きな比重を占めていた。それは、良子や千鶴とのときには小さかったものである。

真吾は妙子の耳に口をつけた。

「もっと強く……」

妙子はそれに応《こた》える。遠慮深い応え方である。

「もっと」

「いいの？」

「いいんだ」

「こわいわ」

「だいじょうぶ」

ひめやかな会話である。ふたりだけの会話で、そういう会話を交わすことによってふたりの仲が秘密で妖《あや》しい関係に入ったことを強調する結果になった。

「どう思う？」

「………」

「すこし動かして」

真吾はやわらかく妙子を愛撫している。もう真吾は、妙子が応じるかどうかはわからないながらすべてを求める気になっていた。こうなった以上、求めるのが自然であった。

しかし、急いではいけない、という自制心ははっきりと堅持していた。妙子は今のこの状況でせいいっぱいなのだ。混乱させてはならない。

妙子は手をゆるめた。

逃げるのか、と不安に襲われたが、そうではなかった。位置を変えたのだ。それは、真吾をよりはっきりとたしかめる動作かも知れなかった。

真吾は欲望にまみれているはずであった。もっとも刺激的な状況のなかにいるのだ。はじめての状況でもあった。こういうときの男は欲望のけだものとなって理性を失なってしまう、と聞いていた。

しかし、真吾はそうではなかった。たしかに、妙子とひとつになりたいという願望は、切迫している。ところがその一方では、いじらしい勇気でこの状態に入っている妙子へのいたわりの気分が胸にひろがって来て逆に欲情を浄化させる役を演じていた。

(ここで欲望をあらわにしては、妙ちゃんをこわがらせる)

そんな結果になってはならない。現実に妙子は真吾の欲望の象徴を握っているのだから、せめて行動はやさしくしなければならない。

真吾は妙子のくちびるに接吻した。

妙子はすぐに応じてきた。それは、妙子が握らされているものへの愛撫とちがって、いつもの行為である。妙子がほっとして接吻にひたむきになるのが察せられた。

真吾は愛のことばをささやく。妙子を安心させるためであり、今のこの状況が官能の遊びだけではないことを告げるためである。

妙子も同じことばで応じる。もうそこには、年齢の差はなかった。いつもの、年上ぶっている態度は、妙子にはまったくなかった。むしろ、真吾のほうがリードしていた。その点でも、千鶴との場合とちがっていた。妙子とこうなるために千鶴とのアバンチュールがあった、という感じである。

甘い愛のことばのあとで、真吾は妙子の手のある動きをせがんだ。それも、官能のためよりも、より親愛感を味わうことに重点があった。

妙子は真吾の要請に応じる。真吾も、傷つけないように気をつけながら、つぎつぎにあたらしい愛撫を試みて行った。

（きょうはこれだけでいいのではないか？）

（今ここで約束しても、結婚までには長い歳月がある）

そう思う一方では、完全に妙子と一体になって妙子がどこへも去って行かないようにしたい、という独占欲も生じていた。そうなればそのことがやがて自分にも妙子にも大きな重圧になるという事態は、ほとんど考えていなかった。

真吾は妙子に、希望をささやいた。求めるというよりも相談のかたちを取った。打診である。

自制心

妙子のからだの潤みが真吾を勇気づけていた。妙子も同じ願望を感じているはずだ、という推察があった。もう真吾は、処女を失なうことによって妙子の将来に陰翳《いんえい》が生じるかも知れないという配慮は、遠ざけてしまっていた。

やはり、極度にエゴイスチックになっているのだ。欲望にからだ全体が支配されているのだ。

妙子は首を横に振った。

「それだけは」

と言った。真吾は顔を引いてその目を見る。潤み、赤みを帯びていた。真吾が要求通りに進むことを期待している要素を、その目に感じた。そうしないでと訴えている分子も、そこにはあった。真吾にためらいがあると同様に、妙子も分裂しているのだ。その目には悲しみすらこもっていた。

「ぼくを、好きじゃないの？」

よくないことばであった。口にしたあとで、後悔した。不良じみていて、品性がない。すぐにつけ加えた。

「好きでも、こわいから？」

妙子はうなずき、真吾はほっとした。脅迫じみたことばを普通のことばにもどすことが出来たからである。

「しかし、ぼくは欲しい。はっきりさせたいんだ」

愛撫をさまたげている布を脱がせる動きを真吾はした。妙子は抵抗を示す。しかし、その抵抗は弱かった。むしろその腰の動きは真吾の目的に協力する結果になった。

「見たいんだ」

真吾はそうささやいた。脱がせるのは、妙子が拒んだことを行なうためではないと安心させるためである。また、そのことば通りの欲求をおぼえてもいた。

「はずかしい」

「ふたりだけなんだ」

真吾はからだの位置を下げた。真吾のからだを離れた妙子の手は、あらわになった自分の白い腹部をおおった。腿《もも》はかたく閉じられる。

「いじめないで」

かすれた声を真吾は聞いた。罪を感じ、真吾は顔を妙子の顔の近くにもどし、肩を抱いて接《せっ》吻《ぷん》した。

「いじめちゃいない。どうしてもいや？」

妙子は答えない。真吾にしがみついているだけだ。真吾は足をからめた。真吾のからだは妙子の腿をじかに圧迫して、しなった。

「このままじゃ、あたまがへんになりそうな気がする」

「………」

「ね、ね、見るだけ」

かなりの秒を刻んで、妙子はいじらしい声を出した。

「ずっと、あたしと別れない？」

大きな譲歩である。真吾にとってもうれしい条件であった。そう誓わせたいのは、むしろ真吾のほうなのだ。

「別れないとも」

なおそのとき真吾が純粋でなかった証拠がある。あたまの隅を、妙子が年上であることがかすめたのだ。生涯の伴侶《はんりょ》は男よりも女が年下であるのが一般だという常識が、なお生きていたのである。あとでこのことばは重荷になるぞ、小賢《こざか》しくもそう考えた。

しかし、真吾はそのひらめきを追放した。それは今の状況を否定するものだからであったし、またそれは二人の仲の障害にはならないという信念にもよる。

「キスして」

妙子はふいにそうせがみ、真吾がくちびるを合わせると目をつむってはげしく吸ってきた。自分をはげますためなのだ。せいいっぱいの努力をして真吾の要望に応えようとしている妙子の姿勢がそこにあった。

やがて、ゆっくりと腕をほどいた真吾は、あたまの位置を下げて行った。妙子の腿をひらく。妙子はもうきつい抵抗は示さなかった。丘をおおっていた手も、簡単にはずされ、真吾は光を帯びた若草の群生を見、桃色の花びらと縦の線を見た。

妙子は両手で顔をおおっている。真吾はその両腿の間にひざまずいた。

(妙ちゃんだ)

女の秘密の場所ということよりも、それが妙子のそこであることを、真吾は自分に強く言い聞かせようとした。強引に妙子を了承させたことへの罪ほろぼしの意味もある。

美しい色をしていた。可憐《かれん》な感じであった。過去の記憶がよみがえる。自然に、くらべる気が生じた。しかし、同じ次元でくらべてはいなかった。それが妙子のそれであることによって特別に貴重なものと考えねばならないのである。

そっと真吾は両手を左右に引いた。透明な肌であった。小さな池に水はあふれ、ふくらみ、震え、流れた。また、妙子が切なさを訴えた部分は、肩をすくめた感じでおののいていた。

大きな安心が、意識の底から湧《わ》いてきた。自分が妙子のその花の園に美と執着を感じ、マイナスの印象をいささかも受けなかったからである。もしいささかでもそのような印象を受ければ、それこそ妙子へのはずかしめであり、また真吾自身の不幸なのだ。

やがて真吾は、あざやかな珊瑚《さんご》色の花芯《かしん》が呼吸しているのを発見した。震えながら、呼吸している。

すると、小さな湖面が揺れ、表情に変化が生じる。その呼吸は、真吾のくちびるを求める妙子のくちびるのうごめきに似ていた。

（意識するしないにかかわらず、妙ちゃんのここは、おれを求めているのだ。それが男と女なのだ）

前進の信号を受けた感動が真吾を領し、また見られてばかりいるということから生じているであろう妙子の羞恥心をうすめる意味もあって、真吾はそこに口を寄せて行った。

そのときまだ真吾は、男と女のきわめて親密なまぐわいのなかにそのような愛撫《あいぶ》があることを知っていなかった。体験している友人たちの間にもそんな行動は表現されたことがない。

自然に真吾の内部から生じたものだ。純粋に吸い寄せられたといってよいかも知れない。真吾のくちびるはやわらかな花びらに内側から触れ、透明な泉のみなぎる花芯に触れた。

後年妙子から聞いたのだが、妙子は真吾の訪問前に真吾の行動を予想して、からだ全体をあらかじめ湯で清めていた。とくに真吾のあこがれている場所を注意深く清浄にしていた。その用意のなかで真吾を迎えていた。真吾の直感は自信過剰によるものではなかったのである。数えで十七歳の乙女《おとめ》として、健気《けなげ》な心配りと言うべきであろう。

真吾は芳醇《ほうじゅん》な香に包まれた。かすかに、めまいを誘う香である。妙子の匂《にお》いだ、と思った。抵抗は生じなかった。生じさせる夾雑《きょうざつ》感はなかった。まるみを帯びた味がした。

(これで、おれと妙ちゃんの仲は決定的なものになった。もうあとには引けない)

そう思った。心情的な面では最高の感動のなかにいた。しかし、生理的な欲求は真吾のつぎの行動を求めている。

すこしの間妙子は、真吾が自分のからだにどのようなことをしているかを認知しなかったようだ。

「いけないわ。そんなこと」

ふいに乱れた早口で妙子はそう言い、逃げようとした。手で、真吾の顔と自分とをさえぎろうとした。あわてている。

真吾はそれを許さなかった。好きなのだから異常ではない。ルールの心得はまったくなかったけれども、そう信じていた。妙子にしても心理的なよろこびは生じてもいやがるはずはないのだ。

「真ちゃん、ああ」

妙子は逃げるのも真吾を押しのけるのもあきらめて、感動的な声を出した。おどろきのなかからうれしさが生じているのを、真吾はふしぎな優越感のなかで感じた。

そして真吾のその大胆な行動は、戯れに女学生と遊ぶ連中の行為とはちがっていることの証明だと、みずからに理屈づけられるものであった。

「こっちに来て。お願い」

やがて妙子は泣きそうな顔でそう言い、真吾はようやくそれに応じて顔を上げた。

急いで下半身を脱いで、妙子におおいかぶさった。

妙子は真吾の背を抱きしめ、

「真ちゃんのお嫁さんになる」

そう口走り、くちびるを求めてきた。接吻している間も、何回も手の位置を変えて真吾とより密着した抱擁状態に入ろうと試みた。

はげしい接吻のあと、真吾は顔を離し、妙子の合わさった上下のまつげをみつめ、

「目を開けて」

と要望した。

まつげは黒く、まぶたが痙攣《けいれん》し、やがて目は開かれた。それまで、真吾は妙子の目を黒いと思っていた。なんとなく、そう思い込んでいた。

かなり茶色の要素が多いのを、真吾ははじめて知った。ふしぎな目の色であった。

(この子は今、心もはだかになっている)

真吾はそう感じた。たしかにもう妙子は、真吾に向かっておおいかくすものは何もないのである。

「おれを、信頼する?」

妙子はためらわずに大きくうなずいた。もうそのとき、二人の間には年齢の差はまったくなかった。真吾は男であり、妙子は女なのである。おさななじみの「妙ちゃん」の要素は遠く霞《かす》み、あたらしい女人像が強烈に鮮明に浮かび上がった。

「あなたも」

と妙子は言った。

「信じて」

今度は真吾がうなずく。さらに妙子の目をみつめ、

「いいね?」

声をひそめた。妙子はうなずく代わりに、ゆっくりと目を閉じた。あきらかに、承諾したのである。

真吾の胸はひときわ高く鳴り響きはじめた。呼吸も苦しくなった。

(あわててはいけない)

(妙ちゃんは承諾しても、からだが本能的に拒むものだという。やさしく、効果的に進まなければならない)

(みじめな心境にさせてはならない)

妙子の内部に真吾を迎えたがっている要素があるとは、真吾には思えなかった。妙子がこうして身を委《ゆだ》ねているのは心情的な「愛」によるものにちがいない、と考えていた。真吾は状況を進展させる段階でも、その心情を裏切ってはならないのである。

真吾は用心深く動いた。

妙子は消極的ながら、真吾に協力した。もう完全に覚悟しているようである。部屋は明るい。窓ぎわには、ガラス越しに午後の日光も注いでいる。

その明かるさが、妙子にはむごたらしい感じがした。

けれどももう、今さら部屋を暗くすることはできない。

ここは妙子の部屋である。まだこれから何年も、妙子はここに住む。真吾との仲に破局が訪れたならば、今のこの記憶は妙子の大きな傷になるにちがいない。

そうなってはならない。責任を感じた。そうならない自信があるか？　ある。その自信に客観性はあるか？

「…………」

そこまで自分を追いつめるのは考え過ぎであった。真吾は動くことによってその追及から逃げた。

最初の試みに、妙子は低くうめいて逃げた。真吾は妙子をとがめるよりも、自分の焦りを恥じた。

いくつもの試行錯誤が行なわれた。妙子は分裂していた。真吾に協力しながら、最後の最後で本能的に身を守る方向に走ってしまうのである。

「ごめんなさい」

妙子は悲しげにあやまった。

「自分でも、どうしようもないの」

これは、まだ早過ぎるという天の啓示ではないか、と真吾は思った。その啓示にしたがうのが賢明な道ではないか。

けれども、真吾はなおも試みた。妙子は声を発し、からだをうねらせて上へと移動してしまうのである。

その何回目か、真吾のからだが、やはり妙子の秘境に沿ってはずれたとき、真吾に爆発の予感がした。

真吾は動きを停めて自制し、妙子を抱きしめた。しばらく、動かなかった。ようやく、耐え、呼吸を整えていた。

「どうしたの？」

妙子はいぶかしんだ。真吾の様子がただならぬことに気がついたのだ。

真吾はその耳たぶをかるく噛《か》み、

「こまった」

と言った。はだかになっている妙子に対して、自分もはだかにならなければならない。恥辱にかまけていつわりを申告しては二人の一体感がなくなってしまう。

勇気をふるって、真吾はつづけた。

「もうだめなんだ」

「え？」

「今のままなら」

「…………」

「妙ちゃんのなかに入ったらすぐ、ぼくは終ってしまう」

それでは肉体的な一体感による充足を味わうことが出来ないのだ。しかも妙子は、処女を失なったという悲哀と妊娠への不安を抱くだけになる。

真吾のからだは、腹面を妙子の花園に押しつけて、二人のからだの間で大きく脈打っている。もうあとは、ほんのちょっとした刺激で爆発してしまうだろう。はっきりとそれは予測できた。

妙子も、真吾が今は進もうとしていないことを知って、かなり余裕をとりもどしたようだ。

手が、真吾の背を撫《な》でた。

「あたしがいけないの？」

「そうじゃない。ぼくが、はじめてで、興奮し過ぎているんだ」

「…………」

「どうしようか？」

真吾の置かれている状態が、まだ妙子にはよくわからないらしい。幼稚な質問を発してきた。

真吾は、羞恥をおぼえながら、客観的なことばでやさしく説明した。

妙子は真吾の頬《ほお》に接吻した。

「それでもいいの。あなたのものになりたい」

「赤ちゃんの心配もある」

「多分、だいじょうぶよ。調べたの」

「ほんとうに、それでもいい？」

「いいわ」

「もうすこし、自分を落着かせたい。失敗したらこまる」

妙子はその「失敗」の意味もわからず、真吾は説明しなければならなかった。おそらくこのあとも妙子の意思にかかわりなく、妙子は本能的に自分を守ろうとするにちがいない。焦った真吾が、いかに頭脳を働かせて手綱《たづな》を引き締めても、妙子と結ばれる前に放出してしまう可能性も強いのだ。もしそのような事態になれば、二人の間に気まずさが生じるのは必定であろう。

「じゃ、こうしてじっとしていて」

妙子の声には、やはり安心の響きがあった。また真吾の背を撫ではじめた。

「重くない？」

「ふしぎね。ちっとも重くないの」

真吾も目をつむる。妙子のあたたかい潤いは、そこからからだ全体へとひろがって行く感じである。

（どうしたらよいか？）

迷っていた。

妙子がささやいてきた。

「いい気持ちよ。ほんとうはあたし、このままがいいの」

二人は結ばれてはいないが、密接に合っているのである。

愛撫

このままでいい。妙子のそのことばを真吾は理解した。そうであろう、と思った。処女の多くは、感覚的にはそうなのだ、という知識がある。

(妙ちゃんの希望通り、このままでいようか？　無理に進んでは、二人とも傷つく)

自制の念がよみがえった。耐える自信はあった。さっきから、妙子をいたましくいじらしく思う心理に襲われているのだ。

ただ、

(せっかくのチャンスなのに)

(妙ちゃんが変心したら、こういうチャンスはふたたび訪れない)

やはり、ここは一気に進んで既成事実を作ってしまうほうが自分の人生をばら色にすることになるのではないか、という功利的な気もあった。

しかも、このままでは欲望が宙ぶらりんになってしまう。おさまりがつかない。

真吾は迷いはじめた。迷いながら、じっとしていた。

妙子はその真吾の耳にささやいてきた。

「好きよ、好き」

あえぎのなかの声である。おそらく、そのことばをこの状況にいる自分への免罪符にしようとしているのであろう。

真吾は同じことばを返し、くちびるを合わせた。

いずれにしても、しばらく自分を落着かせねば進むことも出来ない。真吾はそう結論し、妙子のくちびるを吸いながら、その肩を抱いたままからだをまわした。妙子は抵抗せず、真吾の力のままに動き、二人は横臥《おうが》して抱き合うかたちになった。真吾のからだは、あたたかい潤みにあふれた妙子から離れた。

部屋が明かるすぎる。しかしもう、そのことにこだわってはおれない。真吾は、もうはるか以前から妙子に問いたかったことを、その頬《ほお》に頬を密着させて口にした。

「妙ちゃんは、自分の手で気持ちよくなったことがある？」

少女たちの多くがその習慣を持っていることは、本にも書かれている。友人間でも、しばしば話題になる。男にとっても女にとっても度を過さないそれはいけないことではない、と医学書にあるのだ。

質問の直後に、急いでつけ加えた。

「おれは、あるんだ」

妙子が羞恥心《しゅうちしん》によって嘘《うそ》を言うことを防ぐためである。

妙子はかすかにうなずき、

「ときどき」

低い声でそう答えた。

それは、真吾における妙子のイメージを汚《けが》すものではなかった。むしろ、さらに妙子が親密な存在になった。真吾の妙子への欲求が妙子にとって理不尽なものではないことを立証する返事で、安心感が訪れた。

「男はどうするか、知っている？」

「よくわからない」

「だいたいのことは？」

「…………」

今度はうなずきだけで妙子は答える。真吾たちが女の生理について強い興味のなかで語り合うと同じように、女学生たちも男の生理について知識を交換しているはずで、妙子もその埒外《らちがい》にいるものではないことを、そのうなずきは示していた。

「妙ちゃんは、どうしているの?」

真吾の目的は、真吾の手によって妙子をよろこびにみちびくことにあった。このまま結ばれれば、直後に真吾は爆発してしまって、妙子には苦痛と屈辱だけを与える結果になることは見えすいている。

結ばれるにせよ思いとどまるにせよ、その前に妙子の感覚を楽しませたいのだ。それには妙子の方法を妙子の口から聞くのがもっとも早い。

「はずかしい」

「はずかしくない。おれたち、もっと何もかも知り合ったほうがいいんだ」

真吾の手は妙子のからだを這《は》った。秘密の場所は、さっきよりもはるかに濡《ぬ》れていた。

真吾の手は谷を分け、せせらぎのなかをさまよう。妙子はさらにしがみついて来て、呼吸を震わせた。

「ここ?」

妙子はうなずく。やはり、真吾の見当通りである。

「こうするの?」

「もっと、そっと」

かすれた声ながら、はじめて妙子は妙子自身の要請をあきらかにしたのだ。これで、真吾が自分だけの恣意《しい》によって行動しているのではないことがあきらかになった。

「ああ」

うめいた妙子は、真吾にしがみついていた右手をはずし、下に這わせた。真吾が求めないのに握りしめてきたのである。真吾のからだは、さっきから、基底部のあたりからじーんと鳴っていた。それが、妙子の把握によっておさまった。

「真ちゃんも教えて」

甘えのこもったその声を聞いて、真吾はふいにこの場の収拾策を見出した。たがいに愛撫《あいぶ》することによってよろこびを得ればいいのだ。一度放射すれば、気分的にも真吾は安定するし、そのあとならば、妙子のなかに入っても余裕を持つことが出来るだろう。

真吾はささやいた。

「知っているようにしてごらん」

しばらくして、妙子の手はぎこちなく動いた。小さな動きであり、また、その手と真吾のからだが離れる。

真吾は妙子の耳たぶを軽く噛《か》み、

「もっと大きく、もっと強く握って」

はじめて指示した。妙子はその指示にしたがう。それは、真吾自身の手による刺激とは、まったくちがった新鮮な感覚を真吾にもたらした。

真吾の妙子への愛撫はつづいている。真吾の人さし指の指頭の中心が撫《な》でているそれは、はじめより大きくなりかたくなった。その分だけ、目標がはっきりしてきた。

「いい?」

問うと、妙子はうなずく。そのからだ全体に、多彩な反応を示しはじめていた。ときとして、妙子の手の動きは停まった。真吾の自分への愛撫に意識がとらわれるのであろう。

そのほうが、真吾としても都合がよい。しのぎやすい。出来れば、妙子をよろこばせたあとに頂上に登りたいのだ。

そのため、ときに真吾はからだを押しつけて妙子の手の動きを封じる。

あたらしい意図を妙子に告げる必要があることに気がついた。

「ひとつになりたいんだ」

「ごめんなさい」

「いや、あやまることはない。急がなくていいんだ。きょうは、これだけにしよう。たがいにこうするだけに」

妙子はうなずいた。気のせいか、妙子はほっとしたようである。

「ね、これから妙ちゃんはじっとしていて」

真吾は一方の手で妙子の肩を抱きしめ、愛撫をこまやかにした。妙子の頬は熱っぽい。わずかな腰のひねりで、真吾の指の力の加え方がどうあって欲しいかを示す。

ふいに真吾は強く握りしめられた。つづいて妙子は小さな声を発し、両腿《りょうもも》を閉じようとした。からだ全体が痙攣《けいれん》した。ふたたび、声が発せられ、今度は妙子は逃げようとした。

(到達したのだ)

手をはずしてはいけない。愛撫をゆるめてもいけない。真吾はそう直感し、さらに強く妙子を抱きしめ、指に力をこめた。

「はずかしい」

上ずってはいるけれども明瞭な声で妙子はそう叫び、そのあと咽喉《のど》からしぼり出すうめきを上げ、今度は逆に真吾にぶっつかって来てからだを硬直させた。真吾の指は、真吾にとって未知の妙子の内部にとどろきが生じるのを感覚した。

真吾はもう指を動かさなかった。というよりも、動かせなかった。

真吾自身、妙子にただ握りしめられているだけでありながら、ほとんど極限状況にあった。

真吾はささやいた。

「妙ちゃんも」

妙子はすぐに真吾のことばの意味を理解し、大きく手を動かした。数秒後、真吾にめくるめくときが襲ってきた。

後年の高校生は、公然となった男女の間の性の楽しみのなかで、妊娠をおそれたりたがいになお一線を劃《かく》するために、からだを交わらせずに相互愛撫によって楽しむ場合が多くなった。これはあたらしい時代に生きる若い男女のひとつの知恵であろう。

真吾と妙子とのその日は、そのように計算して割り切ったものではなかった。そのつもりではなかった。

真吾は妙子のなかに入ろうとし、妙子もこれに協力した。けれども未経験な二人にとってそれはたいへんむつかしいことであった。

その上、真吾はその試行錯誤のなかで極限近くまで自分を追いつめてしまい、たとえ妙子とひとつになることが出来ても、そのあたらしい世界に陶酔するまもなく終局となってしまうおそれがあった。ほとんど確実にそうなってしまう予感があった。はじめての体験をそのようなみじめなものにしないために、真吾は自制したのだ。

もちろんその奥には、妙子をなお処女のままでおらせたいという、真吾自身の欲望とは矛盾しているセンチメンタリズムもあった。妙子の側には、不安とおそれがあった。

みずからの手で楽しんだ場合、それが自然な欲望の処理法であって、いけないことではないという知識はあっても、やはり虚《むな》しさと後悔が生じる。

妙子を強く抱きしめて、

「もういい」

と伝えた真吾には、その虚しさも後悔も生じなかった。妙子への愛《いと》しさにあふれ、快よい疲労感のなかでただよっていた。

（これでよかったんだ）

自分にそうささやく声を聞きながら、ある豊かな気分に領されていた。それは大きな発見であった。

（同じ刺激によって同じよろこびを得ながら、しかしやはりちがうのだ）

遠慮がちに妙子が質問してきた。

「良かったの？」

「うん」

真吾はうなずき、妙子のくちびるを強く吸った。

「いっぱい出ただろう？」

「ええ」

頂上をきわめたあとは妙子を疎《うと》ましく思うのではないかという不安が、愛撫を受けながらの真吾の胸のなかで点滅していた。

そうではなかった。むしろ、これまでよりもはるかに妙子は親密で可愛《かわい》い存在になっていた。

あふれる愛情のなかで、真吾は妙子にささやいた。

「目をつむって、じっとしていて」

「どうするの？」

「きれいに清めるんだ。さ、目をつむってじっとしていて」

妙子は素直に真吾の指示にしたがった。真吾はそっと上体を起こした。

あと始末を終らせて妙子に添って横たわり、ふたたび抱き寄せた。

「不安だわ」

「何が？」

「あたしを嫌いになるんじゃない？」

「逆だよ。さっきより、ずっと好きになっている」

「どうして、途中でやめたの？」

どうやら、妙子の不安は真吾が途中で結ばれようとする試みをやめたことから生じているらしい。

「妙ちゃんのせいじゃないんだ」

真吾は率直に自分の弱点を説明した。説明しながら、妙子の手を自分にみちびいた。

「よくわからないわ」

「だんだんわかるようになるよ」

妙子は、さっきまでとちがって真吾がやわらかになっているのを知った。そのわけはもう知っているであろうと思いながら、真吾は説明した。

説明しているうちに、真吾は凜然《りんぜん》となってきた。

「あら、また?」

「また欲しくなったんだ」

「…………」

「今度はだいじょうぶだ」

真吾のクラスの遊びまわっている連中のなかには、ひそかに遊廓《ゆうかく》に出入りしている者たちもいる。勉強とは無縁の者たちである。

そのなかの一人が、娼家《しょうか》に上がる前にみずから放出しておくことがある、と言ったことがある。娼婦に軽蔑《けいべつ》されないためだというその理由を、未経験な生徒たちも十分に納得したものである。

真吾の念頭にそのことばがあったわけではない。偶然、そのことばと合致する状態になった。

「ほんとう？　あたしを嫌いになったからじゃない？」

「ほんとうだとも」

「じゃ、して」

ふいに、妙子は大胆になった。これまでずっと真吾の要求に応じて受身の姿勢でついてきた妙子の、はじめての積極的な意思表示である。しかも、率直なことばだ。真吾はおどろきのなかで妙子を見た。

「して欲しい？」

「ええ、もうこうなったら、完全に真ちゃんの女になりたいの」

顔は上気し、目は燃えている。妙子がそう思いつめているのはたしかであった。このままで別れては、中途はんぱなのである。けじめをはっきりさせて心理的に安定したいのであった。妙子は観念的になっているのだ。

「もう同じだよ」

「いや。このままじゃ不安なの」

しかし、真吾のほうは、なお欲情は持続していながらも、さっきにくらべてかなり理性的になっていた。妙子の処女性を損なわなくてよかった、という心理もあった。

真吾は妙子に接吻《せっぷん》し、秘境にてのひらをあてがった。

「不安がる必要はない」

「信じていいの？」

「いい。おれたちはもう他人じゃないんだ。それより、無理はしないほうがいい」

そう言った瞬間、自分が偽善的になっているのを意識した。しかもそのことばは、真吾自身の真実と矛盾している。

で、抱きしめて肩に口をつけた。

「しかし、もう一度試みてみようか？」

妙子はうなずいた。

「もう何もかも、真ちゃんの思う通りして」

いじらしさにあふれたことばである。

（この子は、ほんとうはもうきょうはこのままでいたいのだ）

「おれたち結婚できるかどうか、わからない」

今になって言うのはおかしいことばである。言った直後にまたすぐにそう感じ、急いでつけ加えた。

「まだ若過ぎる」

「知っているわ」

妙子は真吾を見た。

「でも、そんなことはもうどうでもいいの。ただ、あたしを嫌わないでいてくれたらいいの」

「それはおれの言うことばだ。これからもどんどん、見合いの話なんかが妙ちゃんには起きる」

「見合いなんか、ぜったいにしない」

真吾が妙子を愛撫しはじめると、妙子はその手を押さえた。

「もういいの」

言外の意味はあきらかであった。そして真吾のほうは、今度はうまく遂行できる自信をみなぎらせはじめた。

真吾は姿勢をあらためようとした。

不良少女

結果として、その日は真吾と妙子は結ばれなかった。意志では協力しながらも本能的に妙子は逃げ、それを封じるにはかなり残酷な強制を強《し》いなければならず、その行為はいかにも散文的に思われ、自分と妙子の間に醸成されているリリシズムを傷つけることのように感じられ、それよりも真吾は甘いムードを重んじたのである。すでに妙子の愛撫《あいぶ》によってよろこびを得たあとなので、からだの底からあふれ出る欲望も切実ではなかった。

(きょうはここまでにしよう。やはり、これ以上進むのはまだ早い)

そう結論したあと、ふしぎなことに真吾はふとんを敷くことを妙子に要請し、妙子はためらわずにその要請にしたがった。

二人はそのままの姿で、ふとんのなかで抱き合った。ふいに家の人が帰って来ればたいへんなことになるのだが、大胆な気分が二人をおおっていて、危険はおぼえなかった。

ふとんは妙子の使用しているふとんであり、妙子の匂《にお》いがした。そのなかで妙子を抱き、エロチックな心理と観念的な陶酔との両方のなかで、真吾は豊かな心理を味わっていた。

(こうしているだけでいい)

そう思った。その底には、もう妙子とひとつになったも同然だという自信があった。妙子はもう真吾がどんなことを求めても拒まないはずであった。

「ね」

妙子がささやいた。

「あたしも、見たい」

「うん。いいよ」

「目をつむっていて。見ちゃいや」

見ているのを見られるのがはずかしいのであろう。真吾は仰向けになって目をつむり、上体を起こした妙子はふとんをずらせた。男の真吾に妙子の秘境を見たい欲求があると同様に女の妙子に真吾の男を目ではっきりとたしかめたい願望があって当然であろう。

ただ、はずかしそうにしながらもそれを意思表示できたということは、もう妙子と自分との仲に一体感が生じているためにちがいなかった。

妙子の手は真吾をもてあそぶ。はじめて握らせたさっきとちがって、馴《な》れてきた感じである。手の動きに、親しみがこもっていた。

妙子は何も言わない。おどろきを噛《か》みしめているにちがいない。

ふと、ちがう感触がした。で、あたまをわずかにもたげて目をうすく開けると、妙子は頬《ほお》ずりしていた。いかにも愛《いと》おしげな様子である。さっきは本能的に迎えるのを拒んだのに、やはり愛おしいのであろうか。処女のふしぎに複雑な心理である。

やがて妙子はそこにくちびるを寄せた。真吾は目をつむる。快よさが、そこから全身にひろがる。

けれども、欲望が切実に燃える感じではなかった。むしろ、この状態をずっとつづけるだけでよい、という充足感が真吾を領していた。おそらく、妙子はさっきの真吾の行為の答礼をしているのであろう。

数分後、妙子は真吾に添って横たわり、二人の上にふとんをかけ、抱きついてきた。

「どうだった?」

「どうして、ああなるの?」

「血液が集まるからさ」

「ふしぎね。生きてるみたい」

「生きているんだ」

「あたしがだめだったから、ほかの女の子に入る?」

「いや、そんなことはしない」

「真ちゃん、大き過ぎるんじゃない?」

「そんなことはない。普通だよ」

妙子は男の性について、いくつもの素朴な質問をした。それは、これまで抱いていた疑問も含まれていただろうし、きょう生じた疑問も入っているにちがいなかった。真吾は正直に答えた。

「あたしはもうきょうで、精神的には処女ではなくなったんだわ。真ちゃんにすべてを捧げたと同じだわ」

妙子はそう言った。

「人のいるところで真ちゃんに会うのがこわい」

「今まで通りでいいんだ」

「あたし、きっと、顔を赤くすると思うわ」

「知らぬ顔をしなきゃ」

真吾もまた、女の生理について妙子にいくつかの質問をした。真吾にとっては不可解なことが多過ぎるし、やはりそこが神秘的な存在であることは、見たり触れたりした今でも同じなのだ。

ところが、妙子自身、自分のからだについてあまり知っていなかった。

「だって、あまり考えたことがないし、人に教わったこともないもの」

いつまでもこうしていたい。しかし、それは許されることではない。まもなく、二人は勇気を出して起き、妙子はふとんを押入れにしまった。

「だれかが帰って来るまでいて欲しいの。でも、考えたらそれもこわいわ」

真吾としても、妙子の父や母に会うのはこわかった。

「今度またゆっくりと会おう」

きょうの行為はこのつぎに再確認されるものであることを二人は約束し、真吾は妙子に別れを告げた。

夏休みになった。妙子とは毎日会えるわけではない。会っても、二人だけでだれにも見られない場所に行く機会は少ない。

真吾は欲望をもてあましていた。相手がいないならばともかく妙子がいるのに、それは不合理な状態であった。

ある日の午後、炎天のなかを歩いて妙子の家に向かった。家の人がいて何も出来ないにしても、会うだけ会いたかったからである。

前方から、女学生が歩いて来た。妙子の近所に住む新倉文江という少女で、遠くの私立高女に汽車通学している。派手で遊び好きな子で、中学生たちとの噂《うわさ》が絶えない。もちろん、まじめな女学生である妙子とは交際はないはずであった。

真吾とは、たがいに顔は知っている。話をしたこともなく、これまで道ですれちがっても知らぬ顔をしてきた。不良女学生とつきあうにはまずこちらが不良中学生たちと親しくしなければならないのが不文律なのだ。そのためにはたばこを吸い、学校をエスケープし、またそれらしいおしゃれをしなければならない。

異性ではあっても無縁の世界に住む少女なので、

(おや、またどこかへ遊びに行くところなんだな)

そう思っただけで、とくに関心はなく、いつものように目も合わせずにすれちがおうとした。

「ちょっと」

文江はたたずみ、呼びかけてきた。どんな軟派の女学生でも、一人のときはおとなしいものだ。複数になれば中学生をからかったりするが、一対一のときに女学生のほうから話しかけることは、まずない。

その習慣を破って声をかけてきたので、真吾はおどろいてたたずみ、相手を見た。

「ぼく?」

「ええ、そうよ」

文江は寄ってきた。お化粧をし、くちびるを紅く塗っている。

「どこへ行くの?」

もう何回も話をしたことがあるなれなれしさである。二年ほど前に転居してきた文江は、小学校時代の同級生でも上級生でもなく、まだだれにも紹介されていないので、たがいに顔は知っていても、正式には未知の間柄なのである。どこへ行こうと関係ないはずだ。

しかし真吾はおだやかに、

「そこまで」

と言った。

「急ぎの用なの？」

「いや、そうじゃない」

「だったら、あたしの家に来ない？　今、友だちを迎えに行くところだったんだけど、あなたでもいいわ」

「ぼくを知っている？」

「あら」

文江はあでやかに笑った。

「知っているにきまっているじゃないの。もう前から、あなたと友だちになりたかったの。ね、今、家にはだれもいないの。来て、レコードでも聴かない？」

丁重にことわるのが筋だ、と真吾は感じた。不良たちと親しくつきあっている女学生にかかわりを持つことは、こうして立話をするだけでも危険なのだ。世間や学校の誤解を招くだけでなく、この子と交渉のある他の中学生や町の青年から暴力的な危害を加えられる可能性がある。しかも、気まぐれの誘いにたちまち応じるようでは、軽く見られることにもなる。

「いや、このつぎにしましょう」

「どうして？」

文江はさらに寄って来た。色っぽい目になった。

「いいじゃないの？　せっかく、勇気を出して誘ったんだもの」

文江の背景に白い道がつづいている。風もなく、たたずんだためか、文江の顔には汗の玉が浮いた。

「はあ。しかし」

「ね、行きましょう」

さらに寄って来て、真吾を見上げる。目の奥にかげろうが揺らいだ。いじらしさがにじんでいる。これ以上拒むのは相手を傷つけることになる、と真吾は感じた。

「じゃ、ちょっとだけ」

「うれしい」

並んで歩きはじめた。自分の歩き方がぎくしゃくしているのを、真吾は意識した。おさななじみの妙子と歩いているときとは、まったく勝手がちがうのである。困惑感があった。人に見られたら困る、とも思っていた。

「もう前からよ、お友だちになりたかったの。あたしの名まえ、知らないでしょう？」

「知っています」

「ほんとう?」

「岡本とは仲が好いんでしょう?」

クラスはちがうが同じ学年の生徒である。不良たちの一方のボスだ。文江は岡本の彼女になっているはずであった。

「ああ、あの人。ただのお友だちよ。いやねえ、噂なんか信じないで。この町の人たち、ちょっとつきあうと、すぐにへんな噂を立てるんだもの。だから、田舎はいや」

真吾の想定では、岡本が、自分のつきあっている女学生をただの友だちにとどめておくはずがなかった。しかし、真吾は問いつめなかった。岡本の名を出して自分が甘くはないことを示しただけで十分だ、と考えた。

文江の家は土塀に囲まれた旧武家屋敷であった。玄関の戸は開けられたままであった。

「すぐに帰るから、戸締まりもしなかったの。さあ、上がって」

「はあ。家の人はどうしたんですか?」

「朝から出かけているの。一人で退屈でしようがなかったのよ」

真吾は座敷に通された。文江は梅酒をコップに入れて持ってきた。

「あなたはあたしのことをきっと誤解していると思うわ」

「はあ」

庭でセミが鳴いている。庭の向こうは隣家の白壁である。

「あなたが思っているほど、あたしは遊びまわっていないのよ。だから、これからお友だちになって」

文江はよくしゃべった。あたまが悪くないことやわりにしっかりした考えを持っていることが、そのおしゃべりのなかで感じられた。しかし、じっさいはどうかわからず、真吾は警戒心を解かなかった。

結局、真吾は一時間ほど話相手になり、

「まだゆっくりして行けばよいのに」

と残念そうな顔をする文江をふり切って、その家を辞去した。

玄関まで送って出てきた文江は、手をさし伸べて握手を求めた。握手をすると、左手を真吾の手の甲に重ね、

「これからよろしくね」

と言った。

その足で真吾は妙子の家に行った。妙子はいた。

「洋裁のまねごとをしているの」

妙子の部屋には型紙が散乱していた。それをかたづけて真吾の座る場所を作る。家の中には

妙子の母がいるので、大胆なことはできない。そのまま真吾は座り、

「来る途中、奇妙なことになった」

そう前置きして、文江の家に連れて行かれたことを語った。

「まあ、あの人と」

妙子は青ざめ、真吾の話の途中から首を振りはじめた。

「よしたほうがいいわ。ううん、嫉妬《しっと》で言っているんじゃないわ。ああいう人とつきあうの、危険だわ。もう二度と誘われないで」

「うん。おれもそう思っているんだ」

「それで」

妙子は寄ってきて声をひそめた。

「何かされなかった?」

「いや、別れるときに握手しただけだ」

「まあ。握手を。いやよ、そんなの」

部屋を出て行った妙子は、タオルを濡《ぬ》らして持ってきた。

「さあ、手を出して」

丹念に真吾の手を拭《ふ》く。

「握手だけ？」

きらめく目で真吾をみつめる。予想以上にこだわっている。

「もちろん、それだけだよ。向こうは女の子で、こっちは男なんだ。向こうからへんなことをするわけはない」

「わからないわ、ああいう人たちは。ほんとうに、一時間もいて、何もなかったの？」

「何もない」

真吾は妙子を抱き寄せ、そのくちびるにすばやく接吻《せっぷん》した。

「だから、正直に言っているんだ」

「もう行かないと約束して」

「行かないよ」

夏ではあるし、部屋の襖《ふすま》は開けられたままである。いつ妙子の母が入って来るか、わからない。すばやくくちびるを合わせる以上のことは出来ない。こうして遊びに来るときは、会うだけでいい、と考えていた。会うと、やはり密着したいのである。

真吾がそれをささやくと、妙子は首を振った。

「だめよ。話が途切れても怪しまれちゃうもの」

「じゃ、散歩に行こう」

「もうすこしお日さまが西に傾かなきゃ」

「夕方になったらいい？」

「ええ。なんとか口実を作るわ」

六時過ぎ、妙子は、

「ちょっと中西屋まで行って来るわ。帰りに散歩する」

と言って真吾とともに家を出た。中西屋は文房具店なのである。

じっさいに妙子は中西屋に行く。真吾もいっしょに店内に入った。

先客があり、ふり向いた顔が文江であった。文江は笑顔を浮かべようとしたが、妙子に気がつき、すぐに表情をこわばらせた。

真吾は、

(妙ちゃんに正直に言っていてよかった)

そうみずから祝福しながら、

「さっきはどうも」

と言った。

「いいえ」

短かく低くそう答え、文江はそのまま出て行った。こわばった表情のままである。真吾と妙子が親しいことは、もうとっくに文江は知っているはずなのだ。
妙子は真吾をみつめ、
「悪かった?」
と声をひそめた。真吾はゆっくりと首を振った。文江の態度が解せないのである。

リンチ

新倉文江の家に行って一週間ほど経ったある日、真吾は一人のクラスメートの訪問を受けた。金井というその少年と、真吾は親しくなかった。ほとんど話もしていない。向こうも真吾に用はなく、真吾も向こうに用はなかった。

不良グループに入って遊びまわっており、ポケットにはいつもたばこを忍ばせている。ときどき下級生から金品を巻き上げているとの噂《うわさ》もあった。

小柄で、上着のホックと二つのボタンをはずしてせかせか歩く少年で、目はたえず左右に動いている。午後の授業をエスケープする常連の一人であった。

クラスには、普通の生徒と禁じられた遊びに重点を置いて生きている生徒とが、たがいに相手の領域を荒らすことなく、共存している。級長に象徴されるクラスの秩序は守られており、不良一派が横車を押すことはなかった。彼等はそのエネルギーを校外で発散すればよいのである。彼等に干渉しないかぎり、彼等も普通の生徒に難題を吹っかけては来ない。クラスのなかでは異端少数の生徒の一人である。

玄関にその金井を迎えて、

「どうしたんだ?」

真吾がいぶかしんだのは当然であった。と、金井は奇妙な笑いを浮かべて、

「岡本がおまえに用があるそうだ。ちょっと来てくれ」

すぐに真吾は新倉文江を思い出した。文江の家に行ったことに関連があるのかも知れない、と推察した。それ以外に、岡本が真吾に用があるとは、考えられない。

危険をおぼえた。しかし、ここで拒否しても、それで放置する連中ではない。

「岡本はどこにいるんだ?」

「すぐそこだよ」

「行こう」

めんどうなことは早く解決したほうがよい。真吾は母にことわり、下駄を突っかけて外に出た。金井は単なる走り使いであろう。何も質問することはない。

そう思ったのでだまって歩いていると、金井は腕をぶっつけてきた。

「な、おい。悪いことは言わん。あやまるんだぞ。おまえにはプライドがあろう。しかし、がまんしろ。口答えをしちゃいかん。同じクラスだからな。おまえがひどい目にあうのはおれだっていやなんだ」

「岡本が、おれに何をおこっているんだ」

「文江のことだよ。おまえ、あいつを口説《くど》いただろう？」

「まさか」

「文江が岡本に報告したんだ」

「そんなバカな」

「しかし、何もなくて文江が岡本におまえのことを言うわけがない」

「あの女の子がどう言ったか知らんが」

自分が直接弁明するよりも金井に言ってもらったほうがいいと考えて、真吾は事実を伝えた。

「それだけなんだ。おれにはやましい点はない」

「岡本はそう聞かされてはいない。おまえ、それはほんとうか？」

「ほんとうだ」

「おかしいぞ。話がずいぶんとちがう。道で会って、おまえが強引についてきた。文江はそう言っているらしい」

「逆だよ」

「よし、おれが釈明してやろう」

連れて行かれたのは神社の境内であった。そこには岡本ともう一人の少年がいた。他校の生徒で、はじめて見る顔だ。服装や目つきに岡本と共通点があった。

「よう、来たか」

真吾を見て、岡本は寄って来ようとした。その前に進んだ金井は、岡本と真吾の間をさえぎるようにして、何やら低い声で話しはじめた。

やがて、

「嘘《うそ》をつけ」

と岡本はどなった。

「逃げ口上だ。文江がおれに嘘を言うわけがない」

金井を押しのけ、真吾の前に進んだ。

「この野郎、似合わねえことをしやがって。文江を悪者にしようとしやがって」

からだがひねられたかと思うと、非常な速さで右腕が飛んできた。けんか慣れした動きであった。

左の頬《ほお》に一撃を受けて、真吾はよろめく。

「あとはおれにまかせろ」

見知らぬやつがそう叫び、地を蹴《け》って真吾に躍りかかった。

なぐり返せば暴行は倍加される。それがこの連中の本能であることを知っているので、真吾は無抵抗でなぐられることにした。無抵抗でいるかぎり、この連中は刃物を含んだ凶器は使わない。

金井はうろうろしながら、

「もういいじゃないか。もうよそうよ」

何回もそう言った。暴行を受けながら真吾は、金井の好意に感謝した。二人の暴行者は金井の提案を無視した。

結果として真吾は鼻血を出して地上に伸び、

「いいか。二度とあの女に手を出すな」

岡本はそう言って去って行った。行きがけに真吾の膝《ひざ》を蹴ったのは見知らぬやつで、

「バカめ」

とわめいた。二人は去ったが、金井はたたずんでいた。やがて真吾に身をかがめ、

「悪く思うなよ。しかたがないんだ」

そうささやき、鼻紙を真吾の手に握らせてから岡本たちのあとを追った。

しばらく経ってゆっくりと起きた真吾は、銀杏《いちょう》の樹《き》の下に腰を下ろし、顔を仰向けにしていた。からだのふしぶしが痛く、顔は火照《ほて》っている。でこぼこした顔になっているにちがいなかった。

金井がもどってきた。

「だいじょうぶか？」

「ああ」

「岡本はおまえの言っていることが事実だとわかっているんだ。だからなお、おまえが口説いたことにしといたほうがもっと軽くてすんだ」

ようやく鼻血がとまったようだ。真吾は金井を見た。

「顔に傷があるか？」

「うん、すこしだけな。おまえはなぐられ方が上手だった。しかし、あしたあたり痛むぞ」

「もう一人のやつはだれなんだ？」

「倉田中学を中退したやつだ。岡本の兄弟分だよ。あいつのなぐり方がひどかった。どうしてもよそのやつは手加減しないからな」

真吾は立った。

「ちょっといっしょに来てくれ」

「どこへ行く?」

「新倉文江の家に行く」

「よせよ」

「いや、行く」

「もうかかわり合わんほうがいい。あんな女の子は、おまえには似合わんのだ。あれはおれたちの世界の子なんだ」

「いや、所存を訊《き》いて来る」

金井の忠告を無視して、真吾は神社の境内を出た。金井はあきれながらついてきた。

文江の家の前まで来た。金井は尻込《しりご》みした。

「おれはここで待っているよ」

真吾は一人で門の中に入り、開けられたままの玄関に入って行き、大声を出した。

出て来たのは文江の祖母である。話をしたことはないが、顔は知っている。

「文江さん、いますか?」

文江のこの家には文江の両親はいない。父親は東京におり、母親とは死別している。だから、文江はここに引きとられて転校してきたのだ。文江の祖母は、いかにも旧家の老女という感じの落着いた人で、派手な文江とは対照的であった。

「はい、おります。でも、あなた、お顔はどうしたんですか？」

「そのことで来たんです」

老女は顔を曇らせた。が、それ以上は問わず、

「ちょっと待ってくださいね」

と言って奥に去った。

すぐに文江は出て来た。

「まあ、その顔、どうしたの？」

目をみはっている。残念ながら、その顔は魅力的であった。岡本が嫉妬するのも無理はない、と思った。

「きみのせいだ。岡本になぐられた」

真吾は簡単に事情を説明し、

「なぜ、きみは嘘を言ったんだ？　今度会ったら、取消してもらいたい。きみのような女を口説くなんて、ぼくの名誉にかかわる」

一気にしゃべった。その間に文江の顔は紅潮してきた。

「わかったわ。ごめんなさい。まさか、こんなことをするなんて」

「わかるわからないの問題じゃない」

「とにかく、上がって。手当てをしなきゃ」

文江は土間に降りて来て真吾の腕をつかんだ。真吾は逆にその腕を引いて外へ出ようとした。

「外で金井が待っている。金井の前で、ぼくが正しいことを証言してもらいたい」

「金井さんが？　わかったわ。あなたはここにいて。おばあちゃん」

急いだ声で祖母を呼んだ。祖母はすぐに出て来た。

「この人をお座敷に上げて。宮崎さんなの。あたしのたいせつなお友だち」

「知っていますよ。さあ、どうぞ」

文江は外へ出て行った。妙ななりゆきになったぞと思いながら、真吾は老女に勧められるままに上がろうとした。そこで、暴行を受けているときに下駄が飛んではだしになったのを思い出した。

「足が汚れているんです」

「じゃ、裏にまわって」

真吾が座敷に通されてまもなく、文江はもどってきた。

「金井は？」

「帰ったわ。心配しないで。ちゃんと言っときましたから。それより、お薬をつけなきゃ。シャツも脱いで。このまま帰ったら、たいへんだわ。洗わなきゃ」

シャツには鼻血がついているのだ。ズボンは泥だらけである。

(もうこうなったら、話がつくまでは帰らんぞ)

真吾はシャツを脱ぎズボンを脱いだ。文江のためにこうなったのだ。文江には後始末をする義務がある。

文江はタオルと薬箱を持って来て、真吾の前に座った。

「さ、横になってあたしの膝を枕にして」

「いや、自分でする」

「だめよ。言う通りにして。手当てがすんだら説明するわ。あたしの言うことも聞いてちょうだい」

もうこうなったらはばかることはない。真吾は大胆な気分のなかで仰向けになった。文江は膝を進め、真吾のあたまをその上に載せた。

「かわいそうに」

濡《ぬ》れたタオルでやさしく拭《ふ》きはじめた。

(岡本の野郎、この光景を見たら怒り狂うだろうな)

当然、文江にサービスされる権利があるのだ、と思った。何しろ、先きにその代償を払ったのだ。

拭いたあと、文江は、

「染みるけど、がまんしてね」

そう言って、ヨード・チンキですり剝《む》けたところを消毒しはじめた。

「うっ」

顔が熱くなる。

「こんなことをするなんて、もうあいつとは絶交だわ」

「出来るんなら、そうしてみろ」

それが当然、理由なく人をなぐった岡本の受ける罰であった。

「そうするわ」

文江のふっくらとした腿《もも》を、真吾は感じていた。

(妙ちゃんよりもやわらかだ)

「歯はだいじょうぶ? 口の中は切っていない?」

「だいじょうぶだ。そう強いパンチではなかった」

「二人がかりだったんだってね。卑怯《ひきよう》な男。大嫌いよ」

「もう一人のも知っているのか?」

「知っているわ。いやらしいやつ。あいつがあたしに何をしようとしたか、岡本に言ってやるわ」

「絶交するんじゃなかったのか？」

「絶交するときに言ってやるわ。ほんとうにごめんなさいね。あたし、あなたが妙子さんと中西屋に入って来たのを見て、かっとなったの。ほかの女の子なら、くやしくないわ。あの子だからくやしかったの。あの子に会うために、ここを早く出たのね。だから、復讐《ふくしゅう》するために岡本にでたらめを言ったのよ」

「きみにはそんな権利はないんだ」

「わかっているわ。でも、女にはそういうおろかなところがあるの。あなたを好きなのよ。たまたま出会ったから気まぐれで誘ったのではないの」

家の中には、すくなくとも祖母はいる。それなのに、文江は声を低めずに話をしていた。

「そんなの、信用せん」

男たちからちやほやされて遊びまわっている文江が真吾に以前から興味を持っていたなど、あり得るはずがなかった。

「信用して。それから、ほんとうにごめんなさい。どんなつぐないだってするわ」

真吾は目を開けて下から文江の顔をにらんだ。文江は奥の深い二重瞼《ふたえまぶた》の目で真吾をみつめていた。

そのくちびるがうごめいた。白い前歯がこぼれ、かくれた。一文字にくちびるは結ばれ、すぐにひらかれた。

「くちびるも」

それまでとはちがった妙に低い声で文江は言った。

「すこし切っているのね。痛そう」

ふいにその顔が迫って来て、あっという間もなかった。文江のくちびるは真吾の口にぶっつかった。真吾は反射的に顔を振ってそのくちびるをはずそうとした。が、もう接吻《せっぷん》されてしまった以上、その必要はない、とすぐに思い直した。

真吾は動かず、文江は吸いはじめた。

(おれはせんぞ、おれは吸わん)

真吾は目を開けたままであった。文江の耳が見える。赤い耳で、半透明な感じであった。文江はからだを折って真吾のくちびるを吸いつづけた。

そのうちに、舌がのめり込んできた。舌は真吾の口で戯れはじめた。エロチックな動きである。ほとんど受動的で真吾のみちびくままにしか動かない妙子の接吻とちがって、文江のそれは多彩で技巧的でセクシャルであった。

からだがふくらみはじめるのを意識した。ステテコ姿で、仰向けになっている。妙子とちがって経験豊かな文江は、すぐに気がつくにちがいない。

欲望をみなぎらせた状態を見られるのは、やはりはずかしい。しかしそれよりも、ぶっきらぼうな態度をとっているのにからだが反応を示しているのを知られ、

（ほうら、なんのかんのポーズを作っていてもあたしを欲しいんだわ）

それを見透かされるのがいまいましかった。で、からだが完全に勃起《ぼっき》してパンツとステテコを突っ張ったのを意識した真吾は、くちびるをはずした文江にそれを見られるのを防ぐために、その肩に両手をまわし、自分からも吸いはじめた。

庭に面した窓は開いている。

庭にだれかが入って来れば、この光景を見られてしまう。文江の祖母が入って来ても同じである。しかし、真吾は大胆になっていた。文江の責任なのである。

接吻しながら、すこしずつからだの向きを変えた。文江の手は真吾の耳たぶをいらいはじめた。

童心

抗議に来たのである。状況は予想もしない方向に進んでいる。おかしなことになった。妙子

への罪を意識した。これは、告白してはならない。そう思った。

より強く真吾は、岡本に対して「ざまあみろ」と叫んでいた。暴力で人を制することは出来ないのである。

むしろ真吾は、岡本からいわれなき暴力を受けたがために、こうして文江の接吻《せっぷん》を受けている状態を自分に許している、とも言えた。

庭の木でセミが鳴いている。家の中は静かで、文江の祖父母はどこにいるのか、物音ひとつしない。

文江の手が真吾の手首をつかんだ。その手は真吾の腕を曲げ、操作し、彼女自身の胸にみちびいた。その間も、舌は微妙に動いていた。

白いブラウスの上から、真吾は文江の乳房に触れた。文江の手は、真吾のてのひらがそれをつかむことを求めた。

真吾はその通りにした。胸を下に向けている乳房は、はっきりしたかたちを保っていた。ブラジャーはしていない。妙子の乳房にくらべて、

(大きく、やわらかい)

と思った。真吾の知識によると、文江もまた妙子と同じで真吾よりも一年上の四年生であった。

真吾は握りしめたままであった。指を動かして揉《も》むのが自然な行為であろう。しかし、それは自主的な動きである。自分からは何もしないぞ、と自分に言い聞かせているのである。ようやく、文江はくちびるをはずした。顔を遠ざけない。間近に目と目が合った。

文江の目は充血し、濡《ぬ》れていた。妖《あや》しい光のゆらめきがあった。

(この女、どこまでも進む気になっている)

真吾はそう直感した。しかし、うろたえる心は生じなかった。逆に、はたしてそうかどうかをたしかめたい冒険心が動いた。こちらは男である。いつでも拒んで身をひるがえすことが出来る。

「あたしを、嫌いなの?」

「…………」

「嫌ってはいけないのよ」

文江の声は甘くなった。

(誘惑者の声だ)

真吾は答えずに文江をみつめつづけた。こうして間近に見る顔の印象も、妙子とはまったくちがっている。より〝女〟を感じさせられるのである。

「好きになって、とは言わないわ。あたしをもてあそんで。あなたならいいわ」

ふたたびくちびるを押しつけられた。さっきよりも、文江の口中の唾液《だえき》は豊富な感じであった。

接吻しながらも、今度は文江は目を閉じなかった。またたきもせず、視点も動かさず、そのまま真吾の口を吸いつづける。

真吾のほうから口をはずした。

「妙子の鼻をあかそうというわけだな？」

「まあ」

はげしく首が左右に振られた。

「ちがうわ。今、だれのことも考えていなかったわ。純粋に二人だけだったのに」

真吾は上体を起こした。文江も、あえて真吾を押さえつけなかった。

「ぼくは帰る」

「だめ。シャツを洗って、ズボンを拭《ふ》くわ。待っていて」

それもそうだ、と思った。血まみれのシャツを持って帰れば、母が心配する。

「じゃ、早く洗ってくれ」

「横になっていて」

文江は去って行った。

言われた通りに寝ころんで顔の傷を指でたしかめていると、庭に文江があらわれ、真吾のシャツを干しはじめた。

すぐに文江の姿は消え、やがてズボンを持って部屋に入って来た。真吾は寝ころんだまま文江を迎えた。

文江は真吾の前に正座し、ズボンを畳の上に置いた。

「シャツが乾くまで待ってね、すぐに乾くわ」

「岡本とほんとうに別れるのか？」

「別れるわ」

「拝見していよう」

「もう前から、そう好きじゃなくなっていたの。あたし、浮気なの」

「それで、あいつは嫉妬《しっと》深いんだ」

もう真吾は文江に対しておこってはいなかった。魅惑的な妖精《ようせい》と対している気分であった。

（これ以上おれと親しくなった場合、この子がおれにあまり干渉せず、おれの生活を乱さず、おれと妙ちゃんとの仲の邪魔をしないならば）

そういう条件が確保されれば、もっと進んでもよい。真吾はそう結論しかかっていた。おそらく体験者であろう文江は、真吾を巧みにみちびき、真吾は体験できるにちがいないのである。

そうすれば、その体験を妙子に応用することが出来る。

妙子との仲のために文江を利用する。そんな名分が真吾をそそのかしていた。

「嫉妬する権利なんてないわ」

真吾は上体を起こしてあぐらをかいた。文江はにじり寄って来て、左手を真吾の膝《ひざ》の上に置いた。

「あたしを信用して」

「何を？」

「もうけっして、あなたが不愉快な思いをするようなことはしないわ」

「いや」

真吾は首を振った。

「あんたとつきあったら、当然あの連中に狙われることになる。あんたは、あの連中の世界に住む人だからな」

「知らせなきゃいいじゃないの。もう、あたしはぜったいに言わない」

「知られるにきまっている」

親密になってもそれをすべての人に秘密にするという言質《げんち》を、真吾は得たかったのだ。

「知らせないようにすれば知られないわ」

「そう出来るかな？」

「あたしは出来るわ」

「あの連中だけにではなく、だれにも知られちゃいけない」

文江は真吾の顔に顔を寄せ、いたずらっぽい目つきになった。

「妙子さんに知られないこと？」

「それもある」

「約束するわ。秘密のなかの秘密にしましょう」

「…………」

「ね」

文江は真吾の耳に口をつけた。

「今夜、九時過ぎたらこっそりと来て。今からあたしの部屋を教えるわ。玄関はだめよ。裏にまわって窓の下に来て」

それに対して真吾は、

「来るか来ないか、はっきりした約束は出来ない」

と答え、

「それでもいいわ。あたしは待っている。おばあちゃんたち、夜は早く寝るの。部屋は離れているの。あてにして待っている」

その夜、真吾は行かなかった。岡本をおそれたからでも妙子を裏切りたくなかったからでもない。それは小さな障害に過ぎなかった。不良少女の誘惑に簡単に乗ることを、プライドが許さなかったのである。欲望にまみれながらも、少年らしい意地に殉じたわけで、客観的に考えれば無用な強がりかも知れなかったし、自分のなかのひとつの真実に反する結論ではあろうが、それもまた少年の日の真実だったのである。

文江が蚊帳《かや》を吊《つ》ってそのなかで待っていたであろうそのころ、真吾は不得手な英文法の参考書に取組んでいた。

それも、文江の家に忍んで行かなくても無為に過していたならば自分が最善の道を選んだことにはならない、というきびしい意識によるものであった。

あくる朝、真吾が庭の栗の木にぶらさがって運動のまねをしていると、生垣の向こうの道から、ひめやかな声がかかった。

ふり向くと、制服姿の文江であった。真吾は大きくからだを振って地上に降り、生垣に歩み寄った。

「きょうは登校日なの」

と文江は言った。化粧もしていない。長い髪は編まれていた。清楚《せいそ》な女学生姿で、白く透明な頬《ほお》の色が美貌《びぼう》をきわ立たせていた。

「急いで駅に行かなきゃ」

朝日がようやく地の向こうから光を放射しはじめ、生垣の葉は露に濡れていた。

「やはり、まじめに行くの？」

「それはそうよ」

そこで文江は顔をしかめた。

「顔、かなり腫《は》れたわね。せっかくの好い男が、かわいそうに。ほんとうに許せないわ」

「でこぼこした感じだ」

「お母さんにはどう言ったの？」

「ありのままを言ったよ。もちろん、あんたのことは言わない」

「昨夜、一晩中、窓を開けて待っていたの」

「岡本と正式に別れることだな。昨夜は、勉強していた」

文江は腕の時計を見た。

「かならず、絶交するわ。もう、遊びまわるのもいやになったの。もう行かなきゃ」

手を振って文江は歩き出した。男を知っている女は歩き方でわかる、とクラスのだれかが言った。文江の歩くのを見送り、その腰の振り方をみつめる。しかし、真吾にはわからなかった。

三日ほど経《た》って、梅雨《つゆ》のような雨の降る午後、金井がまた訪ねてきた。

「また呼び出しか？　もう行かないぞ。わざわざなぐられに行くバカはいない」

「いや、そうじゃない。話はここですむ」

この前、金井の態度は真吾に好意的であった。それを思い出し、金井を部屋に上げた。

「新倉文江は岡本と別れた」

「ほう」

「正式に絶縁した。文江はもう、おれたちと遊びまわるのはやめて、なんとおまえ、畠《はたけ》仕事をするそうだ」

「畠仕事？」

「今まで、じいさんとばあさんがしていた。あの子は派手に遊びまわっていた。やはり、遊びまわりながら胸が痛んでいたらしい。女の子だな。これからは心を入替え、学校からはまっすぐに帰って家の仕事を手伝うんだそうだ」

「本気かな？」

「本気らしい。ま、いつまでつづくかはわからん。三日坊主ですぐにもどって来ると言う者もいるが、おれはあの子は変わると思うよ。もともと、その辺のミーハーじゃなかったんだ。何かがあの子の生活を乱れさせていたんだ」

真吾は新鮮なおどろきに襲われて金井をみつめた。金井のことばこそ、通常の不良たちの使うことばではないのである。

「あの子の家庭は複雑なんだ」

「おそらく、それが原因だろう」

「おまえの場合は？」

「意志が弱いんだよ、おれは。おれはだから、新倉文江に今、コンプレックスを感じているんだ。あの子の決心を祝福したい。一度遊びの味をおぼえた者が足を洗うのは、たいへんなことだよ」

「なぜ、おれにそれを言いに来た？」

「文江に頼まれたんだ。おまえ、あの子の支えになってやれ」

「…………」

「岡本に聞いたんだ。岡本のやつ、くちびるしか許されていなかったらしい。こんなに早く逃げる女なら強引に奪っとくんだったと、岡本は後悔している。もう遅い。あの子は去って行った」

「しかし、一度渡りのついた女はつけまわすのがおまえたちだろう？」

金井は首を振った。

「よその学校の連中はともかく、うちにはそんな悪党はいないよ。おまえにはわからんだろうが、岡本だって根は純情なんだ。おまえたちが思っているほど、おれたちはでたらめじゃない」

「あの子が鍬《くわ》を振り、肥桶《こえおけ》をかつぐというのか？」

「見守っていろよ」

「もう一つ訊《き》く。岡本の前のあの子の彼はどういう男だったんだ？　つまり、あの子はだれによって男の洗礼を受けたんだ」

「あの子は処女だよ」

「まさか」

「もちろん、おれだって断言はできん。しかし、そう思うね。おれだけじゃない。おれたちの仲間はみなそう思っている。これも、おまえたちにはわからんだろう。遊びまわっている女学生のみんながみんな、そこまで男に許しているわけではないんだ。それぞれ、ちがうんだよ」

「じゃ、男たちもそうか？」

「そうだ。けんかばかりしてほかの悪いことは何もしないやつがいる。学校をエスケープして山に行ってぼんやりしているだけの者もいる。万引きの常習だが女にはまったく興味を示さないやつもいる。花札だけの者もいれば、酒とたばこに目がない代わりけんかや女とは関係ないのもいる。悪いことならなんでもというのは少ないんだ。女の子だってそうよ。不良少女はだれとでも寝るというのは、何も知らない連中の偏見だよ。文江はおそらく、ばかなことばかり言って騒いだり踊ったりしているおれたちといっしょにいることで、自分のなかの虚《うつ》ろな部分を忘れたかったんじゃないかな」

「虚ろな部分とはなんだ」

「わからねえ。あまり自分のことはしゃべらない子なんだ。みなといっしょのときでも仮面をかぶっているところがあったな。人間、それぞれに悩みを抱えているもんだよ」

「その文江が、なぜ急に……」

「岡本がおまえをなぐったのがきっかけになったのはたしかだ。あとはわからん。さあ、おれはこれから行かなきゃいかん。とにかく、頼まれたことは伝えたからな」

「どこへ行くんだ？」

「鈴木がね、家からリヤカーで米を二俵運び出してどこかにかくしておるんだ。それを、密造酒を作っている村に売るわけよ」

「そんなまね、よせ」

「いや、おれには金が要《い》るんだ」

夕方、雨は晴れた。山の緑が美しい。空の青さを目に沁《し》みさせながら、真吾はみずから散歩と称して家を出、妙子の家に向かった。妙子は、家の裏を流れる溝で、竹のざるを持ってしきりに何かをすくっていた。

「何をしているんだ?」

「フナが何匹も泳いでいるの。なかなかすくえないわ」

溝の水は増えて、流れも速くなっていた。そのなかの魚をすくおうとする妙子の姿は、小学生時代を思い出させた。その表情も、童女めいていた。

真吾は、妙子との妖《あや》しい雰囲気が再現されることを、ずっと望んでいる。こうして来たのも、その願望の成就を求めているからだという意識がある。

むじゃきな妙子の様子に、自分の醜さを感じ、うしろめたさをおぼえた。

(やはり、あの日のことは、夢だったことにしたほうがいいのではないか? 妙ちゃんも後悔しているのだろう。忘れようとしているのだろう。それとなく、態度でそれの了解を求めているのではないだろうか?)

自分が残酷な実験をしたような気分に襲われるのである。

「よし」

真吾は大声で言った。

「おれがすくってみよう」

下流の小川の小魚たちが雨に誘われて上ってきたのにちがいない。

林の中

二学期がはじまり、秋になった。真吾にとって、おだやかな日がつづいた。欲望は自制したままであった。

妙子とは、ときどき会っている。しかし、人目をはばかっての短かい接吻《せっぷん》以外には、何も出来なかった。

その場所がないのである。その状況に身を置くことを妙子が避けている気配があった。いつかの妙子の家でのことは、幻になりつつあった。

（きっと、後悔しているんだ）

それはあるいは真吾の思い過しで、妙子は真吾の誘いを待っているのかも知れない。

しかし、真吾自身も、妙子をそのままにしておきたい、という心理を抱いていた。そのほうが妙子にふさわしいし、妙子に余分な悩みを与えなくてすむのである。

ただ、真吾の胸の奥には、

（妙ちゃんは、ほんとうはおれをもう好きではなくなっているのではないだろうか？　しかたなしに、習慣になっているキスだけは受けているのではないだろうか？）

という不安があった。いつかはっきりとそれをたしかめたい、と思っていた。

中間考査の終った日、運動部の連中はさっそくグラウンドに出て元気の良い声を上げはじめた。普通の生徒たちは、映画を観に行くためとかいろんな予定を立てて校外へ散って行く。

真吾にはとくに予定はなく、家に帰って本でも読むつもりで校門を出た。

途中で友だちと別れて家の近くまで来ると、前方を妙子が歩いているのが見えた。時刻は早い。

（やはり、試験中なんだな）

真吾は足を速め、追いついた。

「あら」

ふり返った妙子は笑顔になり、

「いつまで試験？」

と訊《き》いてきた。

「きょうで終ったんだ」

「わたしたちもそうなの」

「どこかへ遊びに行くのかい？」

「誘われたけど、ことわったの」

「どうして？」

「なんとなく」

「じゃ、夕方まで、予定はないの？」

「ないわ」

真吾は散歩に誘った。妙子はうなずき、二人は一旦《いったん》家に帰ることにして、別れた。

三十分後、約束の場所で会った二人は、久しぶりにゆっくりした気分で林の中に入って行った。

道が見えなくなったのをたしかめてたたずみ、くちびるを合わせる。それをくり返しながら奥へ進み、やがて小鳥のさえずりのにぎやかな台地に出た。どうやらきょうは、キノコ採りの人の姿も見えないようだ。

日当たりが良くて周囲から見られない場所を選んで腰かけた。雑木の茂みが視野をはばんでいる。

抱き合ってくちびるを合わせ、上体を後方に倒した。落葉が音を立てた。

「こうして会うの、久しぶりだ」

「誘ってくれなかったわね」

「迷惑だったらいけない、と思ったんだ」

「どうして？」

下から真吾をみつめる妙子の目は澄んでいた。

「あれ以来、妙ちゃんはなんとなく冷たかった」

こうしてきょう誘うことが出来たのは、中間試験がすんだという解放感のおかげなのである。

「あら、それは真ちゃんよ。あたし、ひがんでいたの」

「いや、妙ちゃんのほうがなんとなくよそよそしかった」

「文江さんとつきあっているの？」

「つきあっていないよ」

「嘘《うそ》」

「いや、ほんとうだ」

妙子は目を閉じた。真吾がくちびるを合わせようとすると、首を横に振って拒み、

「嘘を言わないで」

ややヒステリックに言った。おどろいて、真吾は妙子の顔をみつめた。

「嘘を言ってはいない」

道で会って立話をする程度である。文江も誘っては来ない。金井が報告しに来たように、遊

び仲間とは縁を切ったようで、たしかに祖父母を手伝ってまじめな毎日を送っているらしかった。そのために、真吾を誘惑する気もなくなったのだろう。あの日の接吻はあの日だけのものであった、と真吾は考えることにしていた。

「嘘よ」

妙子は目を開け、きつい視線を注いできた。

「この前、あの子におどかされたわ」

「おどかされた？」

「そうよ、道で会ったの。急にあたしの前に立ちふさがって、〝あたしは宮崎さんを好きなんだから、おぼえといて〟そう言ったわ。そのまま去って行ったわ」

「それがおどしかい？」

「そうよ。脅迫よ。あなたとつきあっているからなんだわ」

「そんなことはぜったいにない。誓っていい。道で会ってひとことふたこと話をするだけなんだ。しかもあいつ、このごろは遊びまわるのもやめたらしい」

「それも、あなたのおかげでしょう？　あなたに良い子だと思われたいからよ」

「まさか。おれにはそういう力はないよ。とにかく、つきあってはいない」

誤解されてはたいへんである。これからいっしょに文江の家に行って会ってもいいとも言って、真吾は誠意をあらわしながら説明した。妙子の態度が硬かったのがその誤解のためだとすると、気がつかなかった真吾は大きな損をしていたことになる。

妙子の態度はしだいにやわらいで来た。あらためて接吻することを許してからは、真吾を抱きしめ、

「ほんとうに信じていいのね？」

「あの子とつきあわないと誓って」

をくり返した。そのたびに真吾は大きくうなずき、誓った。

真吾はようやく、妙子が二学期以前の妙子にもどってきたのを感じはじめていた。

（そうだったのか。この子は文江とのことを誤解し、それでおれに距離を置こうとしていたのか）

理由がわかれば安心である。真吾を嫌いはじめたわけではないのだ。

それでも、月日が経っているので妙子の秘部に手を伸ばす勇気は、なかなか生じず、ただ接吻をくり返しては愛のことばをささやくだけであった。

時が経つ。日が落ちるまでしかここにはおれない。

ついに勇気を出して、真吾は妙子の耳にささやいた。

「この前のこと、後悔しているんじゃないのかい？」

妙子は首を振った。

「していないわ」

間《ま》を置いて、

「真ちゃんは後悔しているの？」

反問してきた。

「いや、ぼくはしていない」

「あたしだって……」

「じゃ、いい？」

「今？」

「うん」

「こんなところじゃ、いや。人が来たら困るわ」

「来ないよ」

「だってえ。——この前と同じことならいいけど」

真吾がふたたびひとつになることを試みようと求めているのだ、と妙子は勘ちがいしていた。

それに気づいた真吾は、

「それでいいんだ」

そう言いながら頬《ほお》ずりした。

「いい？」

「ええ」

ふいに目の前に人があらわれても妙子が恥をかかないように、真吾は上着を脱いで二人の腰の上にかけた。

左手を妙子のあたまにすけ、右手を腿《もも》に這《は》わせる。

妙子は震える声で、

「だれも来ない？」

と言った。

「だいじょうぶ。気をつけている。妙ちゃんは安心していていい」

久しぶりの接触である。真吾は用心しながら進んだ。妙子はじっとしている。その耳にささやいた。

「妙ちゃんも」

返事はなかったが、妙子の手は動きはじめた。真吾も妙子も、はじめてではない。しかし、たがいにはじめてのようにゆるやかで用心深い手の動きとなった。

当然、真吾のほうが先きに目的の場所に達し、あたたかさを感じた。そのあと、妙子もズボンの上からてのひらで真吾を押さえ、ゆっくりと握りしめてきた。真吾の手はすぐにゴムをくぐった。

真吾の予想以上に妙子はしとどになっていた。真吾の手は溺《おぼ》れた。妙子は低い声を発して真吾にしがみついた。

(どうして今まで遠慮していたのか?)

自分の臆病《おくびょう》さがふしぎであった。妙子が待っていたことを、ようやく実感として確認できた思いである。

真吾はさらに手を伸ばし、てのひら全体で妙子をたしかめた。

(ああ、これだったんだ)

胸の鼓動ははげしい。

この前にくらべると慣れているので、わりに落着けるだろう。そう考えていた。そうではないのである。むしろ、この前よりも心臓は乱打している。

(昨夜の勉強で、寝不足のせいかな)

ちらっと、そう思った。

妙子は真吾と同じように自分もじかに真吾に触れるため、真吾を放し、ボタンをはずそうとしはじめた。

なかなか、うまく行かない。手がこわばっているからでもあろう。

ついに妙子は泣きそうな声で、

「ね、はずして」

と訴えた。

「よくわからないの」

しかし真吾は、妙子に協力するためには、自分の手を妙子の秘境から一旦《いったん》別れさせねばならない。それがもったいない。それに、すべてを妙子の自主的な動きにまかせたかった。

「じゃ、両手を使えばいい」

妙子は真吾の助言にしたがい、一方の手も添え、いくつかのボタンをはずし、手を入れてきた。

妙子のその動きをさまたげないために、真吾はじっとしている。

ようやく、妙子は真吾をじかに握りしめた。

「ああ」

やるせなさそうな吐息が洩《も》れる。

「忘れていた?」

妙子は首を左右に振った。

「もういやだ。そう思っていたんじゃない？」

「そうじゃないわ。思い出すと、勉強も出来なくなって、会いたくなって」

妙子は真吾を外に出そうとしない。愛撫《あいぶ》の方法も忘れたのか、握りしめているだけである。

妙子の動きを促す意味もあって、真吾は愛撫をはじめた。妙子は連続して声を発しながら、そこではじめて真吾を外に出そうとした。

しかし、ふくらんでかたくなったそれは、なかなか妙子の思う通りにならない。一方の手も応援に加わったが、もたついている。妙子が真吾をいたわり過ぎているからだ。

真吾は腰を引いて妙子のいじらしい動きを助けようとしたが、思うようにならない。

「もうすこしねじったり曲げたりしてもいいんだ」

「でも……」

「だいじょうぶだよ」

そこでようやく、妙子の手にすこしだけ力がこもり、真吾は外に出た。

「ああ、よかった」

いかにもほっとした声で妙子はそう言ったが、そのことばには巧まざるユーモアがこもっていて、真吾は落着いた気分になった。

真吾は妙子に手の動き方をささやき、本格的な相互愛撫がはじまった。真吾を外に出す作業

中にも妙子のからだの奥から愛の泉はあふれつづけ、

(きょうは容易にひとつになることが出来るんじゃないか)

と真吾は思った。しかし、やはりこういう屋外では妙子には残酷である。約束したこと以上を望まないよう、自分をいましめた。

「だれかとこういうことをした?」

「しないよ」

「誘う子がいても、誘われないで」

「誘われない。好きなのは妙ちゃんだけなんだ」

「ほんとう?」

「ほんとうだとも」

妙子のあたまのなかには文江が存在しているにちがいなかった。想像しても、道で会って文江に言われたことはショックであったことがわかる。

真吾は妙子の反応をうかがいながら、愛撫を一点に集中しはじめた。妙子は真吾にしがみつき、よろこびを迎える姿勢になった。

「こうしたらどう?」

「……………」

「このほうがいい？」

「うん」

「これは？」

「さっきのほうが」

ひめやかな対話である。それは、妙子の感覚の場所を知ると同時に、妙子もまたよろこんで応じてくれている証明にもなっているのである。

やがて妙子は、

「よくなりそうよ」

上ずった声でささやいたかと思うと、四肢が硬直し、つづいて痙攣《けいれん》が起こり、

「ああ、真ちゃん」

さし迫った響きの声でそう叫び、うめき声を上げた。

真吾は動きをつづけ、妙子は今度は逃げようとした。真吾がそれを許さないで追うと、泣き声で、

「お願い。もう、もういいの」

と訴えた。

さらにつづければどうなるか、真吾には探究心があった。この前はここでやめたのである。

けれどもやはり、真吾は妙子の要請にしたがい、指の動きを停めた。

妙子は真吾にしがみついたまま、呼吸を整えている。

「どうだった？」

かすかにうなずくのが感じられる。機会があれば以後もこういう状況に入っていいことをはっきりと約束しておきたい。そうでなければ、今度またこうなるのに勇気を出さねばならないのはつらい。

それで真吾は、

「今度会ったら、またこうしたい」

とささやいた。

「ええ」

「いい？」

「あたしはもう、真ちゃんの女だもの」

その女ということばは、普通使われるときとちがって、なまなましく響いた。急に自分も妙子もおとなっぽくなったような感じである。

「約束したよ」

「ええ。そのかわり、だれともしないで」

「するわけがない」

しばらくして、妙子は真吾を愛撫しはじめた。それは、それまでの愛撫とちがって、この前のときに真吾が教えたリズミカルな動きであった。妙子はそれを忘れていなかったのだ。

低い声で、

「これでいいんでしょう?」

妙子は確認を求めることばを発した。

ある実験

秋から冬にかけて、週に一度ぐらいの間隔で、真吾は妙子と二人だけの秘密の時を過していた。

けれども、ゆっくり出来る時間も外部をまったくさえぎった場所もない。それに、真吾のなかに妙子の純潔を重んじたいという心理がなお根強く存在しており、愛撫《あいぶ》以上の姿勢になるのを求めなかった。妙子も真吾を誘う気配を示さなかった。

真吾が求めれば、妙子は率直に応じるはずだ。真吾はそう信じていた。それが大きな余裕になり、かえってそれを急ぐ気を起こさせない要素となっていた。

また、正常の営みを果たすためには十分な時間と落着きが必要だということを、真吾は本能的に感じていたのだ。時間を気にし周囲を気にしては、人生でもっとも重要な祭典が合格点を得ない結果になるおそれがあり、そうなってはとりかえしのつかないことになる。この前の試みに照らし合わせても、そう考えられるのである。真吾よりも、妙子に後悔だけを与えてはならない。

だから、非常に親密でありながら二人がなおひとつにならないのは、倫理観や自制心によるものではなかった。与えられた状況のなかで無理をしなかっただけである。

ほぼ定期的な妙子の愛撫によって満足感を得ているので、無理しようという切実感もなかった。

またそのために真吾は、妙子以外の女学生にほとんど異性を感じなくなっていた。

「この前汽車の中で、たいへんきれいな女学生がいた」

ある日真吾は、妙子にそう報告した。

「きれいだな、と思った。その顔を鑑賞する気になった。友だちといっしょのときだったけど、友だちに教えた。その友だちも感嘆の声を上げた。気性や頭脳はどうか知らないが、とにかく顔だけはきれいだった。だけどね」

それからが真吾の言いたいことなのである。

「おれにとっては、妙ちゃんのほうがきれいだ、とすぐにそう思ったんだ。よその花、という感じだった。眺めるだけでいい。そんな気分だった。異性ではなく、植物の花を前にしている感じだった」

「でも、話をしたかったでしょう?」

「いや、そんな気はまったく生じなかった。その必要はないものな。きれいな女の子を見て一《ひと》目惚《めぼ》れしてしまう、というのは嘘《うそ》だよ。すくなくともおれの場合は、そんなことはない。しかし、話しかけたんだ」

「まあ」

妙子は目をみはった。

「やっぱり」

「そうじゃない。まあ、聞けよ」

真吾は妙子を制して、そのときの事情を説明した。

列車はそう混雑していなかった。立っている客はまばらであった。その少女は、通路側の席に腰かけ、真吾たちの立っている方向に顔を向けていた。

姿勢を正している。

真吾の連れの桜井が真吾にささやいた。

「どうだ？　ああいう子を彼女にしたいだろう？」

真吾は首を振った。

「べつに」

「嘘をつけ。胸がときめくだろう？　話しかけられたら、ぼうっとなるだろう？」

「ならないね」

「じゃ、おまえから話しかける勇気があるかい？」

「話しかけるのに、勇気など要らない」

多くの女学生たちと遊びまわっている連中でも、相手が美少女であった場合、個人的に話しかけるには勇気が要る。まして、普通の生徒だったら、なおさらである。

桜井は肩をすくめ、

「気取るな」

と言った。

真吾はそこで、

「じゃ、話しかけてみようか？」

と言ったのである。

「おお、やってみろ。おれはここで見ていてやる。おまえの様子をな。冷静に平然と、バアサンに話しかけるように話しかけられるかどうか」

「よし、見ていてくれ」

自分が気取っているのではないことを桜井に証明するだけではない。自分の平静さを自分で確認するためにもそうしてみよう、という気になったのだ。

真吾は普通の足取りでその少女のほうに歩き出した。桜井は制止しなかった。真吾を観察する姿勢になったようである。

自分を実験するための道具がそこにあるという意識を前面に、真吾は進んだ。少年特有のエゴイズムである。対象になった相手にとっては迷惑な話だが、それを考慮するだけの心の幅はなかった。

少女は真吾を見た。いぶかしみの色が表情に浮かんだ。

真吾は相手の目をみつめ、

「今日は」

と言った。不良じみた行為である。それは自覚していた。しかし、動機はちがうという誇りがある。周囲の目は無視する気分になることが出来た。重点は自分の内部にあるので、少女の反応はどうでもよい。

少女は首をかしげた。

（自分の美貌《びぼう》を意識してのポーズだ）

真吾はそう観察する。桜井が真吾を観察すると同じ冷静さで、真吾も少女を観察しなければならないのである。観察し得てはじめて、自分が相手を無縁の花と感じていることを証明出来る。それは桜井の結論以上に重要なものであった。

少女のくちびるが動き、白い前歯が見えた。

「だれだったかしら？」

内心、真吾は唸《うな》った。

普通こうして見知らぬ中学生に話しかけられた場合の女学生の態度は、きまっている。逃げる。そっぽを向く。嫌悪の情を示す。はにかむ。はすっぱに応じる。わけもなく笑い出す。だいたい、そういうところだ。

この少女の場合、見おぼえのない人に挨拶《あいさつ》された者の、きわめてまともな質問なのである。まともだから、多くの女学生の選択する応対ではない。

多少の気取りはあっても、姿勢をくずさないその応接は、意外であった。

（こりゃ、かなりの女だぞ）

「いや」

ゆっくりと真吾は首を振った。

「あなたとははじめてです」

少女はうなずいた。〝そうでしょう。記憶にないもの〟目がそう言っている。落着いた態度である。

「ただ、あなたがきれいだから、挨拶したくなったんです」

落着いている自分を意識した。周囲の乗客にも聞こえることばである。乗客たちはおどろいているにちがいない。かまうものか、という心理であった。

(ここで席を立って逃げるか)

不良中学生にからまれたときの普通の女学生のもっとも賢明な行動である。

しかし、少女は一重《ひとえ》のきれいな目を真吾の目から離さず、表情もくずさず、

「どうもありがとう」

と言った。

「じゃ、これで向こうへ行く。さようなら」

「さようなら」

真吾が会釈すると、少女も会釈した。真吾は桜井のほうへもどろうとした。

と、

「ちょっと」

少女はからだを前に出し、手を上げた。人さし指を自分の頬《ほお》に押しつけ、

「ここに、煤煙《すす》がついているわ」

と言った。

「あ、そうですか」

真吾は手で頬を拭《ぬぐ》った。てのひらに、うっすらと黒い煤煙がついた。事実だったのである。

「ほんとうだ、ありがとう」

はじめて少女は笑顔になった。

(妙ちゃんに似ている)

笑顔を見て、そう思った。ある親近感も生じた。しかしここであつかましくさらに話しかけるのは通俗的だ、と考えた。

ふたたび会釈し、

「じゃ、ごめん」

そう言って、真吾はまわれ右をし、列車の揺れに足がもつれないように気をつけながら、桜井のそばにもどった。

「やあ、ご苦労」

と桜井は言った。

「なかなか堂々としていたぞ」

「うん。そばで見てもきれいな子だった。目の保養になった」

「瞳の色は？」

「黒の強い茶」

「瞼《まぶた》は？」

「一重」

今、真吾は少女に背を向けている。

「白線は何本だ？」

「ひっかけちゃいかん。制服の襟《えり》の線は赤だ。二本」

「髪は？」

「中央で分けている。黒くてやわらかそうだった」

「バッジを見たか？」

「見た。この辺の女学校じゃない。丸いバッジだった。模様は、桜ではなし、あれは梅だな」

「よし。よく観察した。さすがだな」

真吾たちが降りるとき、少女はまだ席にいて、膝《ひざ》の上で本をひろげて読んでいた。まだ遠くへ行くのだろう。

そのそばを通って少女に別れの挨拶をして向こうの出口から降りるのも一興と思ったが、それでは執拗《しつよう》過ぎる。ここは、実験の結果に満足するだけでいい。

列車が停止したときも、少女のほうをふり返らず、そのまま降りた。

真吾のあとから降りた桜井が、

「あの子、本から目を離しておまえのほうを見ていたぞ。どうしてふり返らなかったんだ？」

と言った。

真吾は首を振った。

「その必要はない。もう、会うこともないだろうし、用のない子だ」

「しかし、たしかにきれいだったな。周囲のやつら、みんな、おまえたちを見ていたぞ」

そのときの状況と自分の心理を、真吾はそのまま妙子に語った。

「これでもう、おれは妙ちゃん以外には興味は湧《わ》かないということがわかったんだ」

妙子はあきれていた。

「無茶よ。知っている人が見ていたら、あたしがはずかしいわ」

「知ったやつは、桜井だけだよ」

「でも、そんなきれいな子だったんなら、興味もあったから話しかけたんでしょう？」

「そうじゃない。妙ちゃん以外ならだれでも平気だという実験のためさ。それだけだ。これは誓ってもいい」

「もう、そんな実験はしないで」

冬は深まって休みに入り、年が明けた。

もう何日かすれば三学期がはじまるという日の朝、起床して窓の外を見ると、あたり一面の雪であった。雪はなおも降りつづいていた。風はなく、大きな牡丹雪《ぼたんゆき》で、舞いながらゆっくりと降りて来る。

午後も雪は降りつづき、真吾が門の前で積った雪を隅に寄せていると、蛇《じゃ》の目《め》をさした妙子の母が通りかかった。

挨拶する真吾に、妙子の母は言った。

「今、妙子は一人よ。留守番させて出て来たの。よかったら、行って遊んで上げて」

「はいっ、行きます」

すぐに用意して妙子の家に向かいながら、真吾のからだは興奮状態になっていた。年が明けてから、まだ愛撫し合う機会がないのである。妙子の手でよろこびを得るようになってから、みずから行なうことは禁じている。欲望は蓄積されていた。

一方では、何も知らずに「遊んで上げて」と言ってくれた妙子の母に、うしろめたさもおぼえていた。信頼を裏切っているのだし、裏切りに行くのである。

（しかし、長い目で見たら、裏切っているわけではない。これがおれと妙ちゃんとの真実で、おばさんも、時期が来れば認めるにちがいないんだ）

玄関に真吾を迎えた妙子は、

「今、呼びに行こうかどうしようか、迷っていたのよ。ちょうどよかった。二時間ぐらい、一人でお留守番なの」

と言った。

「わかって来たんだ。さっき、おばさんに会った」

真吾が説明すると、

「まあ、お母さんが」

妙子はおどろき、やはりうれしそうな表情になった。二人の親交を母親が認めてくれていることの強い証明なのだ。

三十分後、二人はこたつのなかで抱き合い、たがいをまさぐっていた。妙子の頬は熱い。

「今年、はじめてだ」

真吾がそうささやくと、

「毎日、いっしょにいたい」

妙子はそう答えた。

しばらくして、

「ね」

妙子がためらいながら真吾の耳にささやいた。

「はずかしいことを、言っていい？」

「いいよ」

「ずっと前ね」

「うん」

「真ちゃん、あたしの、あの、ここにキスしてくれたでしょう？」

「おぼえている」

「あたし、うれしかったの」

「じゃ、きょうはそうしよう」

ふたたびそうしたい欲求はずっと抱いていた。妙子が乙女《おとめ》心の羞恥心《しゆうちしん》と清潔感からいやがるのではないかと考えて遠慮していた。妙子のほうから言い出したのは、よろこばしい傾向である。

「ううん」

急いで、妙子は首を振り、真吾を握りしめた。

「あのね、ちがうの」

「………？」

「あのね、あなたはしてくれて、あたしはまだしていないわ」

「してくれる？」

「したいの」

真吾は妙子のくちびるに接吻《せっぷん》した。妙子も情熱的に応じてきた。長い接吻になった。

そのあと、

「じゃしてもらおう。ぼくもする」

「それでね」

「まだあるのかい？」

「あたし、本で読んだの。お母さんの本を、こっそり読んだの」

「どういう本？」

「結婚に関する本なの」

「うん」

「その本にね、はずかしいなあ。言いにくいんだもの」

言いよどみながらようやく妙子が言ったのは、真吾がよろこびのなかで噴射するものを呑《の》んでみたい、ということであった。

すでに、級友たちとの知識の交換のなかで、真吾はその愛の行為を知っていた。それが俗にどう呼ばれるかも知っていた。やはり、いつかは妙子に提案したかったことである。

思いがけなく、妙子のほうから提案してきたのだ。

(自分を犠牲にしておれに奉仕しようとしているのだろうか?)

妙子の提案を理解した直後、真吾はその背を強く抱きしめた。

愛玩

はずかしいから顔を見ないで、と妙子は言った。真吾は了承し、目をつむったままでいることを誓った。

(同時に、おれも妙ちゃんにそうすればいいんだ)

そう考えた。しかし、それはまだ先きになってからでいい。何しろ、妙子にとっても自分にとっても、はじめてのことなのだ。あたらしい段階に入る儀式でもある。

(おれは、そのあとからでいい)

真吾は仰向けになり、妙子の要請のままに目をつむった。

妙子の位置が下がった。こたつのふとんから、真吾の腰は出た。すでに、真吾はあらわになって妙子に握られている。

妙子の手の位置が変わった。基底部へと押しつけられてきたのである。

そのまま、秒が刻まれた。

これまで、手で愛撫《あいぶ》するときでも、妙子ははずかしがって、それをまともに見ようとはしなかった。

今、はっきりと見ている。

当然、いくらかの羞恥《しゅうち》は生じた。

しかし、それよりも、見られているという充実感のほうが強かった。その心理には、ある恍《こう》惚《こつ》感も含まれている。

真吾は低く質問した。

「どう見える？」

「たのもしい感じ。倦《あ》きないわ。いつまでも見ていたい」

ひめやかな声で、妙子は答えた。ひめやかだが、はっきりとした声である。真吾が目をつむっているので、気分的にらくなのであろう。

「妙ちゃんのものだよ」

「うれしい」

手に力がこもり、妙子の姿勢が低くなるのが感じられた。

先端に、何かが触れた。

(くちびるだ)

すぐにわかった。一瞬、吸われたようである。すぐにそれは離れた。

「大好き」

妙子の、そこにささやく声が聞こえた。それは真吾全体へのささやきではない。だからいっそう、切実さがこもっていた。

ふたたび、接吻《せっぷん》された。また、すぐ離れる。今度は妙子は何も言わず、さらにくちびるを寄せてきた。

数回それをくり返したあと、妙子は真上から真吾を呑《の》みはじめた。

さっきまでは、真吾は冷たさを感じていた。溢《あふ》れたあたたかさがひろがる。

真吾は目をつむったままであった。

(見たい)

見れば、実感はさらに強烈なものになる。妙子との結びつきを、映像として確認することになる。

しかし、約束である。

目をつむったまま真吾は、感覚を胸に刻むことに集中するように努めた。

生理的な快感は、にわかに高まった。

しかし、それ以上に真吾は、妙子がそうしていることに、そうしてくれているのが妙子であることに、心理的な充実感を味わっていた。

「ああ、いい気分だ」

口に出してそう言った。妙子への感動の念を伝えたかったのである。

妙子はすこしずつ呑み、途中で停止した。もうこれ以上は進めないのだ。

妙子はじっとしている。

すでに妙子は、真吾がどんな愛撫を受ければ上昇するかを知っている。指を口に応用すれば良いことも、わかっているはずだ。

だから、教える必要はない。それよりも、真吾としても、この状態を胸に刻みつけて妙子との仲を確認することのほうが、たいせつであった。

(今、妙ちゃんの口が)

エロスの世界が、そこから無限にひろがっている感じであった。妙子への愛《いと》おしさがしだいにふくらんで来る。

「おれたちは」

真吾は言った。

「もう別れないんだ」

妙子はうなずく。それが、真吾のからだにひびいて来た。口いっぱいに真吾を頬張《ほおば》っているので、妙子はしゃべることはできない。

指が、短かく真吾を圧迫しはじめた。真吾は目を向ける。妙子の姿は見えない。天井が見え、電灯が見えた。電灯は点《とも》っている。その光が、どういうわけか、ぼんやりとにじんで見えた。

妙子の顔が動いた。

「ああ」

さらにその動きをつづけて欲しいことを示すため、真吾は感動にみちた声を発した。

真吾の希望通り、妙子は動いた。

が、すぐにその動きはやんだ。と、今度はくちびるが真吾に傾きはじめた。

(わかったのだ)

教えられなくても二度までの真吾との愛撫の経験によって、どうすれば真吾がよろこぶのか、妙子は類推したにちがいない。

真吾は声を上げた。

妙子はしばらくして手の動きを停め、顔を動かした。

交互にそれをくり返したあと、妙子は口をはずした。頬ずりしてきた。

「ね」

「うん」

「どっちがいい?」

かすれた声であった。

「どっちとも、すてきだ」

できるだけ深く真吾をよろこばせたいと考えての質問である。真吾ももう何回も、同じ質問を妙子に発している。自分が受けている質問なので口にすることが出来たのにちがいない。

「どっちが、より強くいい?」

「種類がちがうんだ。舌のほうが、ずっと長くつづきそうだ」

「わかったわ」

ふたたび、妙子は真吾を口にあてがい、ゆっくりと進んできた。

目をつむっている真吾の脳裏に、今こうしている妙子ではなく、制服姿で向こうから道を歩いて来る妙子の顔が浮かんだ。

(おや、へんなときにへんなことを思い出したぞ)

妙子はまじめな顔をしている。白線の入ったセーラー服を着たその姿は、清楚《せいそ》であった。

（あの妙子と、今こうしている妙子とは、同じ人物なのだ）

ふいに真吾は、自分が妙子に残酷なことを強《し》いているという意識に襲われた。

（いや、ちがうんだ）

すぐに自己弁護した。

（妙ちゃんは、みずから進んでしてくれているんだ）

妙子の舌は動きはじめて、真吾にまつわりつき、行動する。しだいに、その動きが大胆になった。

（たとえそうでも）

快感に身をゆだねる一方、真吾は自分を批判しつづけた。

（処女の妙ちゃんには、これは重荷じゃないか）

（もうこのへんでやめさせたほうがいい。おれのほうがしたほうがいい）

しかし、それは惜しかった。なおもこの状況を確認しつづけたいという観念的な欲望と、さらに快感を得たいという感覚的な欲求との両方が、真吾にはみなぎっている。

つづけているうちに、妙子の愛撫はさらにこまやかになり、情熱的になった。

（無理しているのだ）

(いや、よろこんでこうしてくれている)

それを、はっきりたしかめる必要を感じ、真吾は手を伸ばして妙子の腕をつかんだ。引く。

「ちょっと、こっちに来て」

妙子は抵抗したが、やがて真吾の要請通りに、真吾の腕のなかに倒れ込んできた。

「見ないで」

胸に埋めようとする顔を引きはがして、真吾はくちびるを押しつけた。最初から熱っぽい接吻になった。

「もう、いいんだ」

真吾はささやいた。

「今度はおれがする」

手を這《は》わせると、さっき真吾が愛撫していたときよりもはるかに多くの愛の泉がみちあふれていた。

妙子は首を振った。

「いや。まだだもの」

「無理しなくていい。これからは、いつもの通りでいいんだ」

「いや」

たてつづけに何回も、妙子は首を振った。

「したいの」

真吾は妙子の耳たぶを軽く噛《か》んだ。

「したい？」

「うん、好きなの。もう前から、したかったんだもの」

「いやとは思わない？」

「思うわけないわ」

それまで真吾は、それは女の男への犠牲的な献身によるものだ、と推理していた。

そうではないのか？

それとも妙子は、真吾に心理的な負担をかけまいとしてこう言っているのか。

「ほんとうに？」

「ほんとうよ。うっとりした良い気持ちになるの。あなただからよ」

「じゃ、もうおれたちは一つになってもいいんだ」

「いいわ。今でもいい。ね、放して。もうちょっと……」

（おれと同じように）

と真吾は考えた。

（この女は、こういうことが先天的に好きなのかも知れない）

心の隅には、妙子の魔性に対するおそれすら感じた。道を歩いていたり友だちと話ししたりしているときの妙子では考えられない別人がそこにいる。

ふたたび、妙子は真吾の腰にもどり、握り、頬ずりからはじめた。

（ほんとうに、この子はこういうことははじめてなのだろうか？　すでにもう、いろんな体験をしているのではないか）

生じる不安を、あわてて否定する。疑念を抱くことすら妙子にすまない、という心理がその横から発生するのだ。

（もう、おれたちは一つになったこと以上のことをしているんだ）

真吾は感覚に身をまかせる姿勢になり、妙子の愛撫はさらに強められた。

「あ――」

真吾はまた妙子の腕をつかみ、上体を起こした。

「いや」

妙子は真吾の目から自分の顔と真吾をかばって後頭部を向けた。

「約束を破っちゃいや」

真吾はその髪を撫《な》でた。

「もういい。今度はおれが」

しかし、妙子は真吾に頬を押しつけて放そうとはしない。

真吾は、身をねじって妙子の腰を抱き、揃《そろ》えた腿《もも》を顔に引き寄せた。

妙子は逆らわず、そのあとの真吾の作業にも協力の動作を示した。

(これでいいんだ。これで、おれも負担を感じなくてすむ)

妙子は分裂しはじめた。真吾を愛撫する意識と真吾に愛撫されている意識とが、入り乱れはじめたのだ。それは真吾も同じであった。

「ね」

妙子はあえいだ。

「ちょっと、やめて」

さし迫った声である。

真吾はくちびるの動きを停める。と、ややあって、妙子は真吾への愛撫をはじめた。

もう、妙子の意図はあきらかであり、真吾自身は限界をおぼえはじめていた。

(どうしようか)

(この流れにまかせたほうがいい)

(しかし、はたして)

おそらく、やがて生じる事態は、妙子にとってははじめての体験であろう。真吾にとってもそうなのだ。

(妙ちゃんは、不快感をおぼえるのではないだろうか?)

それは、呑むものではないのだ。しかし、その可能性は十分にあった。

真吾自身は最後まで行きつきたい。けれども妙子がどう感じるかと考えると、そんな冒険はしないほうが賢明なようにも思われた。

逆に、それによって妙子との仲をさらに緊密にしたい、というエゴイズムもあった。

迷っているうちに、状況はさし迫ってきた。早く結論を下さなければならない。

(よし、もうこうなったら、妙ちゃんの思う通りにすればいいんだ)

それを、もう妙子は何回も目で見ているし手を濡《ぬ》らしているのだ。おそれることはない、と自分に言い聞かせた。

しかし、真吾は限界間際で、妙子から自分をはずした。それは空中にほとばしった。妙子はしがみついて来ようとしたが、真吾の強い力にはばまれた。

いかに妙子が望んでいると言っても、やはり妙子にとってそれは残酷なことのように感じられたのである。

「どうしてなの?」

問いつめる妙子を抱きしめて、

「好きだからなんだ」

とだけ真吾は言った。

その日、妙子の母が帰って来るまで、真吾はそこにいた。そろそろ帰るかも知れないと予想されるころは、部屋の窓を開けて空気を替え、二人はこたつに向き合った。帰って来たとき、妙子は学校の名物教師の話をしていた。二人がその前に熱い時間を過したことを、妙子の母は想像もしなかったにちがいない。

「ついでだから、食事をして行ったら?」

という勧めを謝辞して、日暮どきの雪の道を、真吾は家に向かいながら、

(あれでよかったんだ)

自分の選択を肯定していた。妙子もそうおこらなかった。真吾の選択が妙子をたいせつに思うがためであることを理解したからにちがいなかった。

三学期がはじまった。その第一日目、登校した真吾たちにショッキングな事件のニュースがもたらされた。

一年上級の鎌田というおとなしい生徒が、同じ年の女学生と冬休み中に心中した、というのである。

真吾はその鎌田という上級生を知らなかった。

「三組の級長の一人だ」

級長はクラスに三人いて、戦後は生徒の投票によって選ばれることになっている。どうしても成績優秀な生徒が票を集めることになり、結果としては学校側からの任命と同じである。真吾もまた、ずっとその一人であった。

「体操が苦手で、いつも本を読んでいる人だった」

「××町の呉服店の末っ子で、色の白い美少年だった」

「相手の子は、〇〇村の農家の娘らしい。やはり、おとなしい子で、中学生とつきあうような子ではなかったらしい。二人の交際はだれも知らなかった」

「薬を呑んで、山の中で抱き合って死んでいたというぞ。雪の降った日らしい」

「両方の親も、二人が交際していることを知らなかったというから、親に反対されたためじゃない。学校も知らなかった」

「遺書は、両親あての先立つ不幸をあやまるものだったそうだ。理由は書いてなかったそうだ」

心中した二人が自分たちと同じような平凡な生徒であったので、みなは興奮していた。その興奮には、ある種の羨望《せんぼう》も含まれているようであった。

（あの雪の日に……）
どういうわけで心中しなければならなかったのか知りたい。強く、そう思った。

心中事件

心中した少年がおとなしい秀才であったことが、生徒たちの動揺を深くした。けれども、同学年でなく一年上級なので、くわしい情報はなかなか入らなかった。上級生たちは、自分らの友だちの不幸が下級生たちの好奇心にさらされるのを嫌ったのである。

学校側からは、何の発表もなかった。学校としては直接責任のないことなので、迷惑な事件であるにちがいない。

「雪の山中での情死か。えろうロマンチックじゃないか？」

「死は本質的に汚ないものさ。すこしもロマンチックじゃない」

「しかし、本人たちはロマンチックな気分で死んで行っただろうよ」

「いや、それよりも、深刻な悩みがあったにちがいない。めったなことで自殺できるものじゃないからな」

「死ななければならない事情が男にあって、女の子を道連れにしたとすれば、許せない。卑《ひ》怯《きょう》というべきだろう。逆にそれが女のほうにあって、男が誘われたとすれば、自主性がなさすぎる。双方それぞれに大きな理由を抱《かか》えていたのか。そんな偶然はまずないだろう。おそらく、理由は、二人の結びつきのなかにあったのだ。親に反対されたのでもないとすれば、結びつきのどこに理由が生じたのか」

生徒たちの多くは心中に否定的な意見を吐きながら、心の隅ではそんな相手を得ていた鎌田にかなりの羨望《せんぼう》を感じているようであった。それだけになお、心中しなければならない理由がわからないのである。恋は生命の発揚であるはずなのに、生命の断絶へと走るとはどういうわけか。

また当然、

「それで、心中した二人はどの程度まで深い仲だったのか？」

心情的観念的な面ではなく具体的な関係をみなは知りたがった。しかし、それを知っているのは警察だけで、警察はその点に関しては何も発表していないようである。

「心中するくらいだから、すべてを許し合っていたさ」

多くの少年たちはそう言った。

「天国で結ぶ恋などというものは、そうめったにあるもんじゃない」

しかしなかには、

「いや、そうとはかぎらない。かぎりなくロマンチックでありつづけるために、その二人は自分たちの肉体を否定したのかも知れないんだ」

そう言う者もいた。それぞれが、それぞれの個性にしたがってこのショッキングな事件を解釈しようとしているのである。

女学校での真吾たちの一年上級ならば、妙子と同学年である。妙子は、女の側からの情報を得ているかも知れない。

学校から帰った真吾は、鞄《かばん》を机の上に置き弁当箱を台所の水に沈めると、すぐに家を出て妙子の家に向かった。

途中、横の道から出て来た文江に出会った。

「あら」

文江は目をみはってたたずむ。このごろ、文江は服装まで変化している。髪も短かく切り、お化粧もしていない。普通の女学生姿である。

「よう。もう帰って来ているのかい?」

「そうよ」

文江はしかし、いつもとちがって真吾にすり寄ってきた。手がかろやかに動き、真吾の腕を取った。

「心中の話、知っている?」

「ほう」

むしろ真吾は、学校のちがう文江が知っていることにおどろいた。

「きみが知っているのか?」

「ええ、あたし、鎌田さんをよく知っているもの」

「きみが?」

真吾は文江をみつめた。

「どうして?」

「くわしいことを知りたい?」

「知りたい」

「じゃ、あたしの家に行く? ちょうどお汁粉《しるこ》があるわ。食べたくない?」

「食べたい」

文江と並んで歩く。左右が瓦《かわら》屋根のついた土塀《どべい》になっている細い道である。さいわい、前後に人は通っていなかった。

「久しぶりね」

文江は真吾の腕を放さなかった。逆に、自分の腕に巻き込むようにした。真吾はあえて抵抗しない。

「連中とのつきあいを絶っているのはほんとうらしいね」

「ほんとうよ。まじめになったんだから。おばあちゃん、よろこんでいるわ」

「誘いに来ないかい？」

「ときどきね。でも、もう相手にしないの。本質的にあたしはまじめなのよ。二学期のあたしの成績を見せるわ。ちゃんとまじめに生きていることを証明しているもの」

「それより、鎌田さんをどうして知っているんだい？」

「その話はゆっくり」

文江の家に着いた。明かるく「ただ今」と言う文江のあとについて家の中に入る。

文江の部屋にそのまま通されてこたつのなかに入る。

(この部屋ははじめてだな)

小ぢんまりとした四畳半で、人形やこけしなどが飾られてある。こたつの上には数学の参考書が置かれてあった。

待つほどもなく、文江は湯気の立つお椀《わん》を盆に載せて持って来た。

「さあ、召上がれ。ズルチンじゃなく、ほんもののお砂糖が入っているのよ」

「そいつは豪勢だ」

文江は真吾の横に座った。食べる真吾の口許をみつめる。

「鎌田さんはいい人だったわ」

「どうして知っている？」

「鎌田さんの彼女があたしのクラスメートだもの」

「嘘《うそ》だよ。心中した相手は、きみの学校じゃない」

「それは石川さんでしょう？　石川松代さんでしょう？　あたしの言っているのは、近藤君子のこと」

真吾は箸《はし》の動きを停めた。そこで、文江の話におどろきながらも、それとはまったく関係のないことに気がついた。

真吾の使っている箸が赤くて小さな女物の塗箸なのである。

まず、そっちのほうの疑問を口にした。

「このお箸は？」

「そう」

文江はいたずらっぽい目になった。

「あたしのお箸。おこらないで。それで食べてもらいたかったの」

「どうせキスした仲だから、おこることもない。しかし、近藤と言うのは？」

「つまり、鎌田さんには恋人が二人いたというわけよ」

「その話は出なかった」

「そうでしょうね。あの人、君子との交際はひたかくしにしていたもの。松代さんとの交際だってそうだったくらいだもの。秀才の名にそむくことだものね」

「さっぱり、わからん」

「鎌田さんは、もう前から松代さんとつきあっていた。きれいでほほえましい交際よ。その鎌田さんを、よせばいいのに君子が狙った。君子は発展家よ。チャーミングなコケットよ。あたしなんかとちがって、ほんものの妖婦《ようふ》なんだから」

「なぜ、狙った?」

「気まぐれでしょうね。偶然、食欲をおぼえたのかも知れない。それで、あっという間に誘惑したの」

「…………」

「あなたはあたしに誘惑されなかった。理由がわかる? あたしがあなたを好きだったからよ。でも、君子はちがうわ。誘惑することだけが目的で、自分の魅力を証明したかったの。不良と遊ぶより、まじめな男の子を蕩《た》らし込むほうがスリルがあるし、世間への復讐《ふくしゅう》の意味もあって、楽しいものなの」

「好きでもないのに？」

「そう。それで、二度か三度かもてあそんで、捨てたの」

「女の子が男をもてあそぶ？」

「そう。それが、去年の暮。鎌田さんが死んだのは、君子に捨てられたからよ。松代さんは、好きな鎌田さんの不幸に同情し、また自分が選ばれなかったことに絶望して、いっしょに死んだんでしょうね」

「わからん」

「女の子にはそういう心理があるの」

「男の心理もわからん」

「だれもがあなたのように強くはないの。お汁粉、もう一杯いかが？」

「いや、もういい。おいしかった」

文江はハンカチで真吾の口を拭《ぬぐ》った。やさしい手つきであり、目に情がこもる。

「じゃ、お茶を持って来るわ」

お茶を持って来た文江は、真吾に腰をくっつけて座った。

「だから、君子の気まぐれが二人の純情な人たちの命を奪ったの。君子だって、まさか鎌田さんが死ぬとは思わなかったでしょうね」

「君子というのは、きみと親しいのか」

「ううん、そうでもないわ。でも、男に関しての自慢話はよく聞くわ。その子、あたしも自分と同じように処女じゃないと思っているものだから、くわしく話すの」

「鎌田さんとのことも？」

「聞いたわ」

文江の声はひめやかになった。腕が真吾の肩にかかり、腕に乳房が押しつけられた。

「はじめてのときのことから。彼女はベテランだから、余裕のなかで観察していたの」

「きみはちがうのか」

「あたしはちがうわ。いつだってあなたに証明出来る。あなたなら、今でもいいわ。体験したいんだけど、ほかの男はいや。あなたを好きだということ、ずっと変わっていないんだから」

「一人の女と親密になって、捨てられて、前からずっとつづいている女と心中する。そんなバカな」

「鎌田さん、君子がはじめての女だったの。つまり、松代さんとはキスもしていなかったらしいわ。だから、君子に夢中になったの」

「わからない」

「あたしにはわかるような気がするわ。ね、あたしがもしあなたを好きじゃなかったら、似たような状態になったかも知れないわ。あなたには妙子さんがいるもの」

「ぼくは、たとえきみとそうなっても、きみには惚《ほ》れんよ」

「じゃ、もう妙子さんと」

急にからだを離し、正面から真吾の目をにらんだ。

「すべてを許し合っているの？」

「いや、それはまだだ」

「ほんとう？」

「きみに保証する義務はないが、へんなデマを飛ばされちゃいけないから言うけど、まだない」

「じゃ、あたしにもまだチャンスが残っているわけね？」

「ま、それはそうだ」

真吾はいきなり文江の肩を抱いた。

「今、ここではだかになるか？」

文江は目をそらさなかった。

「なってもいいわ」

「だれも入って来ないか？」

「来ないわ。でも、あなたもはだかになってくれなきゃいや」

「ふーむ。処女は見ればわかるそうだ。見せるか？」

「いいわ」

文江の目は濡《ぬ》れた。力んだ表情になっている。

「見て、処女じゃなかったらどうする？」

「ぜったい、そんなはずはない。もうだめよ」

ゆっくりと大きく、文江は首を左右に振りはじめた。

「ここまで言ったんだから、何もしないなんていやよ」

「よし、わかった。さあ、はだかになれ」

「いいわ」

文江は上着を脱ぎ、セーターを脱いだ。真吾は妙子の秘部を知っている。つぶさに、いろいろと花びらをひろげて見ている。男のからだを迎えたことのあるそこは、あのように小さな入り口ではないはずだ。文江がそのことば通りに未経験であろうとは信じられない。確認したいとは、前から思っていた。確認できたら、結ばれてもいい。そうすれば、妙子の純潔はそっと保存しておいて真吾は女を知ることが出来る。それは、これまでもときどき浮かんでいた妄想であった。

文江は肌着を脱ごうとした。

「待て」

「いやよ、今さら」

「そうじゃない。だれか来る」

廊下に足音がしたのだ。急いで、文江は上着を着た。

襖《ふすま》の向こうから、声がかかった。

「宮崎さんに、お客さんよ」

「だれ？」

襖の向こうから、文江の祖母が顔を出した。文江はセーターをこたつのなかに入れ、背を丸くした。

「妙子さんよ」

「まあ」

真吾は急いで玄関に出た。

オーバーの襟《えり》を立てて妙子がたたずんでいた。その顔はひどく小さく見えた。真吾を見た目は泣きそうになっている。

「呼んでくるように、おばさんに頼まれたの」

そうではないことを、真吾は直感した。うなずいた。

「わかった。いっしょに帰ろう。すぐにもどって来る」

「あたし、道で待っているわ」

真吾は部屋にもどった。文江はまだセーターを着ず、白い肌着の上に上着を引っかけているだけだった。

「帰らなきゃ。おふくろが呼んでいるそうだ」

「しかたがないわ。本妻が来ちゃったんだもの。ふふふふ」

意外に、文江は機嫌をそこねてはいなかった。むしろ、ほっとしているようでもあった。

立って、両腕を真吾にかけた。

「でも、約束は忘れないで」

「わかった」

「お箸、洗わないで食べるの」

門を出ると、妙子は背を向けて立っていた。真吾がそばに寄ると、そのまま歩き出した。

「ごめんなさい。ある人が、あなたがあの家に入るのを見たと言って知らせに来てくれたの。おせっかいな人」

「妙ちゃんの家に行こうとして歩いていて、出会ったんだ。心中事件を知っているというから

「……」

　真吾はありのままを説明した。

「それで、ほんとうに知っていたの？」

「うん。まさか全部は作り話じゃないだろう。やはり、かくされていた事実があった。相手の石川松代という子、同級かい」

「ううん。家庭科の子なの。話をしたことは何回かあるわ」

「どんな子だった？」

「それより、行って何をしていたの？　質問しちゃいけない？」

「お汁粉をご馳走《ちそう》になって、話をしていただけだ」

「あの子の部屋で？」

「うん」

「あたし、やきもちやきなの」

　真吾は妙子の肩を抱いた。

「何もしやしないよ。とにかく、おれはあの子を好きではないんだ」

「でも、魅力は感じているんでしょ？」

「そうでもない。石川という子、どういう子だった？」

「学校じゃ、大騒ぎだったわ。今まで、だれも知らなかったんだもの。お葬式も出したのに、だれも……」

中学側より女学校のショックのほうが大きいのは、容易に想像できた。

藪の中

うす曇りの空には、ほのかに太陽が見えていた。日射しは弱く、冷たい風が吹いている。林の中へ入って行く季節ではなかった。

真吾は妙子に、

「おれの部屋に行こう」

と誘った。妙子はうなずき、二人は足を真吾の家の方向に向けた。

「それで、文江さんは、心中の理由をどう言ったの？」

「それより、きみの聞いた情報を聞きたい」

「鎌田さん、今年は高校を受ける予定だったんでしょう？」

四年から、専門学校は受けられないが、高校は受けられる。秀才の鎌田が三高なり五高なりを目指していたことは、十分に考えられるのである。

「そうだろうな」

「ところが勉強がうまく行かず、成績が下がって、去年の実力考査でも順位が下がって、悩んでいたらしいの。そうじゃない？」

実力考査は、四年五年は全員。三年は希望者だけ、受ける。問題は同じなのだ。さすがに、三年で受ける者は少ない。上位二十名の順位が発表される。そのなかから、鎌田の名が消えていたかどうか、真吾には記憶はなかった。

「うん。わからない」

「それで、かなり神経衰弱になって、死ぬことを考えはじめたらしいの。松代さんが親しい友だちに、ときどきそのことを洩《も》らしていたというわ」

「なるほど」

「松代さんはそんな鎌田さんに同情して、鎌田さんも一人で自殺する勇気がなくて、松代さんを道連れにした。うちの学校では、先生たちもそう解釈しているみたいだわ」

「原因は受験勉強の疲れと、それに同情したため、というわけか？」

「そうじゃないの？　励ますのが彼女の役目だったのに」

「二人の交際に問題があったと言っている人は？」

「いないわ。文江さんはそう言うの？」

「いや、そうじゃない」

文江の解釈を、真吾は妙子に伝えた。

「まあ」

思いがけない解釈だったと見え、妙子はたたずんでしまった。真吾を見上げる。

「そんな人の存在、まったく話に出ていないわ」

「いや、これは文江の想像かも知れない。きみの言った通りかも知れない」

二人は歩き出した。

真吾の家に着く。妙子は真吾の母に明かるく挨拶《あいさつ》した。

二人の女がいつまでも話をしているので、しびれを切らして真吾は自分の部屋に入った。待っていたが、妙子はなかなか来ない。

部屋を出てみると、妙子は母と向き合って座って話をしていた。あらためて部屋に招くのも、母の手前おかしい。しかし、ここで真吾もいっしょに座り込んでは、妙子を自分の部屋に入れて二人だけになるきっかけがなくなる。

「話が終ったら来いよ」

そう言ってまた自分の部屋にもどり、机に向かった。妙子も早くこちらに来たいにちがいない。母につかまったので、しかたなしに話相手になっているのだ。それはわかっているので、おこる気になれない。

(いったい、どっちの理由が真実なのか。両方からみ合っているのか?)

死を美化する傾向は、真吾のクラスメートの間にもある。女学生の間ではなおさらのことだ。けれどもやはり、理由の如何《いかん》を問わず死ぬということを、真吾は認める気にはなれなかった。中学で卒業してそのまま就職する者のほうが、進学する者よりも多い。受験できるだけでも恵まれている。しかも、四年で失敗しても五年の卒業時にまたチャンスがある。成績低下は理由にならない。

これは、文江の言った理由についても同じことが言える。たかが女一人に振られたからと言って、死ぬことはあるまい。

(いずれにせよ、結局は弱いお坊っちゃんだったことはまちがいない)

二十分以上も経って、妙子は部屋の外に来て声をかけた。

「いる?」

「おお、入れよ」

ようやく二人だけになって、二人は抱き合った。無言で、くちびるを合わせる。長い接吻《せっぷん》になった。

やがて、くちびるを離し、頬《ほお》を密着させて妙子は言った。

「あの子とは、こんなこと、しなかった？」

「しないよ。そんな仲じゃないんだ。それに、あの子は妙ちゃんとおれとのことを知っている」

「でも、危険だわ」

「だいじょうぶ」

家の中に母がいる。部屋に入って来ることはめったにないだろうが、それでも安心はできない。接吻以上のことをするのは冒険であった。

真吾は上着の上から妙子の乳房をもむだけで我慢していた。

「この前ね」

と妙子は低い声で言った。

「どうして、はずしてしまったの？」

「残酷なような気がしたんだ」

「そうじゃないのに。今度は呑《の》ませて」

接吻されただけで妊娠するのではないかと悩む少女がいる。そんななかで、妙子の性に関する知識は非常に発達しているのだ。関心あることだから学んで当然だと、妙子は思っているようだ。真吾には妙子のそういう早熟ぶりに、やはり年上を感じるし、うれしくもある。また、おそろしくもあった。

「わかった。そうするよ」

「今度また、だれもいないときに、うちに来て」

「おれが留守番しているときに呼びに行く」

「待っているわ」

真吾が求めないのに、妙子の手は真吾の腿《もも》を這《は》った。ズボンの上から撫《な》ではじめた。それはもう、何もかも知り尽している成熟した女の手の動きである。二人の愛撫《あいぶ》の歴史がそうさせているのだ。

「ああ」

握りしめて、妙子は言った。

「早く、いっしょになりたい」

頬は熱く、呼吸は震えた。

自然、真吾にも妙子の熱意が伝染し、真吾の手も妙子の腿に伸びた。

(危険だぞ。おふくろは家の中にいるんだ)

そう考えながら、真吾の手もさらに伸び、妙子の熱さのなかに包まれて行った。妙子はボタンをはずしはじめた。

（鎌田という上級生は、こういうことを心中相手としなかったというのか？）

妙子がどう思っているかを知りたくなった。

「あの二人は、こうしなかったと思う？」

「しなかったんじゃないかしら？　だって、清いままだったというもの」

それでいながら妙子自身はこうしているし、いつでも真吾にすべてを許す用意をしている。

その矛盾が真吾にはわからない。

妙子の手が入ってきたとき、

「真ちゃん」

襖《ふすま》の外から母が声をかけてきた。

一瞬、二人は硬直した。

すぐに襖は開けられる。

真吾はそう思った。これまで母は、真吾の返事を待ったことはない。

たがいに、手を引き、急いで離れた。襖は開かれない。真吾は、妙子が窓にからだを向けるのをたしかめ、ズボンを上へきつくずり上げて、

「なんだい？」

と返事をした。

上ずってうろたえた声だ、と自分でもはっきりとわかった。

襖が開かれた。真吾は母のほうを向く。妙子は窓の外を見ている。二人とも、ばらばらに立っている。不自然なかっこうだ。顔も赤くなっているにちがいない。

母は、入っては来なかった。真吾を見た目に、戸惑いの表情があらわれた。

「ちょっとお使いに行って来るからね」

「ああ、わかったよ」

不自然なほど早く、襖は閉められ、母の遠ざかる足音がした。

(へんだと思ったんだ。だから、急いで襖を閉めたんだ)

真吾は妙子のそばに寄り、肩を抱いた。

「もうだいじょうぶだ。危ないところだったよ」

妙子は自分の胸を抱いていた。

「心臓が停まりそうだったわ」

「もう心配要らない」

「ズボン、ちゃんとなっている?」

「だいじょうぶ。なあに、おふくろは何も気がつかなかったよ」

妙子にはそう思わせなければならない。

「でも、何かは感じたわ」

「いや、わりににぶいんだ。返事をしなかったら、襖も開けなかったかも知れない」

真吾は服装を整えて、部屋を出た。家の中にはもう母はいなかった。部屋にもどると、妙子は正座していた。

「おばさんが帰る前に帰らなきゃ」

「三十分はかかるだろう。まだいいよ」

真吾は妙子を抱いて接吻しようとした。なおショックの醒めない妙子は、なかなか真吾に合わせようとしない。ようやく、そのくちびるをとらえる。

すこしずつ、妙子の気分はほぐれて来て、やがてその手は真吾のみちびきにしたがった。真吾は母が声をかける以前の状態を持続している。

「ね」

妙子はささやいてきた。

「ずっとこうなの？」

おどろきを秘めた質問である。そんな質問が出来るということは、二人の親密さの深みを示している。すでに他人ではなくなっているのだ。

「そうだ」

「おばさんに見られなかった？」

「だいじょうぶだよ。手を前に置いていたから」

二人は横になって愛撫をはじめたが、やはり妙子は母の帰りを気にして集中出来ないようであった。

「まだ、気にすることはないよ。帰れば玄関の戸の開く音がするし、すぐにここには来ない」

「でも、顔を合わせるのがつらい。おばさんの信頼を裏切っているんだもの」

真吾が妙子の母にうしろめたさをおぼえると同様に、どうやら妙子も真吾の母に罪の意識を抱いているようだ。女はつねに被害者の立場にいるという感覚のなかにいる真吾にとって、それはちょっと意外なことであった。

真吾は妙子の気分を尊重し、二人は身づくろいをして居間にもどった。

話は、心中した二人にもどる。

「その子、きれいな子だったのかい？」

「うん、可愛《かわい》い顔をしていたわ。でも、もう好きな人がいるとは、あたしたちには思えなかった。こどもっぽい子だったもの」

「成績は？」

「普通じゃないかしら？」

「みんな、鎌田さんのことをどう言っているんだろう？」

「悲劇のヒーローですもの。あこがれを感じているんじゃないかしら？」

話をしていると、母が帰ってきた。妙子は母に挨拶して、玄関を出る。

道がカーブするところまで送って帰る。妙子がいなくなって母は何かを言うのではないかとおそれたが、何も言わなかった。

（ちょっとへんだと思ったぐらいで、怪しみはしなかったのだ）

多少の不安は残っているが強引にそう解釈することにして、真吾はいつものようにふるまった。

あくる日の昼休み、真吾はクラスの用で教員室に入り、担任の教師と話し合った。

用がすんだあと、

「鎌田さんは、実力が落ちたのを苦にしたんですか？」

先生方の判断を知りたくて、率直にそう質問してみた。クラスの生徒たちはまったく理由を推理できず、何かすっきりしない感じなのだ。

「うん、それもある。しかし、主な原因はそうじゃないようだ。鎌田のお父さんは、高校受験に反対して経済専門学校に行かせたかった。それで、いつも衝突していたみたいだ。鎌田は高校から大学に進むことを志望していた。お父さんは今、そのことを後悔して、たいへん悲しんでいる。問題が生じたら、ちゃんとしただれかに相談すればいいものを、早まったことをしてくれた」

「じゃなぜ、関係のない女学生を道連れにしてしまったんですか？」

「女学生のほうにも家庭的なトラブルがあって、意見が一致したんじゃないかな？」

「女の子が鎌田さんに同情したのとはちがいますか？」

「同情だけじゃない。両方とも、理由があったんだ。なんでも、女の子の兄貴というのがぐれているやつらしい」

「兄貴が不良だったら、どうして本人が死ななきゃならないんです？」

「そこが乙女《おとめ》心の微妙なところだ。みなは騒いでいるのか？」

「いろいろ話し合っています」

「まねる者が出て来なきゃいいがのう」

放課後、クラスメートの一人が突然、

「どうやら、普通の心中じゃなく、無理心中らしいぞ」

と言い出した。

「どっちが？」

「もちろん、男のほうが強引に引きずり込んだんだ。鎌田というやつ、肺結核だったそうじゃないか？　とても高校受験は無理で、ほんとうなら休学するほどの重病人だったという話だ。喀血《かっけつ》しているのを見た者もいるそうだ」

　すると、別の一人が、

「いや、心中を言い出したのはどうも女の子のほうにちがいないという話もある。女の子が、だれかに強引に純潔を奪われたんだそうじゃないか？」

　あたらしいニュースを提供した。それぞれがどこからか情報を仕入れて来ているのだ。しかし、それらの情報はすべて根拠はなく、だれかが無責任に推測したのがひろまったもののようであった。

　真吾は死者の名誉を重んじたい気になっていたので、文江からもたらされた話は、だれにも言わなかった。

　ただ、いろんな情報を耳にしながら、

「一つの事件が、こうも多様に解釈されるものであろうか？」

と感心し、芥川龍之介の『藪《やぶ》の中』を思い出していた。

　あくる日もそのあくる日も、心中事件はみなの話題になった。けれども、しだいにその回数も内容もすくなくなり、やがて試験が近づくにつれ、だれも口にしなくなった。忘れてはいないのだが、もう材料は出尽しており、あらためて話をすることもないのである。もともと多くの生徒にとっては、自分たちの上級生と隣の女学校の生徒という点で刺激的であっても、会ったことのない人たちなのだ。そんなに深いショックではなかったようだ。

真吾自身もまた、多分に弥次馬《やじうま》的な興味で事件を見ている自分を意識していた。

(いずれにしても)

真吾は結論した。

(自殺は無意味だ。心中はなお無意味でおろかなことだ。妙ちゃんもおれも、どんなことがあっても、心中などは考えない)

いたましいけれども心中した二人を否定し去るのが自分への義務だ、と強く思うのである。

四年の春

戦後二度目の春がまわってきた。真吾は四年になった。クラスの編成替えがあった。

生徒たちは、文科と理科に分けられた。文科は文科系の授業が多く、数学・化学などの授業は少ない。理科はその逆である。

このあたらしい制度は、背伸びしたい生徒たちの自尊心をよろこばせた。高等学校の学生に近づいた気分なのである。

また、実利的にもよろこばしいことであった。理数系に進みたい者は、学びたい学科を多く学ぶことが出来る。数学の得意でない者は文科に入って、重荷を減ずることが出来るのである。真吾は文科に入った。四年二組、あたらしい組主任は、あたらしく赴任してきたばかりの教師であった。

「転勤して来てすぐに四年を担任するとは、相当の大物だぞ」

学校の発表を見て、みなはそう話し合った。四年こそ、学校の中心なのである。四年修了と同時に、最優秀な者は高等学校へ進学してしまう。五年に進む生徒は、いわば二線級の連中ばかりなのだ。道を歩いている姿も、なんとなく肩を丸めている感じであった。学校にとっては、その生徒自身がいかに優秀であっても、進学せずに就職する者は、教育の主たる対象ではない。

四年二組の組主任は、上原誠一と言った。まだ席も何も決まっていないので、生徒たちがばらばらに腰かけていると、名簿を手にやって来た。新任の挨拶《あいさつ》は、すでに始業式のときに聞いている。

若くて小柄で長髪の教師である。壇上に立つと、ゆっくりとみなを見まわした。

「これから一年間、きみたちとともに勉強することになった。ぼくはきみたちの自主性を重んじる。席と委員も、きみたちで決める。教員室で待っているから、決まったら代表が呼びに来るように」

話はそれだけで、上原はさっさと教室を出て行ってしまった。

みなはあっけにとられた。

「なるほど、大物じゃのう」

「こりゃ、おれたちはらくになるぞ」

一時間で、すべては定まった。今学年から、級長の名称は廃止され、委員になった。三人の委員も選ばれた。

その一人の近藤伸正が上原を呼びに行く。上原はすぐにやって来た。そして、五十音順にしたがって生徒たちの名を呼び、顔をみつめ、うなずく。

そのあと、両手をうしろにまわして胸を張った。

「ぼくは、進学志望者と就職希望者とを差別しない。四年生は四年生であって、ここは予備校ではない」

と言った。無言のどよめきが生徒たちに生じた。大多数は、五年卒業と同時に就職する者たちである。

「とにかく、この一年を有意義に過してもらいたい。トラブルが生じたら、きみたち自身で解決するように。ところで、いくつか質問がある」

しばらく生徒たちを見まわしたあと、

「たばこを喫《す》っている者は手を挙げよ」

だれも手を挙げない。当然である。

「よし、だれも喫っていないな。おぼえておく。じゃ、酒を呑《の》んだことのある者は？」

ほとんどが手を挙げた。

「よし、それでは、正月とかなどの儀式的なとき以外に酒を呑んでいる者は？」

だれも手を挙げない。

「女学生と親しく交際している者は？」

これも、だれも手を挙げない。と、上原は顔をしかめた。

「だらしのないやつらじゃのう。ま、いい。では、将来の志望を決めている者は？」

これは、一人ずつ指名して起立させて、あらためて質問した。

「井上君」

井上は起《た》ち、

「まだわかりません」

「きみの家の職業は？」

「農業です」

「ふーむ。銀シャリを食っとるな。今度、一俵ぐらい持って来い。ぼくは、つけ届けはいつでもよろこんでもらう。もちろん、もらっても、とくに目はかけん。また、目をかけてもなんにもならん。それでいいなら、持って来い。家業を継ぐのかね？」

「まだわかりません」

「よし、着席。つぎ、宇野君」

宇野が立った。

「進学志望です」

「何を学びたい？」

「文科系です」

「それはわかっとる。文科系の何を」

「まだ決めていません」

「ふーむ。つぎ、江藤君」

おどろいたことに、名簿はすでに閉じられているのである。しかも上原は、名を呼ぶとき、呼ばれた生徒が立つ前にその顔をみつめているのだ。

「卒業して、就職します」

「特技は？」

「蹴球部《しゅうきゅうぶ》です」

「なるほど、でかい図体をしとるのう。本校の蹴球部は強いのか？」

「強いほうです。この前はK中に圧勝しました」

「きみは正選手か？」

「そうです」

こうして上原は、名簿も見ないでクラス全員の名を呼び、相手に応じていろんな質問をした。

そのあと、

「これで、きみたちのことはだいたいわかった。なお、話したいことがあったら、いつでも教員室に来るように。教員室で話せないことは、よそへ行って話そう。以上。もう帰ってよろしい。掃除は自主的にやってくれ」

上原は去り、生徒たちは顔を見合わせた。

「すげえのう」

「おれたちの名と顔を、いっぺんでおぼえてしまった」

「たいへんなはったりやだ」

「しかし、おれたちはらくになるぞ」

「よし」

藤川という少年が決然とした声で言った。

「彼女を作るにはどうしたらよいか。今から行って相談して来る」

みなはよろこんだ。

「おお、行ってみろ」

「一人じゃ、ちょっと無理だ。だれかいっしょに行かんか?」

「よし。おれが行こう」

名乗り出たのは、委員になった近藤であった。

「あいつがどんなやつか、こっちも見きわめなきゃいかん」

二人は教員室へ行き、三十分ほどで帰ってきた。

みなは二人を囲む。

「どうだった?」

「いやはや、たいへんなやつだよ。〝なぜ、彼女が欲しい? ロマンチックなあこがれなのか? それなら、遠くから眺めてへたくそな詩を作っていたほうがいい。つきあえばがっかりするぞ。欲望を満足させたいのか? それもよせ。妊娠させたらたいへんだし、へたをすると退学になって一生を棒に振る。オナニーでがまんしろ。だいたいおまえたち、好きな子が出来て、それで相談に来るんならわかる。ぼんやりと彼女が欲しい、などとはたわけとる〟ま、だいたいそういう説教だったよ」

「なるほどねえ。オナニーは許可されたわけか。今度、あいつの授業のときにみなでいっせいにやってやろうか」

妙子は四年を卒業して専攻科に入った。引きつづきセーラー服を着ることになる。

妙子が学窓から離れずに女学校に残ったことに、真吾はほっとしていた。専攻科に残ったのは、半数ぐらいらしい。他は、社会へ出て行った。

妙子が社会に出れば、真吾とは立場がちがってしまい、なんとなく遠い存在になるのである。

(これで、おれが来年高校に入って妙子が女学校を出れば、不釣合いではない)

その妙子との仲に変化はなかった。文江との仲も同様である。妙子も文江も、真吾が求めればすべてを許す、と言ってくれている。

(四年になったんだ。もう体験していい学年だ)

それは、三年のころからひそかに考えていたことであった。真吾だけでなく、三年のときにクラスの何人かは、

「四年になったら、おれは大正町に連れて行ってもらうぞ」

と言っていた。大正町は花柳《かりゅう》の街である。二年から三年になるということには、さして意味がなかった。三年から四年になるということに、生徒たちはいろんな重みを感じるのだ。

妙子と文江と、どちらを選ぶべきか、真吾は迷っていた。妙子を今のままでそっとしておきたいセンチメンタリズムがあるのだ。しかし、もし文江とそうなれば、文江は妙子にそれを通告するかも知れない。その上、真吾は抜き差しならなくなってしまうおそれもある。

現実は、真吾の迷いにかかわりなく、そのどちらともゆっくり二人だけになるチャンスがなく、桜の花が散り、その実が黒く熟す季節になった。妙子とは双方の親が認めている交際なので会おうと思えば会えるはずなのだが、やはり心理的な障害があるのだ。かこつける用がめったになく、またたまに会っても、二人だけの空間と時間が少ない。文江の場合は、真吾から会いに行くのには強い抵抗があった。

ある土曜日の朝、教室に入ると近藤が待っていた。

「ちょっと来てくれ」

廊下に連れ出された。廊下をさらに歩き、校舎から出てプールまで来た。

「ま、座ろうや」

「あらたまって、なんだ?」

「おまえ、今夜、用があるか」

「とくにないよ」

「家を出られないか?」

「出ようと思ったら、出られる」

「おまえ、大野屋を知っているか？」

「知っている」

春を売る女たちのいる家である。大正町ではなく、駅の近くの川のほとりに、ぽつんと一軒だけ建っている。

「今夜、おれはそこへ連れて行ってもらって、童貞を捨てることになった」

「ほう」

「連れて行ってくれるのは、おれのいとこだよ。今、大阪から帰って来ている。おれにふさわしい子を、あたらしく大野屋が抱えたそうだ」

「いい話だな」

「二人来たんだ。同じ十八で、同じようにおぼこいらしい。いとこは、友だちを一人連れて来ていい、と言っている。遊び慣れたやつじゃしようがない。おまえ、行かないか？」

「うーん」

すぐに、妙子の顔があたまに浮かんだ。文江の顔も、胸をよぎった。腕を組んだ。

「どうしておれを？」

「一人じゃなんとなく心細いんだ。何しろ、はじめてだからな。おれと同じように未経験の友だちがいっしょだと、心強い」

「学校にばれたらたいへんだぞ」

「みつかりっこない。夜になって裏口から入って、そのまま部屋に入るんだ。だれとも顔を合わさない」

「いっしょに行っても、すぐにべつべつになるじゃないか」

「それでもいいんだ。とにかくいっしょだと、おれも勇気が出る。良心もごまかせる」

「ああいうところの女は、病気がこわいぞ」

「その点はだいじょうぶ。ぜったい心配は要らないと言っている。おれのいとこは金持ちなんだ。だから、たいせつにされている。あたらしい女が入ることはめったにないらしいぞ。よそから流れて来たんじゃなく、はじめてああいう商売に入った子らしい。身を持ちくずした女じゃなく、売られた娘なんだ。どうだ？　その気にならないか」

「むつかしいなあ。即答はできん」

「きょうの授業が終るまで、考えてくれ。だれにも言うなよ。おまえを信用してしゃべったんだ」

「もちろん、言わない」

二人は教室にもどった。近藤が真吾を道連れにしようとしていることは、それだけ高く評価してくれていることを意味する。悪事を企らむには仲間が欲しいものだ。

（たいへんな秘密を知らされたものだ）

負担を感じた。遊びまわっている少年だったら、どうということはない。勉強家でまじめで学校側の信任の厚い近藤だから、問題が大きい。

（ことわれば、あいつはおれを憎むだろう。軽蔑《けいべつ》されるかも知れない）

また真吾自身、性に習熟している女に教わりたい気分でもあった。初心《うぶ》の女郎といっても、やはり普通の娘とはちがうはずだ。

放課後、真吾は近藤のところへ行き、二人は空いている教室に入った。

「そういう場所に入ることがこわいんだろう？」

「そうだ」

「じゃ、ついて行ってやろう。あの家は、酒は呑ませるのか？」

「客の注文によるらしい。女を抱くだけの客もいれば、呑んでから抱く客もいる」

「おまえの場合はどうなんだ？」

「ま、まねごと程度のお膳《ぜん》が出て、女が酌をして、話をして、そのあと手を引かれて別の部屋に行くという寸法らしい」

「じゃ、そこまでつきあってやろう」

そこまでだけであっても、学校に知られれば退学である。つまり、近藤と同罪になるわけだ。

「女は要らないのか？」

「彼女を裏切ることは出来ん」

「おまえ、彼女がいるのか？」

「いる」

「初耳だな。じゃおまえ、もう女のからだを知っているのか？」

「いや、それはまだだよ」

「彼女が許さないんだろう？」

「うむ」

「じゃ、遠慮することはないじゃないか？　チャンスだぞ」

「良心の問題だ。何しろ、おれはその子に惚《ほ》れているんだ。だから、おまえと同罪の立場になってやる。これで、おまえは勇気が出るだろう」

「うーん」

しばらく考えていた近藤は、

「よし。それでいい。いっしょに来てくれ」

と言った。

「行って、もしおまえが女を抱きたい気になったら、そう言ってくれ」

（ははん）

真吾はすぐに近藤の考えたことを理解した。

（こいつ、おれが行けば、その場の空気に引きずられて相手の女を抱きたくなる、と判断したわけだな）

（ようし、おもしろい。おれが、女郎の誘惑に負けるかどうか？）

危険な賭《か》けであることは自覚していた。自分自身にとっても危険だし、学校に知られても危険である。売春宿に行ったのがみつかって退学になったなどということは、もっとも不名誉な話となる。

しかし、スリルがあった。

そういう家がどんなものか、前から強い好奇心もあった。秘密の場所を探検する気分があった。こんな機会はめったにあるものではない。

娼婦の館

日が暮れて、真吾は家を出た。近藤と会う約束をしているのは、片袖橋《かたそで》である。古くからの橋だ、とのことで、由来があった。

江戸時代も中頃。この橋のたもとが若い男女の今生《こんじょう》の別れの場となり、涙を流し合った。男が旅立つのである。男を引き立てる役人が強引に二人を引き離した。女は男の袖に取りすがる。役人は男をせき立てる。女の力で、男の片袖が千切れて残り、女はそれを抱いて川に身を投げたという。

歩く道は、駅からの道でもある。ちょうど下り列車が発車したばかりらしく、何人かの人とすれちがった。

(まずい時刻だな)

普通に歩いているのだから脅《おび》える必要はないのだが、やはり良い気分ではない。

予感は的中し、妙子の父に出会った。真吾は挨拶《あいさつ》する。

「おう、今ごろどこへ行く?」

「友だちの家です。あした読む本を借りに行きます」

知った人に会った場合に備えたことばを真吾は口にした。

「たまには遊びに来いよ」

「はい」

すぐに別れて、真吾は道を急ぐ。

片袖橋には、すでに近藤は来ていた。和服の着流しの男といっしょである。男は川を見ながら、たばこを吸っていた。寄ると、たばこの芳香が流れてきた。日本のたばこではない。いわゆる洋モクである。

近藤は真吾に握手を求めた。

「よく来た。おまえのことだから、かならず来ると思った」

和服姿の男も真吾をふり返った。近藤が真吾を紹介する。男は田中と名乗った。

三十前後の、旅役者めいた感じの男であった。

「きみは、せっかくのチャンスなのに、女は要らんのかね？　ま、あてがうから、あとは好きなようにすればいい。さあ、行こう」

橋を渡る。

県道を外れて大野屋への道に入るとき、周囲にはだれもいなかった。付近の民家も、戸を閉ざしている。

近藤の言った通り、三人は裏口にまわった。板戸を開けた田中は、

「おい、連れて来たぞ」

と声をかけた。

「あら、今晩は」

艶《なま》めかしい女の声。

「用意は出来とるかね？」

「はい、もうとっくに。さあ、どうぞ」

田中につづいて近藤が入り、真吾も入って行った。三人を迎えたのは、四十半ばぐらいの白い顔をした女であった。その白さが白粉《おしろい》のためであることは、すぐにわかった。

台所である。柱や棚で仕切った向こう側に何人かの男女がいたが、真吾は顔をそむけていた。

女の案内で二階に上る。階段は磨かれて光っていた。頑丈に出来ている感じである。

通されたのは、六畳の部屋である。古めかしい感じの部屋で、床の間には八重桜が活《い》けられてあった。山水画の掛軸がかかっている。そのかぎりでは、普通の家の座敷と変わりはない。

中央に黒い食台が置かれ、座ぶとんが三方に備えられてあった。

「ようこそ」

女は、三人が席に着くと、畳に手をついてあらためて挨拶した。近藤と真吾は無言であたまを下げる。近藤はこわばった顔をしていた。

真吾は、さして緊張していなかった。もうこうなったらなるようになる。自分にそう言い聞かせていた。とにかく、こうして禁断の家に入った以上、退学に価する状況にあるのである。

「とにかく、酒だ。肴《さかな》は何があるか？」

「へい、かしこまりました。あんたたち、運がよかです。ちょうどあんた、いいタイが入りました」

女は去り、床《とこ》の間を背にして座っている田中は、真吾にアメリカのたばこをさし出した。

「吸わないかい？」

「吸いません」

「ふーむ」

自分で吸いながら、

「きみのことは伸正から聞いた。なかなか出来るそうじゃの？」

「いや、近藤君にはかないません」

こういう場所で学業の話をするのは、へんな気分であった。

やがて、酒と料理が運ばれはじめた。田中が配慮するように言ってあるためか、案内してきた女が、一人で何回も運んで来る。

「あのおばさんはどういう人なの？」

近藤が田中に訊《き》いた。

「ああ、あれか。あれも女郎よ。遣手《やりて》ばばあじゃない。おまえたちが会うのは、これから来る三人の女とあの女だけじゃ」

食台の上に、タイの刺身の入った大皿が置かれた。

「旅のもんじゃありませんよ。今朝、漁師が釣って持って来たとですよ。地のタイですよ」

「うん。うまそうだ」

魚は配給制度である。活きの良いタイなど、普通の家では口には入らない。なるほど、こういう場所に横流しされているのか、と思った。

「高いだろうなあ」

近藤が感心したようにつぶやいた。

「値段は気にするな。女にくらべりゃ、魚なんか廉《やす》いものじゃ」

一応すべてを運び終ったらしく、女は田中と真吾との間に座った。

「さ、まず味見して」

田中にお銚子《ちょうし》を向ける。それを受けて、田中は呑《の》んだ。

「うむ。いい酒じゃ」

清酒である。酒も配給制度だ。しかしこの場合は、こういう店には特別配給があると聞いている。

真吾も盃《さかずき》を持ち、近藤といっしょに呑んだ。そこではじめて、女は真吾たち二人を褒めた。

「二人とも、なかなか好い男前をしていなさる。女学生にもてるやろう。これから、女学生みたいな可愛《かわい》い子がそばにつきますからね。やさしうして上げてね」

真吾と近藤が盃に三杯ずつ呑んだとき、三人の女が入ってきた。三人とも、あでやかな着物姿である。

先頭を切って入って来た女は、田中と近藤の間に座った。

「この前はありがとうございました。久しぶりで、ほんとうにうれしかったあ」

甘えた声で田中にそう言った。

二人の女は、襖《ふすま》を背に正座した。それまでいた女は、真吾たちに見せる表情とはガラリとちがってきびしい目を二人に向けている。

二人とも、まだ若い。それに、化粧も濃くなかった。白っぽい感じでなく、紅い頬《ほお》の色がそのまま出ていた。

「みよ、と申します。よろしくお願いします」

畳に両手をつき、その手の甲に額をこすりつけて挨拶してきた。近藤が言った通り、たしかにまだ二十前だ。面長で、整った顔をしていた。二十前でも、真吾たちより年上なのはたしかだが、震えを帯びたその声に、あるいたいたしさが感じられた。

「たみと申します」

その左の女はそう名乗って、みよと同じように挨拶した。こちらは丸顔で、なんとなくあどけない。目が大きかった。やはり、みよと同じくらいである。

真吾と近藤は、条件反射的に礼を返していた。

挨拶をしたあと伏目になっている二人の女に、田中は言った。

「さ、そう形式張らずに、こっちに来んしゃい。おお、そうだ。おまえたち」

近藤と真吾を見くらべた。

「どっちが良いか、決めろ」

それを受けて近藤は、

「どうする？」

と真吾にささやいた。

おれはこうして酒をつきあうだけだから、おまえが選べ。そう言いたいのだが、それでは場をしらけさせるし、まわりくどい。

「おまえにまかせる」

真吾はそう答えた。

「いや、おまえが選べ」

近藤はいったいどういうつもりなのか、真吾に押しつけようとする。田中も田中の左右に侍《はべ》っている二人の女も、真吾と近藤の押しつけ合いをおもしろがっていたが、結局、左側にいたみよが真吾に近いので真吾の横に来た。

そこでまた畳に手をつき、ていねいに挨拶してきた。

真吾は少なからず勝手がちがって戸惑いをおぼえていた。みよとたみが、他の二人の女と印象も作法もちがい過ぎているのである。

遊んでいる級友たちの話では、女郎屋というのはこんなかたくるしいものではないはずであった。女たちも、もっとざっくばらんで文字通り裸で生きているはずであった。本能と歓楽と汚濁の渦まくやかましい世界のはずであった。

(これじゃ、まるで見合いみたいだ)

みよはお銚子を手にした。

「どうぞ」

もう田中は、真吾たちにかまわず、自分の横の女たちとしきりに軽口をたたき合っている。女たちも呑んでいる。

真吾はみよの手を見た。

(………?)

整った顔に似ず、指は太く節《ふし》が目立ち、赤かった。あきらかに、力仕事をして育った手である。おそらく、てのひらの皮はかたくなっているだろう、と推察した。そんな推察をする余裕を持っている自分に、満足した。

「みよさんとは」

盃を受けながら、真吾は言った。

「本名なの？」

こういう所にいる女は別名を使っているという知識による。その知識があることをひけらかしたかったのである。

「いいえ」

みよは首を振った。

「ここでいただいた名です」

「そうだろうな」

盃を口に運びながら、真吾は近藤を見た。やはり近藤はかたくなっているようだ。からだの動きがぎこちない。それでも酒を呑んでいるのは、酒だけは呑みつけているからであろう。

（本名を問うのは、いわゆる野暮《やぼ》というものだろう）

そこで、

「年はいくつですか？」

と訊《き》いた。

「十九です」

やはり、年上である。こっちの年を問われたら困る、と思った。しかし、みよは別のことを言った。

「あの八重桜、うちがきょう、持って来たんです。花が大きいでしょう?」

「よく、今ごろまで咲いていたものだ」

「北向きの、日蔭の冷たい場所に咲いていたの。普通の桜とちがって、なかなか散らないから」

他の何かをなぞっているのかも知れないと思ったが、わからない。

真吾は、田中にみならって、盃をみよに渡した。

「すみません」

みよははにかみながら両手で受けた。その盃に酒を充たす。と、みよはそれをどういう意味か意味がないのか、三回に分けて呑み、盃洗で洗って真吾に返した。

真吾は、体内にアルコールがまわりはじめているのを意識した。アルコールは、とくにあたまにまわっているようだ。落着いているのはそのせいかも知れなかった。

みよは、

「お酒だけでなく、食べたほうがいいのよ」

と言い、料理を勧めた。

「そうしよう。こんなご馳走《ちそう》、久しぶりだ」

真吾は食べはじめた。

近藤とたみも、低い声で話をしている。何を話しているのかわからない。田中たちの声が大き過ぎるのだ。田中は、自分がいかに大阪で金を儲《もう》けているかを自慢していた。統制品の闇《やみ》のブローカーをしているようであった。

食べながら呑んでいるうちに、酔いはさらにまわってきた。めったに呑まない酒だから、当然である。

そのうち、最初にいた女がみよとたみを連れて席をはずし、田中がまず近藤に声をかけた。

「どうだ？　あの女、気に入ったか？」

近藤は酒のためにもう真っ赤な顔になっていた。

「ああ、気に入った。あの子でいい」

「よおし。きみは？」

真吾のほうを向く。

真吾は、

「ぼくは帰ります」

と言った。

「あの子がどうのこうのと言うことじゃありません。最初からの予定通りです」

「ふーむ。ま、まだ時刻は早い。トランプでもして遊んで行け」

すぐに女たちはもどってきた。最初からいた女と田中の横についた女とは、何やらささやき合った。

最初からいた女はたきと呼ばれていた。そのたきが真吾に膝《ひざ》をくっつけて座った。もうかなり酔っている感じである。

真吾の盃に酒を注ぎながら、

「あんた、男じゃろうもん」

と言った。

「そう、男だ」

真吾は胸を張った。

みよは、真吾がまだ箸《はし》をつけていない煮魚の骨を抜いている。たみは近藤にしなだれかかっていた。

「だったら、度胸を出ししんしゃい」

「度胸？」

真吾は目をむいた。

「なんの度胸ですか？」

「男の度胸よ。こんな可愛い子を袖にすることはなか」

「ぼくは酒を呑みに来た。ご馳走を食べに来た。だから、食べて呑んで、帰る」

「卑怯《ひきょう》よ。友だちを置いて。自分だけ優等生になって帰るなんて」

「卑怯でもいいんです」

と、みよが真吾の腕を取った。

「ちょっと来て」

廊下ではなく、襖をへだてた隣の部屋に、真吾は連れて行かれた。

その部屋も八畳ぐらいで、襖をとりはらえば、二間つづきの広い宴会場になるように出来ている。

みよは襖を閉めた。

電灯をつけていないので、真っ暗になった。みよは真吾に抱きついてきた。脂粉の香が、真吾の鼻を擽《くすぐ》った。

（やはり、売笑婦だな）

そう意識する真吾に、やわらかな胸を押しつけて、

「うちの部屋に、来るだけ来て。ね、お願いよ」

訴える口調でみよは言った。真吾は両の乳房を感じる。

「あなたの部屋？」

「ええ、部屋を持っとるのよ。まだ、だれも泊ったことがないの。ううん。だれも寝たことがないんよ」

「なぜ、行くだけでも行くんだ」

「そうしなきゃ、お母さんにおこられる」

「お母さん？」

「お店のおかみさん。たき姐《ねえ》さんにも」

何もかも、あたらしい見聞ばかりである。遊んでいる級友たちが教えてはくれなかったことであった。それにしても、

（まだ客と寝ていないなんて、おれをたぶらかそうとしている）

そう思うだけのゆとりはあった。

娼婦か娘か

しかし、真吾はみよの嘘《うそ》を追及するのは控えた。この世界の女たちとしては、嘘は生活の手段にちがいなく、それをことあげするのは野暮というものであろう。女の嘘を信じるふりをする度量を、男は持たなければならない。そう考えた。

「行って、どうする？」

「行くだけ行って。どうせ田中さんが払うんだし、田中さんは闇《やみ》であぶく銭を儲《もう》けているんだもん」

「それもそうだな。よし、行って、一時間ぐらい、話をしよう。それから、だまって一人で帰る」

「うれしい」

みよは真吾に抱きつき、

「あんた、うちの初恋の人に似ているんよ」

と言った。

これもよく使われるせりふだろう、と真吾は解釈した。とにかく、ここに来る前から、たぶらかされないようにと自分をいましめているのである。

真吾たちはみなのいる部屋にもどり、並んで座った。

みよはお銚子を持って真吾の盃《さかずき》に注ぐ。

「もうすこしなら、呑《の》めるでしょう?」

さっきまでとちがって真吾に密着してくる。

「どうだった?」

最初からいたたきが、みよに訊《き》いた。

みよはうなずいた。

「部屋に来てくれるって」

「それはよかった」

たきは真吾の背に手をかけ、顔を近づけ、声をひそめた。

「あんた、みよを女郎と思うたらいけんよ」

「は?」

「みよはね、まだ客は取っとらんと。あんたがはじめてなんやから」

「………」

「あんたは運がいい。こういうことはめったにないもの」

「どうして?」

たきはさらに声をひそめた。

「来たばかりじゃもの。それに、みよは今まで納得しなかったと。たみもそうよ。ほんとうを言うとね、うちのおかみさんが田中さんに、あんたたちを連れて来るように頼んだの」

「………?」

「あんたたちみたいな純粋で清潔な人なら、みよとたみは承知すると言うたの。まだまだこの子たち、普通の男はこわいんでしょう」

どこまで真実か、わからない。しかしみよとたみがあばずれ女でないことだけは察せられるのである。

「じゃ」

真吾はたきのほうに口を寄せた。

「みよさんは、処女か?」

たきは首を横に振った。

「それはちがうと。ちゃんと、水揚げはすんどる」

言っていることがよくわからない。

(よし、どうせ時間がある。あとでゆっくりとみよに直接聞こう)

田中が女を抱いて立った。

「さあ、酒はこれまでじゃ。おれはもうこの子が欲しうなった。さあ、それぞれの部屋に行こう」

近藤も立った。

真吾と近藤は向かいあった。

「成功を祈るぞ」

「おまえもな。なあに、びくつくことはない。人生、最初はだれにとっても最初なんだ」

近藤はきわめて当然のことを言った。

みよにともなわれて、廊下に出る。

すぐに二人だけになった。廊下を曲がる。隣接して建っている家と、廊下でつながっていた。そっちの棟に移った。

木の戸の前で、みよはたたずんだ。その戸を引く。みよは部屋に入った。

電灯をつける。

「どうぞ」

四畳半である。窓が高い。どういうわけか用心深い気分になりながら、真吾は部屋の中に入った。

端に、ふとんが敷かれている。枕が二つ、並んでいた。長い木の火鉢があり、鉄びんがかかっていた。火は入っていないようだ。

座ぶとんを勧められる。

真吾はその上にあぐらをかいた。みよは内からかけがねをかけた。こちらからだと、廊下への戸は襖《ふすま》になっている。

もどって来て、真吾に寄添って横座りしたみよは、真吾の上着に手をかけた。

「襟が窮屈そう。脱いで」

ボタンをはずしはじめる。上着ぐらい脱いでいいだろう。途中からボタンを自分ではずし、脱いだ。みよはそれを壁にかけた。

ふたたび、真吾の横に座る。上体の重みをかけてきた。

「泊れないの?」

真吾は時計を見た。八時をちょっと過ぎたところである。

「九時半にはここを出る」

「一時間半ね。すこし酔っているみたい。横になったら?」

顔を覗《のぞ》き込む。きれいな目をしている、と思った。まじめな表情である。たきの言ったことは嘘ではなかったかも知れない、と思った。

「いや、このままでいい。あんたは、どうしてこんなところに来たんだ？」

　みよは真吾の肩に手をかけてきた。

「お金を借りたんよ。ここで働いて返すの」

「あんたの親が借りたのか？」

「そう」

「いくら？」

　みよは金額を言った。それは、真吾にはたいへんな金額であった。

「今まで客を取らなかったというのは、ほんとうなのか？」

「ほんとうよ」

　みよは溜息をついた。

「どうしても、いやだったの。ここの旦那さん、やさしいの。うちがその気になるのを、待っていたんよ」

「客を取らなきゃ、金は返せない」

「そうよ。だから、決心したの。だから、あんたがはじめて。ね、たきさんが来るから、追い返して」

「あの女が？」

「ええ。もうすぐ来るわ」

「何をしに？」

「あんたを抱きに来るんよ」

またわからないことを言う。

「ぼくはきみの客なんだろう？」

「そう。でも、あんたははじめてやろう？」

「うむ」

「うちもはじめて。だから、あんたに仕方を教えに来るんよ。実地に教えるんよ。うちはそれを見ていて、うちも教わるの」

「そんなばかな」

「でも、そう言ったわ。うちじゃ、まだあんたをちゃんと男には出来ないんだって」

「そんなことはない」

あきれていると、廊下から足音が伝わってきた。足音は近づき、部屋の前で停まった。

「みよちゃん、開けて」

たきの声である。みよはささやいた。

「お願い。追い返して。二人だけでだいじょうぶだ、と言って」

「よし」

真吾は立ち、大股《おおまた》に歩いて、戸を開けた。たきはしどけない寝間着姿になっていた。目に妖《あや》しい光がこもっている。

「寝間着を持って来ましたよ。ちょっと入れて」

たきの手にあるゆかたを、真吾は奪った。

「これは借ります。しかし、あなたはもういいです」

「あら、ここのしきたりなの。みよちゃんから聞いたやろう？　うちにまかせて」

真吾を抱きしめようとする。真吾はその両腕をつかんで押した。

「ほんとうにいいんです。ぼくはね、友だちの前だからネコをかぶっていたけど、体験はあるんです」

「嘘」

「いや、ほんとうです。彼女が二人もいるんだ。こういう場所を知らないから、来てみたんです。童貞なんか、とっくのむかしにさよならしているよ」

「でも……」

「それより、近藤のところへ行ってください」

「あの人には、ほかの人が行ったんよ。とにかく、入れて。うちだって頼まれたお勤めは果たさなきゃ。それに、あんたに惚《ほ》れてしもうたんよ。みよちゃんなんかにまかせられん」

「だいじょうぶだと言っているんだ」

真吾の声は怒気を含んだ。みよならともかく、こんなあばずれ女にからだを汚されてたまるか、という気分である。

思いがけない真吾の強い語気に、たきはびっくりした顔になった。

数秒真吾の顔をみつめていたが、やがて低く、

「わかったよ」

しわがれた声で言った。そのあと、

「じゃ、ごゆっくりね。こども同士でママゴト遊びしたほうがいいかも知れないね」

最後は侮蔑《ぶべつ》ともからかいとも解釈できることばを残して、去って行った。

真吾は戸を閉め、かけがねをかけ、席にもどった。

いつのまにか、みよはふとんのなかに入っていた。真吾は座ぶとんの上にあぐらをかく。

「ねえ、こっちに来て、横になって」

「いや、ここでいい」

しばらくして、みよはゆっくりと起きた。襦袢《じゅばん》姿である。真吾の背後から抱きついてきた。

乳房が背に押しつけられた。

「ねえ、寝ましょう。寝てくれるだけでいいの」

「あんたは、それじゃ、いつ、だれと体験したんだ？」

「それは、高等科を出てすぐ。好きな人がいたの。あんたに似ていた人よ。ずっとつきあっておったの。だから、心配しないで。知っとるんやから」

「その人はどうしている？」

「去年、結婚したわ。だからうち、ここに来る気になったんよ。ああ、早く来て」

「それを、ここの人たちは知っているのか？」

「ううん。うちをここに連れてきた女衒《ぜげん》が処女を奪ったと思うとるわ。女衒がそう思わせたの。うちもまた女衒にそう思わせた」

「女衒に抱かれたのか？」

「おこらないで。女の子に腹をくくらせるためによくそうするらしいの。あんな男、嫌い。息が臭くてしつこくて。ちっとも気分が出なかった」

「…………」

「ね、これも脱いで。何もしなくていいから、いっしょに寝て」

「ほんとうに何もしないぞ。あんたも手を出しちゃだめだぞ」

「約束する」

「じゃ、寝ていてくれ。自分で脱ぐ」

みよはふとんにもどり、真吾は立ってズボンとシャツを脱いだ。欲望は感じていなかった。あまり早く帰っては近藤に悪いという気持ちである。

みよはかけぶとんを上げて真吾を迎える。真吾は仰向けになり、足を伸ばし、両手を胸の上に置いた。

みよは寄って来て、真吾の胸を抱いた。真吾の両腕の上をみよの腕が横に通るかたちになった。

「あんた、遊んどる中学生とちがうね」

「普通の生徒だ」

「まじめなんやろ？」

「まあ、そうだ」

「体験があると、さっきお姐《ねえ》さんに言ったね？」

「うん」

「あれ、嘘でしょう？」

「半分、ほんとうだ」

「半分？」

女体の秘部はもう何回も見たし、愛撫《あいぶ》もした。愛撫もされた。それを、真吾はわかりやすいことばで説明した。

その説明をしている間に、真吾のからだは興奮を示してきた。話の内容とみよの感触が相乗作用を果たしたのだ。

「それでも、しなかったの？」

「そうだ」

「かあいそうに」

「かあいそう？」

「そう。その彼女よ。あんた、罪なことをしておるんよ。早く、して上げなきゃ」

足がからんできた。油断していた真吾があわてたときはもう遅く、みよのはだかの腿《もも》は真吾の興奮しているからだに引っかかった。

反射的にみよは真吾を抱きしめ、膝《ひざ》を折ってパンツの上から真吾をはさんだ。

「うれしい」

みよはささやいた。

「こんなになってくれとるわ」

真吾は一瞬逃げようとしたものの、すぐにその試みを捨てた。興奮状態になるのは生理的な現象である。だからと言ってみよと関係する気になったことを意味しない。

「いいか。これ以上のことはするなよ」

「わかっとるわ。うちはあんたを好きになったんやから、このままでもいいの」

「近藤も帰るんだ。泊るのは田中さんだけだ。近藤はいつここを出るだろうか？」

「人のことはどうでもいいやないの」

みよは真吾に頬《ほお》ずりした。

「それより、うちの話を聞いて」

「聞こう」

「うちね、このままいたら、食費からふとん代から着物を買った利子から、どんどん借金が増えるばかりなんよ」

「それで？」

「早くお勤めをして、早くお金を返して、自由になりたい。おたき姐さんみたいにこんなところで一生を過しとうない」

「それはそうだ」

「そのためには、早くお客さんに可愛《かわい》がられるようになりたい」

「うむ」

「だから、ね。あんたが抱いてくれたら、一生の思い出になるわ。だから、姐さんにあんたを先きに奪われたくなかったんよ」

「…………」

「ね、うちを助けると思って」

みよは真吾の手を握って、指のひとつひとつをもてあそびはじめた。

「ぼくは関係ない」

「あんたとは、商売じゃない、と思うの。対等の男と女の一晩の恋愛と思うの。うちの青春の最後の思い出になって」

真吾の手を握ったまま、みよは手を下へと移して行った。

魔法にかけられた心理状態になって、真吾はその動きに抵抗することが出来なかった。真吾をはさんだみよの足は、微妙な刺激を加えつづけている。

「ね、今夜だけでいい。あたしを好きになってくれて」

女郎としては新人かも知れないが恋の手練手管《てれんてくだ》は相当に知っている娘だ。ようやく、真吾はそれを感じはじめていた。

「あしたはきれいに忘れていい。今夜だけ、ほんのちょっと好きになって」

すでに襦袢はめくれており、真吾のてのひらはしっとりとしたみよの内腿にあてがわれた。

みよは片足を真吾にからめているので、その腿は大きな角度でひらかれている。

みよは真吾の手首を持って動かす。真吾はみよの腿を撫でさせられる結果になった。

(この子の話は、全部創作かも知れない。店も田中も共謀かも知れない。さっき、あの大年増が来たのも、お芝居かも知れない。この女はもう前からここにいる女じゃないか?)

しかしそれは、たしかめる術《すべ》はない。

(いや、ある)

真吾は、すでに何十人もの娼婦《しようふ》を知っている友だちの話を思い出した。

夜深む

真吾のてのひらはみよの内腿《うちもも》を撫《な》でていた。撫でさせられていた。

みよの息遣いは荒くなっている。ときどき、低い声を洩《も》らした。真吾のてのひらの刺激が、快よさを呼んでいるのであろう。

すこしずつ、手の動きは腿のつけ根に近づいて行った。襦袢《じゆばん》の下に、みよは何も身につけていないようであった。

(いつか、山中が言ったことがある。女郎やあばずれ女は濡《ぬ》れないそうだ。男に馴《な》れすぎてい

て、相当の刺激を受けなければ、からだが反応を示さないそうだ)

妙子は接吻《せっぷん》しているだけで、愛の泉をあふれさせる。多くの男を体験している女はその逆だという。

(今、この女はどうなっているか?)

息遣いやからだのくねらせ方は、欲望を表現している。これは真吾を挑発するためのポーズかも知れない。嘘《うそ》でかためた世界に生きている女なのだ。どこまでが手練手管でどこまでが真実か、わかったものではない。

(よし、たしかめてみよう。こうして撫でていては濡れてしまう。早く今の内にたしかめなきゃ)

そこではじめて、真吾は自主的に手を動かした。真吾の手を操っているみよの手の動きの域を超えて中心へと進んだのである。

真吾の手は秘毛を感じた。花びらに触れた。みよはうめき、真吾はさらに進んだ。足がひらかれているのでそこもひらかれており、てのひらはその全容にあてがわれた。指をうねらせる。

(案の定だ)

そこは、わずかに潤んでいるだけであった。妙子のように、指が溺《おぼ》れるにはほど遠い感じであった。真吾の指はその肌に引っかかる感じになった。さらに指を使って、その感じをたしかめる。

みよはさらにうめき、腰をくねらせた。しかしもうその姿態は演技としてしか真吾には映らなかった。

真吾はすぐに手を引き、みよの手をもぎ放した。

「どうしたん？　いやよ」

みよは抱きついて来たが、真吾は手を遠くへ逃がし、シーツで拭《ふ》き、仰向けになった。呼吸を整え、

「もう、帰る」

と言った。

「いやよ」

みよはしがみついてきた。その手は忙しく動き、真吾をはさんでいた足がほどかれ、替わって手が触れてきた。

握りしめられる。

（直接じゃないからかまわない）

「女に恥をかかせないで」

「もう帰らなきゃ。思っていたほど、ぼくは酔っていないようだ」

「だめ。もうちょっといて。お母さんにおこられてしまう」

みよは真吾に愛撫《あいぶ》を加えはじめた。巧妙な動きである。真吾はその手首を握って、動きを封じた。

「田中さんには、遊んだということにしてやるよ」

「そんなんとちがう」

みよは上体を起こした。頬《ほお》は紅潮し、目はきらめいている。顔が顔にぶっつかってきた。とっさに真吾は顔を上向け、そのくちびるがくちびるにぶっつかるのを避けた。みよは真吾の頬を吸いはじめた。

「もうよせよ。力はぼくのほうが強い。はね飛ばしてもいいんだぞ」

みよは顔を離し、目を大きくみひらいて真吾をみつめた。怒っている目である。

「あんた、ほんとうにうちに恥をかかす気?」

「そうじゃない。最初から、この部屋に来るだけという約束だ」

「いやよ」

大きく首を左右に振った。

「死んでも帰さんから」

「いや、帰る」

真吾の目をみつめているみよの目が、しだいにふくらんできた。黒目が大きくなった。と思うと、それは揺れてゆがみ、玉の水液がこぼれた。

(涙か?)

みよは真吾の頰に頰をこすりつけた。その目から出る涙が、真吾の頰に伝わった。涙があたたかいことを、真吾ははじめて知った。

(女郎の涙はギヤマンの玉)

にせものであってほんものの宝石ではない。最近読んだだれかの小説のなかにそんな文章があった、と思った。おどろきながら、涙の本質に疑問を投げかけていた。

けれども、泣いている女を突きとばすことは出来ない。じっとしていた。

みよは泣きつづけた。

(女というのは、へんなときに泣くものだ)

泣いて何を訴えようとしているのか、はっきりとしない。ただ、みよが哀れな境遇にいることだけは、その嗚咽《おえつ》が表現していた。

やがて泣きながらみよは、

「お願い。そんなに冷とうしないで。うちは商売気抜きなんよ」

途切れがちに口説きはじめた。その涙もことばもお芝居と解釈しながら、やはり真吾は感動していた。真吾はみよの手首を放し、大きく溜息《ためいき》をついた。

「あんたをほんとうに好きになったんよ。今夜だけでいいの。病気の心配はぜったいにないんよ」

涙はどんどん出ている。お芝居だとしたらおどろくべき熱演である。

(ひょっとしたら、ほんとうに泣いているのではないか?)

(いや、これが男を手玉に取る女の上手なところだ)

みよは口説きつづけた。

「商売じゃないのに。好きやなかったら、どうでもいいでしょう? お金はもろうたし、あんたはもう二度と来る人やない」

それもそうである。ふたたび真吾はわからなくなった。しかし、だからと言って真吾がこの女を最初の女としなければならない義理を感じる必要はない。あくまでも近藤につきあっているだけなのだ。

(妙ちゃんだって、おれがこういう女郎を相手にしたと知ったら、おれに嫌悪をおぼえるだろう。軽蔑《けいべつ》するだろう。悲しむだろう。この女よりは、文江のほうがまだいい)

(しかし、おれが言わなきゃわからない)

真吾は迷いはじめた。

いつのまにか、真吾はみよにじかに握られており、みよの指の先きは真吾のもっとも敏感な部分をくすぐっていた。泣きながらもそうしはじめたのだから、計算を働かせているのはたしかだ。

(もう一度、たしかめてみよう)

真吾はからだをみよのほうへ向けた。

「わかったよ。もう泣くなよ」

一方の手でその肩を抱き、他方をふたたびその秘所へ伸ばした。

みよは、さっきとちがってしとどになっていた。

「………?」

真吾の指の探検がはじまった。二人は相互愛撫をはじめたかたちになった。

(これは、この女をなだめるためだ。承知したことを意味しない)

けれどもやはり、真吾はその感覚を味わいはじめていた。ひとつひとつを妙子と比較するように自然になった。どうするかの決定権は自分にある。そう考えているので、余裕があった。冷静でありつづけている、という自信もあった。

上方の花の芽は、妙子よりもはるかに大きく、しかも固い。そこに触れたときから、みよは泣くのをやめ、からだを痙攣《けいれん》させてあえぎはじめた。花びらは厚い。左右のかたちが、かなりちがっていた。みよはさらにあふれつづけている。そのことに、ようやく真吾はほっとしていた。液体は妙子よりも粘着度が濃いようである。

それらが生得のちがいなのか体験の差なのか、わからない。

みよはささやいた。

「あんた、上手ね。ああ」

「今まで、二人だけだったって？」

「そうよ。嘘を言ってもしようがないでしょう？　ほんとうよ」

みよは真吾を握りしめ、

「うちは、あの人をずっと守ってきた」

ふいに強い語気でそう言った。

「それなのに、あの人はほかの女と結婚したんよ。うちとは身分がちがうんやって」

「文句を言わなかったのか？」

「言うてもしようがない。ね、ここを吸わせて」

「いや、いい」

真吾はみよのもぐるのを封じ、その秘境から手を引いた。

「それより、話をしよう」

「話なんか、あとでいい」

小さな争いが生じ、今度はみよは泣いたりしないで、状況を進ませるのをあきらめた。

真吾はみよの愛撫も封じた。

「家は遠いのか？」

みよは郷里の地名を言った。隣の県の田園の村である。

「ここを逃げてどこかへ行ったらどうなるんだ？」

「そんなことをしたら、家がたいへんよ」

泣いたあと真吾が愛撫したからか、みよは落着いてきた。

「逃げるくらいなら、来なかったやろう」

そのうちに真吾は、みよが真吾の首にまわしている手を抜き、そっと何かしているのに気がついた。

紙で自分を拭いているのだ。

「何をしている？」

「だってえ」

みよはは恥ずかしそうな顔を真吾にこすりつけて、

「あふれて、敷布を濡らしそうなんやもん」

そのとき、外から戸がノックされた。二人は顔を見合わせる。無言でみよは上体を起こし、寝間着を着て立った。

戸の近くまで行く。

「だれ？」

「わしや。そこにいる坊や、眠ってしもうたんとちがうか？」

田中の声である。

「いいえ、起きておりますよ」

「ちょっと開けてくれ」

みよはかけがねをはずした。田中は勢いよく入って来て、後退《あとずさ》りするみよを抱きすくめた。ゆかた姿である。

「さあ、もうすんだやろう。坊主たちは泊ることは出来ん。帰さにゃたいへんじゃ。おまえはわしの部屋に来い」

「いやっ、放して」

みよはもがく。それをさらにきつく抱きすくめながら、田中は真吾のほうを向いた。

「さあ、もう帰ったがいいぞ。もうたっぷり可愛《かわい》がってもろうたろう。今度、また連れて来てやる。あいつはもう帰る用意をしとるはずや」

どうやら、真吾たちと別れてからもなお酒を呑《の》んだらしく、田中の足はふらついていた。ゆかたの前ははだけられている。みよがまわって逃げようとするのでからだが離れ、それが見えた。

(助かった)

真吾はそう思った。妙子の面影が脳裏をかすめる。背信行為をしなくてすんだのだ。

その一方では、物足りなさをおぼえてもいた。これからというところだったからだ。

いずれにしても、起きなければならない。真吾はふとんのなかで下着を整え、上体を起こした。

「うちたち、これからなんです」

抵抗しながら、みよはそう言った。

「なんだと?」

田中はみよに襲いかかるのをやめて、目をむいた。

(まずいことを言ったもんだ)

そう感じながら、その奥から、みよに対して、

(これはほんものだ。まだ娼婦《しょうふ》になっていないんだ)

という判断が生じた。田中に対する抵抗も、真剣であり、新鮮な印象を受けていた。

田中は真吾のほうを向いた。

「おまえ、まだなのか？」

いや、もうすんだ。そう答えれば、この部屋から無事に出ることが出来る。

ちらとそう思いながらも真吾は、

「そうです」

大きくうなずいた。みよは上体をつんのめらせてふとんのなかにころがり込み、真吾の腰に抱きついた。

田中は、そこでようやく気がついたのか、ゆかたの前を合わせて露出していたからだをしまい、

「何をぐずついちょるんだ？」

と言った。

「今、口説《くど》いていたところです」

「早よう、せんかい。おい、みよ。終ったら、わしの部屋に来るんだぞ。おまえ、男を可愛がる筋を知らんのとちゃうか」

みよは真吾の胸に頬を密着させ、

「知っとりますから、行ってください」

と叫んだ。

「しようがねえな。じゃ、行っておる」

何やら小さくうなずきながら、田中は部屋を出て行った。みよはすぐに身を起こして走り、戸にかけがねをかけた。

「あんたは」

と真吾は言った。

「ぼくが帰ると、あの人の部屋に行くのか？」

「行かんわ」

「呼ばれたから、行かないわけにはいかんだろう？」

「それでも、行かんわ」

「それがあんたの勤めだ」

「行きません」

みよは真吾の口をふさいだ。間《ま》を置かずにはげしく吸う。

真吾は拒むのをあきらめ、吸われるにまかせた。のみならず、みよが情熱的にぶっつかって来るので重心が安定していないため、その肩を抱いた。

「あしたはどうでもいいんよ。でも、今夜だけは、うちはあんたの女です。お勤めじゃない。

恋愛するの」

全身でおおいかぶさって来る。真吾はみよを抱いたまままふとんの上に仰向けに横たわる結果となった。田中の出現でやわらかくなっていたからだは、みよの情熱と体臭を浴びせられてふたたび欲望をもたげて来ている。みよはくちびるをはずして真吾の目をみつめ、さらにあたらしい接吻《せっぷん》をくり返す。

「あの人といっしょにいた女は？」

ようやく、田中がみよを呼びに来たことに疑問が生じたのだ。

「あの人は、その姐《ねえ》さんの部屋にいるんよ」

「じゃ、あんたを呼ぶのはおかしい。どうしたんだろう？」

「うぐいすの谷渡りをしたいんでしょう」

「うぐいす？」

「あの人はもう普通の遊びじゃおもしろくないんだって。だから、もうすこしいて。たみちゃんが行くことになるでしょうから」

田中がどういう遊びをしようとしているのか、みよは説明した。それは、真吾には思いもつかなかった世界であった。

「こういう場所では、そういうこともするのか？」

「そうなんよ。だから、うちはあしたからは今夜までのうちじゃなくなるの。だから、お願い」

みよは真吾の下半身を脱がせた。真吾はじっとして天井を見ていた。このまま帰ることがみよをどのくらい悲しませるか——という弁解が自然に用意されてしまった感じであった。

(どこまでが真相でどこからがお芝居か、おれはわからん。しかし、これでもう、このまま帰れなくなった)

あるいは田中があらわれたのも、予定の筋書きかも知れないと疑えば疑える。

みよは真吾とからだを直角にし、中心に顔を近づけてきた。

純情物語

波乱はありながらも、真吾はすこしずつ後退してしまっていた。まずこの部屋に連れて来られた。下着だけになって、女のふとんのなかに入った。抱擁を許した。猿股《さるまた》の上から握られた。腿《もも》を撫《な》でさせられた。

そのつぎにみよの実体をたしかめるという名目で、手を自主的に動かしてその秘部に触れた。それは、自然に愛撫《あいぶ》になった。みよもまた真吾を握りしめた。

さらに、くちびるを合わせた。

「ここまでならいいだろう」

そう自己弁解しながら、防御線を後退させる。

(こうして人は、いつのまにかこの種の女にもてあそばれてしまうものかも知れない)

周囲に、いわゆる不良少年たちがいる。その連中も、一日で荒《すさ》んだ生活を送るようになったのではない。「これくらいなら」と一歩ずつ後退して行ったのであろう。自分がそれとまったく同じプロセスのなかにいるのを、真吾は自覚していた。

自覚していながらも、状況の流れに身を委《ゆだ》ねていた。妙子の面影はなお脳裏にある。うしろめたさをおぼえつづけていた。

(おれは、相手のいない連中とちがって、この娼婦《しようふ》を抱く必然性はないんだ。純粋に妙ちゃんを愛せなくなるかも知れないんだぞ)

自分にそう言い聞かせ、ふとんをはねのけて起きることを命じている。

しかしその一方では、そういうことをしてはみよが可哀相だ、という思惑が真吾のからだに重石をつける。

みよに握られて顔を寄せられたとき、

(見られている)

妙になまなましく、それを感じた。それまで手の愛撫を受けていたのだから、もう見られるのはそう重要なことではないはずなのに、ふしぎな心理であった。妙子への背信のなかにいるという意識が、にわかに強まったのだ。

「可愛《かわ》い」

とみよは言った。実感のこもった声である。真吾に聞かせるための声ではなく、感じたままが自然に口をついて出て来た、そんな感じであった。しかしやはり、真吾の耳を意識しているはずで、真吾をよろこばせることばだと考えた上でのことであろう。

そのことばは、みよのこれまでの性体験の豊かさを物語っていた。やはり、熟練者として年下で初心《うぶ》な真吾を楽しんでいるのだ。

それ以上に真吾は、ちょっとした屈辱感をおぼえた。これまでみよが相手をして来た青年は結婚適齢期にあったおとななのだ。大きさの比較もそこに入っているのではないか、と感じたのだ。

言ったあと頬《ほお》ずりしはじめたみよに、真吾は内心とはうらはらにさりげなく、

「こどもっぽいか？」

と訊《き》いた。真吾としては、他の男のからだを知っている女ははじめてである。判断を聞かせてもらう必要があった。

「ううん」

首を振るのがわかった。

「りっぱよ。色がきれいなんよ。可愛い顔をしとるんよ」

冷たさを感じた。口を押しつけられたのだということは、すぐにわかった。首をもたげてみよの顔を見る。

横顔が見えた。

(おや?)

新鮮なおどろきに打たれた。横顔に、妙子に似ている部分を発見したのだ。まじめな表情をしていた。真吾の先端を口に含み、小さく横へ動かしている。それに応じて、基底部を握っている手に握力が加わったりゆるめられたりしている。目は開けられており、並んだまつげが見えた。

口が離れた。と思うと、真吾は横へ向けられ、離れた顔がすぐにまた近づいた。

先端に目が押しつけられたのだ。

未経験の真吾ながら、それが娼婦の客への愛撫をはるかに超えた行為であることが、強烈にわかった。

みよの瞼《まぶた》が上下した。まつげが動いた。真吾は息をつめていた。まつげの愛撫による感覚は、新鮮であった。そこには、みよの性生活の歴史もあらわれている。

それ以上に真吾は、心情的に感動していた。

(もうだめだ。おれはこの女に冷たくすることが出来なくなりそうだ)

目を強く真吾に押しつける。しばらく手の握力で強弱をくり返す。それだけで、真吾の先端はみよの目に圧力を送った。今度は接触をゆるめ、ふたたびまつげを早く動かす。

ふと、みよは顔を上げて真吾を見た。紅潮した顔である。両眼が潤んでいた。可憐《かれん》な顔に見えた。

真吾を愛撫したまつげに、水滴がくっついていた。それによって、三本ほどのまつげが寄っていた。真吾から湧出した潤滑液によるものである。

そのまつげの乱れが、みよの顔に可愛らしさを添えていた。それは、この娘の境遇と相俟《あいま》って、哀れさも誘った。

(この女の言っているのが真実だとすれば)

なおそれが真実ではないかも知れないという疑念を残しながらも、真吾は考えた。

(おれが今夜この女と結ばれることは、この女を早くこの世界から救うことになる)

一方では、逆の考え方も生じた。

(それは、おれがこの女をこの世界に送り込む加害者の一人になることを意味する)

しかし、もうこうして売られて来ている以上、おそかれ早かれみよが実質的にも娼婦になるのはあきらかな道であった。

みよの目をみつめながら、真吾は複雑な気分を味わっていた。

「おいしいよ」

とみよは言った。

真吾がとらわれた感慨とはまったくちがったことばであり、女のなかに棲《す》む魔性を告げる快楽的な表情がそこにはみなぎっている。

真吾は答えることばを知らない。みよのことばを理解したことを示すためにうなずいただけであった。

おそらくみよは、これまで、恋人に対してそうして来たのであろう。恋人から教わったことにちがいない。そのことばも、もう何回となく恋人に言って来たものにちがいなかった。

(おれは、これからこの女が同衾《どうきん》するだろう客の一人としてではなく、別れた恋人の代用品として、ここにいる)

そう思った。

みよの顔はふたたびうつむき、今度は舌による愛撫がはじまった。

それは、くちびるによるよりも、真吾に鮮烈な感覚をもたらした。真吾のまわりを、みよの舌は巧妙に動いた。たしかに、みよ自身も真吾を味わっているようである。事務的な行為とはとても考えられない。情がこもっていた。

(おれはどうすべきか?)

みよが真吾の恋人であれば、これまでにも妙子に対してときどきそうしているように、真吾もまたみよを愛撫すべきだろう。それが礼儀である。

けれどもみよは真吾の恋人ではない。真吾自身が金を出したのではなくても、真吾に金で買われている女である。客観的には、二人の仲は女郎と客との関係にしか過ぎない。

たとえみよの告白がすべて真実であっても、妙子に対するような行為は出来ない。

もしみよが、行きずりの普通の娘で、たまたま気が合ってこうなった仲であっても、みよのからだがすでに他の男を迎えたことがあるという理由でそれは出来ない。

だから真吾は、ただじっとしてみよの愛撫を受けているだけであった。感覚は上昇しつづけている。その技巧は多彩であった。

(今度、それとなく妙ちゃんにも、こうするようにしむけよう)

やがて真吾は限界を感じ、上体を起こしてみよの肩を押した。

みよの口は真吾からはずれ、

「ああ、好き」

感情のこもった声でそう叫び、からだ全体を浴びせかけてきた。

真吾はふとんの上に倒れ、真吾におおいかぶさったみよは、そこで真吾の予期に反してくちびるを求めて来ないで、両足で真吾の両足をはさみ、真吾を握って彼女の花園にあてがおうとした。

まだ真吾は結論を下したわけではない。

おそらく自分は抵抗できなくなっているだろうと感じながらも、迷っていた。

迷いながら、二者択一を迫られるにはなお時間があるだろう、と考えていた。

急であった。

真吾はあわてた。

「ちょっと待ってくれ」

からだをねじり、手を伸ばしてみよの手から自分を奪い返し、守り、一方の手でみよの肩を抱いてずらせた。

「なして?」

どうして?　という意味である。

「約束がちがう」

「お願い」

みよは直接真吾を奪い返そうとはせず、今度はくちびるを合わせてきた。

それは素直に受けた。

はげしい接吻《せっぷん》になった。みよは咽喉《のど》を鳴らして真吾の唾液《だえき》を呑《の》んだ。さっきまでの愛撫とちがって、技巧を捨てた直情にあふれている。

そのなかで、みよはからだの重心を落とし、自分を守っている真吾の手の甲に秘境を押しつけてきた。

あたたかく濡《ぬ》れた真吾の手の甲は、複雑な女体を感触しはじめた。それは上下に動き、左から右へとまわった。

みよは真吾の口から口をはずしてうめき、

「ああ、ああ切ない」

と言った。両手は真吾の首と肩を強く抱きしめている。

真吾はみよを突き放すことも出来た。そうしなければならない、と自分に命じる声もなお聞こえていた。

真吾はそうしなかった。じっとしていた。みよのからだをもっと味わいたかったからである。

激情に圧倒されていたからである。また、冷酷な真似《まね》をすることがはばかられたからでもあった。

「時間がないんでしょ？」

とみよは口走った。

（そうか。それで急いでいるのか？）

この急迫した場面を逃れるのは、その〝時間〟にすがる以外にない。とっさにそう気がついた。

「いや、もっと遅くなってもいいんだ」

みよの腰の動きが停止した。みよは顔を上げて真吾をみつめた。

「泊ってくれる？」

「それは無理だけど、すこしならもっと遅くなってもいい」

「でもさっき、田中さんは、あんたの友だちはもう待っている、と言うたわ」

「いや、待ってはいない。いっしょに帰るんじゃないんだ」

「じゃ、ゆっくり出来るんね。うれしい」

みよはまたくちびるを求めてきた。

娼婦のなかにはからだは許してもくちびるは交わさない女がいる、と聞いている。そうでなくても、娼婦というものは接吻にあまり関心ない、と聞いている。

みよはそうではないようだ。

さっきから、大きな愛情表現の一つとして、くちびるを合わせている。

(やはり、この女はまだ普通の女であり、普通の女としておれに接しているようだ)

真吾はそう考えざるを得なかった。

(だとすれば、おれも対等の男としてこの女を見てもいいではないか)

真吾を抱いたまま、みよは横臥《おうが》の姿勢になった。自然、真吾のからだも横向きになる。安心した真吾は、手の甲がみよのからだからはずれるのを惜しく思いながら、手を自分から放した。

そのまま、みよの背を抱く。

(それにもうこうなったら、どっちにころんでも同じようなものだ)

すぐにみよの手は真吾を求めて伸びた。

強く握りしめ、

「あんたのような男がいるもんやろか?」

と言った。

「どうして?」

「だって、こんなになっているのに」

「やせがまんしているんだ。人間はね、行動するときはいろいろ悩む動物なんだ。牛やライオンとちがう。ぼくはあんたを欲しがっている。それは事実だ。しかし、いくつもの問題があるんだよ」

「そんなこと、忘れて」

またみよの腰が寄ってきた。今度はさっきにこりて真吾の妨害を誘発しないためか、シーツにからだをつけたまま、そっと寄ってきた。

「楽しむときは、わずらわしいことは忘れたがいいんよ」

「たしかにそうだ。そう思うよ。しかしそれより、これからぼくは、あんたの友だちになったらどうだろう？」

思いつきである。

「友だち？」

手やからだの動きを停めて、みよは目を丸くした。

その表情には、年下の真吾の目にも稚《おさ》なさが感じられた。

「そうなんだ。あんただって、休みの日があるだろう。ぼくもこの町に住んでいる。ときどき会って、話をしよう。そのためには、何もないほうがいい」

すでに「何もない」という仲ではなくなっている。

けれども、まだ決定的な行為には入っていない。いわゆるきれいな仲になるということが出来ないわけではない。

真吾のそのことばには、自分が普通の中学生ではなくエリートであることをひけらかそうとする心理がはたらいていないわけではなかった。

つまり、この期《ご》に及んでもなお自分をりっぱに見せようとする衒気《げんき》にみちているのである。それは意識していた。意識しながらも、その衒気を表現したい魅力に克《か》てなかったのだと言える。

それとは別に、自分のその奇想天外な提案に含まれているロマンチシズムも、アルコールの入った真吾の頭脳を酔わせていた。

娼婦と清い仲の友だちになる。

常識に反した発想である。そしてそこには、一つのきれいな物語が生じる。自分がその主人公になるのだ。しかも相手は平均的な娼婦ではなく、まだ年も若く純情な十代であり、貧しさのゆえに売られてきた娘である。美談に似た要素があるではないか。

「そんなこと、出来る？」

「どういう意味だ？」

「うちたち、男と女だもん」

「それを棚に上げてしまうんだ。そこがいいところじゃないか」

やはり、真吾がそんな提案が出来ることを支えているのは、妙子の存在にちがいなかった。

妙子がいなければ、そのような余裕を持つことは出来ないにちがいない。

ただ、恋人がいたとしても普通の若者ならば、現在真吾が保っているような比較的冷静で理性的な態度に達することは、まず出来ないにちがいない。そう誇っていた。

「それに」

とみよはつけ加えた。

「あんたはまじめな中学生で、将来のある人やろう？　うちはこれから淫売《いんばい》になると。身分がちがうわ」

「そんなことは関係ない」

ふと真吾は、近藤もまた似たような会話をたみと交わしているのではあるまいか、と思った。近藤は真吾よりもはるかに純情な男なのだ。

「関係あるわ。世の中はそうよ」

悲しげに、みよは首を振った。

夜のひろがり

なおしばらくこうして寝ていていいという真吾のことばに安心したのか、みよは肉迫して来なかった。真吾をいらいながら、話に応じている。

真吾は雄弁になった。自分のエリート性をひけらかしたい気が、なおつづいていた。しかしやはり雄弁の芯《しん》にあるのは、娼婦《しょうふ》と普通の友だちになるという発想のロマンチシズムである。

「長つづきするわけはない」

「長つづきしなくてもいいじゃないか。普通の友だち同士でもそういうものだ」

「どうやって会うの？」

「あんたの都合のいいときでいい。ぼくは、学校の授業のあるとき以外は自由だ。いつだって会える。あんただっていつもこの家に縛られているわけじゃないだろう」

「ときどきは出られると思うけど、でも、夕方はだめよ」

「日曜なら、昼でもいい。川の堤で話し合うだけでいいだろう」

「この部屋から川が見えるんよ。四時間も五時間も、じっと腰を下ろして魚を釣っとる人がいる」

「ぼくが来れば見えるだろう。洗濯物を持って出て来ればいい」

女と寝ていながら、場ちがいなことをしゃべっている。それだけまだこどもなのだ、とみよは理解しているかも知れなかった。それでもよかった。そのほうが気がらくだ。

「じゃ、そうして。うちの友だちになって」

ついにみよは、真吾の提案を受入れた。

「出来るか出来んかわからんけど、うちにとってはうれしいことやわ」

「出来るんだ」

「そのかわり、今はうちを可愛《かわい》がって」

「いや、そのためにはそんなことをしてはいけないんだ」

「そんなの、いや」

話はふり出しにもどった。真吾の提案は防壁にはならなかったわけだ。みよはふたたび積極的になり、足をからめて押しつけてきた。

真吾はすこしずつ後退し、

（これだけ抵抗したのだから、もう止《や》むを得ない）

そう自己弁護しながら、濡《ぬ》れたみよのからだに自分があてがわれるのを認めた。みよは真吾におおいかぶさり、腰はなお浮かせたまま、真吾を握ってみずからがまわった。

（はじめてだ）

そう意識した。

（やはり、なんのかんの言いながら、おれは誘惑に負けようとしている）

罪を意識した。

一方では、あたたかくなめらかなその感覚の快よさに陶酔している自分があった。みよの息遣いは急速に荒くなり、短かいことばを断続的にもらしはじめた。とくに、真吾がみよの前のほうを圧迫すると、咽喉《のど》の奥から普通でない声がしぼり出た。

「ね、ね、ね」

みよはそう言いながら、まわるのをやめて沈んできた。あたたかさがひろがる。真吾がみよの内部に入りつつあるのはたしかであった。

ふいに、

(妊娠したらどうするか?)

重大なことを自分が失念していたのに、真吾は気がついた。娼婦も女である。妊娠することもある。そのときみよが生む気になったら、自分は父親になってしまう。娼婦に子を生ませてしまう。

(山中が話をしていた。女郎がほんとうは父親のわからない子を、自分の好きな男の子だと信じて、生んで、一人で育てている。そんな場合もあるのだ)

一般に、売春婦たちは予防をしなくても妊娠しにくい体質になっている、と信じられている。遊んでいる多くの少年たちも、なんとなくそう考えているようだ。ま、そういうものかも知れないと、自分に無縁のことだからぼんやりそう思っていた真吾には、級友のその話は印象に残ったものであった。

真吾は言った。

「赤ちゃんはだいじょうぶ？」

反射的にみよは、

「心配しないで」

と震え声で叫び、同時に真吾を抱きしめながら腰を落とそうとした。とっさに真吾は、みよの保証にはまったく根拠がないことを感じ、

(いけない)

鋭くそう判断し、すばやく手を動かして自分をあたたかい火口からはずした。

「いやっ。そんなの、いや。ああ、意地悪」

みよは躍起となって真吾を奪おうとする。それまでになかった猛々《たけだけ》しさで襲いかかってきた。力仕事をしてきたためか女とは思えぬほどの強い力で、真吾も本気になって抵抗しはじめた。それはもう格闘に似ていた。

(女なんかに負けるものか？)

目的を離れて、真吾はともあれこの格闘には勝たねば恥辱だと思い込み、本気になった。そうなると力の差はやはりあらわれ、やがて真吾はみよを組伏せ腕をねじってその力を封じるこ

とに成功した。二人とも全力を出したので、呼吸がはげしい。

「あんたはばかよ」

肩で息をし咽喉を鳴らしながら、みよは真吾をののしった。

「こんなことがあられますか」

格闘しているときは敵意をおぼえていたが、こうして相手の力を封じてしまうと、やはりみよは愛らしい少女で、その奇妙なことばにユーモアを感じる余裕が出来た。

「しようがないんだ。ぼくはぼくの思う通りにする」

二人は睨《にら》み合った。みよの目はくやしさにあふれていた。ときどき、力をこめて真吾をはねのけ腕の自由をとりもどそうとする。用心深く真吾はそれを許さなかった。

「放して」

とみよは言った。

「うち、田中さんのとこへ行くわ」

「ほんとうだな?」

「あんたなんか、大きらいじゃ」

真吾は手を放し、みよから離れた。みよは上体をゆっくりと起こして腕をさすり、

「ばかにしとるわ。ああ、憎たらしい」

顔をしかめてそうつぶやいた。真吾は、みよの襲いかかるのを警戒しながら下着を身につけた。はげしい格闘にもかかわらず、なお真吾は興奮状態にあった。

服を着る。その間、みよはふとんのなかで座ったまま壁の一点をみつめていた。

「じゃ、帰る。裏口まで送ってくれ」

「わかったよ」

みよは立った。前を合わせた。危機が去ったのを真吾は感じた。それは、女体を味わうチャンスが去ったことでもある。両方を同じ程度に感じた。

みよは真吾のほうを向いた。真吾は外に出ようとした。

「待って」

「うん？」

ふり向く真吾の目の前で、きちんと着たばかりの寝間着を、みよは脱いだ。あっけにとられている真吾の目をみつめながら、そのまま全裸になった。

「このままあんたの家までついて行く」

また気が変わったらしい。

「まさか」

「脅《おど》しじゃないんよ。うちなんか、どんなことだって出来るんやから。これ以上落ちることはないもん」

「じゃ、来てみなさい」

「ええ、行きますとも」

みよの目は燃えていた。

（強情な女だ。この強情さを、どうして自分を捨てた恋人に向けなかったのか）

みよの肩は張っていた。撫肩《なでがた》の真吾よりもいかつい感じである。ただ、肌はまぶしいほど白い。双の乳房の盛上がりも美しいかたちであった。乳首も、妙子の倍以上あり、乳暈《にゅううん》の範囲もひろかった。これも、色が濃い。下半身は、視野のなかに入っているだけで、目を向けることがはばかられた。そこに注目すれば、自分がそれを拒んだことが虚勢になってしまうからである。

「あんたは」

しわがれた声で真吾は言った。

「別れた男を好きではなかったのか？」

みよはすこしずつ真吾との間を詰めながら、大きく二回だけ、首を左右に振った。

「別れると切り出されたときから、好きではなくなったの。うちのなかで、何かがくずれてしもうたんよ」

真吾はみよに背を向け、歩き、襖《ふすま》のかけがねをはずした。

「来るんなら来ていいんだ」

さっきの腕力による格闘とはちがった戦いがはじまっているのを、真吾は意識した。

「ええ、行きますとも」

襖を開けて真吾は廊下に出た。全裸のままみよも出て来た。廊下はうす暗い。みよは襖を閉めた。一瞬、みよの裸像は霞《かす》んで見えた。

「こっちだな」

「そうよ」

真吾は歩き出した。みよもついて来る。さっき来た道を逆戻りする。

階段を降りる。

階段の下の電灯も消えていた。そしてあたりはひっそりとしており、だれもいなかった。

(だれもいないことを知っているんだ)

まさか戸外まで出て来ることはないだろう、と真吾は判断した。真吾の履いて来た下駄《げた》が近藤の運動靴と並んでいた。そのまま履けるように揃《そろ》えられてある。田中の草履《ぞうり》もあった。

うす暗い光のなかでそれを確認し、

(近藤はまだいる)

なんとなく安心した気分になった。と同時に、

(だとすると、たみはまだ近藤といっしょだ。みよは田中の部屋へ行かねばならない)

ということにも気がついた。しかし、みよはさっきみずから行くと叫んだのだし、それはもう真吾には関係のないことである。

真吾は下駄を履いた。

外への戸には鍵がかかっていたが、簡単にはずすことが出来た。

真吾はみよをかえりみた。みよは両手で乳房をかばうかっこうで立っていた。寒そうである。

「風邪をひくよ。早く行って寝なきゃ」

真吾は低くそう言い、戸を開けた。戸はなめらかに開けられた。

外に出る。夜風が火照《ほて》っている頬《ほお》を撫でた。新鮮な空気を感じた。娼婦の家から脱出したという感じであった。

戸を閉めようとしてふり返った真吾にぶっつかるようにして、みよも外に出て来た。

「ばかな。早く入りなさい」

「いっしょに歩くの」

「だめだ」

「じゃ、もどって」

「強情だな」

「強情なのはあんたよ」

「ぼくは知らんぞ」

真吾は歩き出した。すぐに野の道になる。近くに人家はない。人も通っていない。ふり向くと、みよは真吾のすぐうしろを歩いていた。

真吾はたたずんだ。

「どうするつもりなのか?」

「もう、どうなったっていいの」

狂気の沙汰である。まともに意地を張っていると、こっちまでおかしくなってしまう。真吾は恐怖すらおぼえていた。

真吾は上着を脱いだ。

「着ろよ」

「いいの」

「強情を張らなくていい。部屋にもどる」

みよに上着を着せて、逆戻りする。上半身だけ黒い学生服を着たみよの姿は、アンバランスであった。こっけいというよりも、悲壮さを感じさせる。

さいわい、だれにも会わずに大野屋にもどった。戸もすぐに開けられた。まずみよを入れ、真吾も入る。

家の中でもだれにも会わず、ぶじにみよの部屋に入ることが出来た。

みよは抱きついてきた。

「しようのない人だ。まるでこどもだ」

「女に恥をかかすとこわいんよ。ああ」

みよのからだは冷えていた。そのまま、ふとんのなかに入れ、寝かせる。離れようとしたが、みよはからめた腕をはずさなかった。

（さっきと同じ状態になった）

「脱ぐから、放してくれよ」

「逃げたら、また追いかけるんだから」

「わかった。逃げない」

ようやくみよの腕の輪から脱出して、また真吾は下着だけになった。ふとんのなかに入り、腹這《はらば》いになる。

（人が見たらじゃれ合っているように見えるだろう）

みよは横から抱きついてきた。

「かわいそうに」

頰《ほお》に接吻《せっぷん》して、みよはしんみりした顔をした。

「うちを嫌いなのに」

「そうじゃないんだ」

「わかっとるわ。でも、もう安心して。こうしてもうしばらくいてくれるだけでいいんよ」

しかしみよは、そのことばとはうらはらに、真吾の向きを変えさせようとした。真吾がそれを拒んでいると、手をシーツと真吾の腿《もも》の間にもぐり込ませてきた。強引に、真吾は握られた。愛撫《あいぶ》がはじまり、意志に反してそれはふくらんできた。

「お願い、手が痛いんよ。こっちを向いて」

「手を引けば痛くない」

「いや」

しかたがなかった。真吾はみよのほうを向く。自由になったみよの手はたちまち真吾を脱がし、直接握りしめ、一方の手で強く肩を抱いてきた。

「もう、あきらめて」

「ほんとうはあんたは」

真吾は批判的な口調で言った。

「こういうことが好きで、それでよろこんで来たんじゃないのか？」

「そうかも知れん」

「じゃ、客を取るのをいやがるのはおかしいじゃないか？」

「そこが自分でもわからんと」

みよのからだはあたたまってきた。

「自分でもわからんことだらけよ。人間はそういうもんじゃないと？」

「それもそうだ」

顔を遠ざけてみよの顔全体を見る。こうして見ると、普通に可愛い顔をした女だ。さっきの狂気が嘘《うそ》のようだ。

「ね、もうすぐ帰らなきゃいけんのやろ？」

「そうだ」

「じゃ、早くして。してくれなきゃ、いつまで経っても帰さん」

「じゃ、帰らなくていい」

「ほんとうにいいの？」

「いいとも。おふくろには正直に言う。おふくろはわかってくれるはずだ」

これは虚勢である。こういう館《やかた》に来たことを母に言う勇気はない。来たこと自体、たいへんなことなのだ。

「じゃ、泊って」

「しかし、金はないぞ」

宿泊料金と途中で帰る料金がちがうことぐらいは知っている。

「いいわ。うちが出すから」

「自分で自分に出すのか？」

「店に入る分をうちが出すの」

そういう場合もあることを訊《き》いたことがあるのを思い出した。男はそれを栄誉としているものらしい。

真吾は溜息《ためいき》をついた。

「困った人だ」

「あんたはうちの最後の男になるんやもん」

「最後？」

「そう。最初でもあるし、最後でもあるの。だから、いじめないで」

夜はなおつづいている。無限にひろがっているように真吾には思えた。

夜から朝へ

土曜の夜である。友だちの家に遊びに行って、そのまま徹夜で語り合う。それは真吾たちの世代ではよくあることであった。

これまで真吾はそういう無断外泊をしたことはない。けれども、あり得ることであった。真吾の友人たちがしばしばそうしていることを、母は知っている。友だちが真吾の家に泊ったこともある。

明朝早く帰れば、叱責《しっせき》は受けるであろうけれども、たいしたことはなかろう。遅くなったので泊ったのだと、母は推察するだろう。女の子の場合とちがって、そう心配はしないはずである。真吾が悪い場所に悪い連中と遊びに行くことなど、母には考えられないだろうからである。

(そうだ。なりゆきによっては、泊ってもいいんだ)

真吾はそう考えはじめていた。しかし、夜のうちに帰るに越したことはない、との考えは残っていた。甘美なのである。しらずしらずのうちにその甘美さが意志を朦朧《もうろう》とさせていた。だから、その夜真吾がみよの巧妙で大胆で率直な誘惑についに溺《おぼ》れなかったのは、真吾自身の強さによるものではない。近藤に救われたのである。

襖《ふすま》がノックされた。

みよはからだを硬くし、

「田中さんよ」

とささやいた。

「また来たんだわ。知らん顔をして」

二人は応答しなかった。

襖はさらにたたかれた。さっきの田中とちがって、あたりをはばかるたたき方だ、と真吾は気がついた。

「しつこい人」

そうつぶやくみよに、

「いや。ちがうぞ」

と真吾はささやいた。その直後、

「おい、宮崎。いるんだろう？」

近藤の呼びかけが聞こえてきた。

「おお、いるぞ」

真吾は上体を起こした。

「ちょっと、頼む」

真吾がきちんと服を着たのは、女の部屋でだらしないかっこうをしているのを近藤の記憶に残さないためである。近藤もすでに帰り仕度をしている、と考えたのだ。

みよは、廊下にいるのが近藤なので、真吾の動きを制しなかった。話がすめば真吾はまたもどって来て自分に抱かれる、と信じていたようである。

襖を開け、廊下に出て、襖を閉めた。みよの寝ているのも見せたくなかったからだ。

立っている近藤の姿を見て、目をみはった。女の寝間着を着ているのだ。坊主頭の近藤があでやかな花模様の着物を着ている。まるで芝居の舞台に立っている姿であった。

近藤は声をひそめた。

「どうだったか?」

「うん、まあな」

「じゃ、もうすぐ帰るだろう?」

「うん」

「おれは今夜、おまえの家に遊びに行くと言って、家を出て来た」

「おれもそうだ」

「あのいとこといっしょだとは、言っていない。あれは、おふくろたちに信用がないからな」

「わかる」

「おれは今夜、泊ることにした。帰らない。おまえの家に泊ったということにしてくれ」

「ここに、泊るのか？」

「そうだ。あの子、いい子なんだ。ずっといっしょにいたい」

「それは、あの子の着物か」

「そうよ。この下ははだかだよ」

近藤は真吾の腕をつかんだ。

「もう三回、可愛《かわい》がってやった。まだまだ可能なんだ。このまま別れたくない」

近藤の目は情熱にかがやいていた。女の色香に溺れてしまっているという感じではなかった。快楽の追求に猛進している雄々しさすらあった。真吾の胸の底に、ある羨望《せんぼう》が点滅した。妙なことだが、近藤が自分よりも学業成績が良い理由もわかった、と思った。ひたむきになれる性格なのだ。

真吾はうなずいた。

「わかった。そうしよう」

このまま帰ろう。そう思った。おれには妙子がいる。近藤ともっともちがっているのはその点だ。鋭くそう感じたのである。

このまま階段を降りてさっきの裏口から外へ出れば無事である。そうしようか、とも思った。

しかし、出所進退にはけじめをつけなければならない。

「ちょっと待ってくれ。出口まで送ってくれ」

真吾は部屋に入り、仰向けに寝て天井をみつめているみよを見下ろした。

「帰るのね、このまま」

みよはなげやりな口調でそう言った。真吾はうなずき、

「また会いましょう」

誠意をこめてそう応じた。惜しい、という気分が胸をかすめる。

「そのときはもう、今のうちじゃないよ」

「病気しないように、な」

「あしたは無理ね。このつぎの日曜の何時かに、この窓の向こうの堤に来て」

「何時がいい?」

「十一時」

「よし、そうしよう」

「キス、ちょうだい」

真吾は畳の上に膝《ひざ》をつき、みよの顔に顔を寄せた。ふとんのなかから、みよの両腕が伸びて

真吾にからんだ。くちびるが合わされた。

おとなしい接吻《せっぷん》のあと、みよは黒い目で真吾の目をみつめた。

「今夜は真実だったんよ」

「わかっている」

「送らんからね。動いたら、またしがみついて、帰しとうなくなる」

みよから離れて真吾は立った。みよはまたたきもしないで真吾をみつめていた。両腕はふとんの上に置かれたままである。肩から胸の乳房の半分ほどが、あらわになっている。そのあと足のつま先まではだかなのだ、と真吾は思った。

「それじゃ」

「気をつけてね。忘れんといて」

真吾は部屋を出た。ふたたびみよに会うことはあっても、二度とこの部屋に来ることはあるまい。この部屋での出来事はすべて幻の記憶になるだろう。

近藤は同じ姿で立っていた。

「さ、行こう」

「ここの子も、いい子だったか」

「うむ。いい子だった。いい子過ぎた」

裏の戸口まで、やはりだれにも会わなかった。真吾は下駄を履き、近藤を見上げた。

「健闘を祈る」

近藤はうなずいた。

「くわしくは月曜日に話し合おう」

外に出た。夜風はさっきより冷たく、さっきより強まっていた。月のない夜であることに、はじめて気がついた。下駄の音が妙に高い。

(ついに、おれは誘惑に勝った)

欲望を遂げなかった肉体の不満よりも、その自己陶酔のほうがはるかに大きく、内に活力がみなぎっているのを意識する。

家に帰った真吾は、戸を開けてくれた母に、

「すこし、酒を呑《の》んだ」

と言った。

「寝て、酔いを覚ましていた」

そうつけ加えた。母はあやしまずに、

「早く寝なさい」

と忠告してくれた。

真吾は一旦自分の部屋に入ったあと、風呂場に行った。夕方入った風呂の湯は、すでにぬるくなっている。かまわずにそれをあたまから何回もかぶった。そのあと、みよに接したからだに石鹸《せっけん》をなすりつけて丹念に洗った。洗っているうちにそれは欲望をみなぎらせて疼《うず》きはじめた。

(意地でも、今夜はみずから楽しんではいけないぞ)

それにそう言い聞かせた。

(そのかわり、あした、妙ちゃんに会わせてやる。なんとか妙ちゃんに都合をつけてもらって、林の中に行こう)

ふとんのなかに入って目をつむった真吾は、手がそこに行くのを強く禁じた。

(妙ちゃんの手で、出してもらうんだ。それまでは耐える)

それは、妙子を究極のところ裏切らなかったことの証《あか》しなのである。危険なのは、限界ぎりぎりになっているからだが真吾の意志を裏切って妖《あや》しい夢を見て射精してしまうことであった。それでは自分の弱さを暴露したことになる。そんな不始末をしてはならなかった。

(そんな夢を見はじめたら、すぐに目を覚ますようにしなければならぬ)

馴《な》れないアルコールのため、異常な体験をした直後であったけれども、真吾はすぐに眠った。

夢は見なかった。朝早く目が覚めたとき、そこははち切れそうになっていた。いつもはそういう状態でも、便所に行き顔を洗ったり台所で働く母と話をしたりしているうちに自然に正常にもどるのだが、きょうはそうではない。いつまでも硬直状態がつづいている。まともに母のほうを向けないのである。

「昨夜は、相当お酒を呑んだでしょう？　近藤さんの家では、いつもお酒を呑むのを許しているの？」

と母が訊《き》いてきた。

「いや、いつもじゃない。それに、近藤の部屋でこっそり呑んだんだ」

朝食後、真吾は散歩に行くと称して家を出た。朝露の光る道を妙子の家に向かう。空は青く澄んでいる。太陽と反対側の草の上にかかっている自分の影のあたまの部分に、光の輪が出来る。

さいわい、妙子は外の井戸でたらいに泡を立てて洗濯をしていた。木戸を押して入って行くと、気配でふり返った。その顔を見て、うしろめたさをおぼえるとともにみよの誘惑を逃れて帰ったことを祝福した。朝の空気のなかで、化粧をしていない妙子の顔は新鮮であった。

「あら」

妙子は立った。笑顔になる。

「めずらしいわね」

水に濡《ぬ》れた手が赤い。小さなエプロンをしていた。

「散歩に誘いに来た。食事はすんだ？」

「ええ、昨夜どこへ行ったの？」

妙子の父は真吾に会ったことを言ったらしい。

「友だちの家だよ」

真吾の意図を知らない妙子はのんきそうに、

「お洗濯、すぐにすむわ。すむまで待って」

と言った。ここで待っていれば、妙子の両親に会わなければならない。それでは気がとがめる。

「あとどのくらいかかる？」

「二十分ぐらい」

「じゃ、三十分後に、神社の鳥居の下で待っている」

妙子は大きくうなずいた。真吾はすぐに妙子の家をあとにした。

きっちり三十分後、妙子は急ぎ足であらわれた。日曜の朝なので、道に人は通っていない。

「どう言って出て来た？」

「ありのまま、真ちゃんと散歩するって。何か話があるの?」

「いや、話はない。会いたかったんだ」

真吾は妙子の腕をつかんでささやいた。

「いつものところへ行こう」

それだけで、真吾の意図は通じる。妙子はうろたえた表情であたりを見まわした。

「ええ、でも」

「こうなっているんだ」

妙子の手を、自分にみちびいた。妙子は手の甲が真吾のズボンに触れるとみずから反転させてのひらを向け、すばやく握り、

「まあ」

と言ってすぐに放した。

「人が見たら困るう」

「だから、行こう」

「ええ」

二人は道を歩いた。道は林の中に入る。人家が途絶え、前後に人が歩いていないのをたしかめて、道を外れ、林に踏み入った。雑木も草も露で濡《ぬ》れている。露がかからぬように気をつけ

て歩く。妙子はいやな顔もしないで真吾のあとにしたがっている。素足に下駄を履いている。その下駄の赤い緒も妙子の足も、たちまち濡れた。

すぐに道は見えなくなった。ふり返って妙子を迎え、抱き寄せる。

「もうだいじょうぶ？　見えない？」

「だいじょうぶ」

くちびるを合わせた。やはり、みよに接吻されたときとは、感動がちがった。妙子のくちびるは馴れているのに新鮮なのだ。みよよりも口が小さいことを、あらためて実感した。抱きしめたからだ全体も細くやさしい感じであった。

左肩に手をあてがう。やはり、昨夜のみよとの比較が脳裏をよぎった。より小ぢんまりしている。そのことに愛らしさをおぼえた。

（あの女は、おれが妙ちゃんを好きだということを再確認するためにおれの前を通過したようなものだ）

からだ全体でそう感じた。それをさらに強く自分の胸にたたき込むため、くちびるをはずして妙子の顔を見た。妙子も目を開けて真吾をみつめた。

「久しぶりね。ずっとほったらかされていたみたい」

「遠慮していたんだ」

「お母さんたちはいいのよ。真ちゃんに会うのはいやがらないもの」

樹《き》の間を通って射す朝の光のなかで、妙子の紅《あか》い頬《ほお》の粒子がかがやく。その透明さも、昨夜の女たちにはないものであった。昨夜の体験は遠くへ去って行きつつあった。

(昨夜のことを言ったら、おどろくだろうな。絶交されるかも知れない)

(しかし、まわりまわってこの子の耳に入るかも知れない。それくらいなら、自分の口から言ったほうがいい。結局は誘惑されなかったんだから。言ってもいいはずだ。むしろ、おれの意志の強さの証明になる。おれを支えたのはこの子だから、この子への愛情の深さの証明にもなる)

真吾はふたたびくちびるを合わせ、自然に瞼《まぶた》を閉じた妙子が積極的に吸ってくるのを感じながら、右手を下げてその腿《もも》を撫《な》ではじめた。

真吾の手がスカートを手繰《たぐ》りはじめると、妙子はくちびるをはずし、低く、

「もっと奥へ行きましょう」

と言った。たしかにここではまだ道に近過ぎる。

真吾はうなずき、妙子を抱いたまま歩き出した。

「昨夜、真ちゃんの夢を見たの」

服が濡れないように気をつけて進みながら、妙子は他愛ない愛の話をはじめた。こういうと

き、妙子は童女めく。稚《おさ》なさがにじむ。林の奥へ進んでいる目的を理解しているはずだから、行動とアンバランスなおしゃべりになるのだ。

真吾は戸惑いをおぼえながらも、そんな妙子にいじらしさを感じ、相槌《あいづち》を打つ。

歩くにつれて、さえずる小鳥の種類がちがって来た。人家に近い場所の小鳥はにぎやかでうるさく、林の中の小鳥はおっとりとしているようだ。

ようやく二人は、こんな朝早くではだれもいないにちがいない場所に到達した。

それでも用心のため、周囲に雑木をめぐらせた窪地《くぼち》を選んだ。陽の光を通していないのでやや薄暗く、空気も冷たい。

(おれの欲望のために、こういう苦労をかけている)

ふとそう思い、すまなさを感じた。真吾がこうして誘わなければ、今ごろ妙子は歌を歌いながら部屋の掃除をしているころなのである。

精液

真吾は左手で妙子の肩を抱き、右手でその腿《もも》を撫《な》でる。妙子は自然に真吾の手を迎える姿勢になった。いつもと同じ進行である。ちがっているのは、真吾の意識であった。昨夜の体験は、

すでに現在とは断絶しているものと意識されながら、やはりなまなましいのである。肌の温度になつかしさを感じた。触感も、

(ああ、これが妙ちゃんだ)

安心した気分を生ぜしめた。背伸びする必要もポーズを示す理由もない。自然に振舞えば良い。

すぐに下着に触れた。木綿のその手触りはややこわい。そのこわさも真吾を安心させた。みよははじめから、何も身につけていなかったのだ。これは大きな相違点である。

上からゴムに手をくぐらせる。てのひらは、妙子の腹を直接すべった。みよがかなりゆるめだったことを思い出した。

妙子は潤んでいた。真吾の手の進みに応じてそのからだをひらき、真吾にしがみつき、呼吸を震わせた。震える呼吸のなかに、小さなうめきが混じった。

真吾はまずその全容にてのひらをあてがい、そのあたたかさを味わいながら、

「好きだ」

とささやいた。そのことばこそ、昨夜はなかったものである。

「会いたかったわ」

と妙子は答えた。

ときどき、会っている。

だから妙子のそのことばは、普通に会いたかったと言っているのではない。このような状態になりたかった、と言っているのにちがいなかった。エロチシズムにあふれたことばである。真吾の右手の位置と動きが安定して、ようやく妙子は真吾をまさぐって来た。もう、真吾の要請を待たない。自然に自主的な動きである。

上手に、妙子はボタンをはずした。そのあとの作業も、なめらかであった。順序をおぼえてしまっているのだ。

「だれもいない？」

「いない」

近くの小鳥よりも遠くの小鳥のさえずりのほうがにぎやかである。周囲に人がいない証拠である。

妙子は真吾をあらわにした。そのてのひらが冷たい。しかし、すぐに体温は混じり合った。

「どうしてこうなるのかしら？」

素朴な質問は真吾に向けられたものではなく、つぶやきである。妙子にとってはふしぎな現象にちがいなかった。男に馴《な》れれば、それがふしぎではなくなるものだろう。みよの場合は、それはそうなって当然だという感覚を持っていた。

妙子の指の動きが微妙になった。真吾が教えたことを忘れていない。忠実に守っている。そしてそれ以上のことは知っていない。

(最初に妙ちゃんをよろこばせなければ)

地上の草は露に濡《ぬ》れている。だから、横たわることは出来ない。

妙子への愛情と親密感を表現するためには、そのあたたかい秘境にくちびるを合わせたほうがいい。立ったままだから、自由な愛撫《あいぶ》はむつかしい。官能的な意味は少ない。心理的な行為にとどまる。

真吾はそれを妙子にささやいた。いつものように、妙子ははにかみ、拒むふりをする。しかしそれをうれしがっているのはあきらかであった。

真吾は妙子の腰を抱いてしゃがみ、妙子は背後の櫟《くぬぎ》の樹に背をもたせて上体を反らせた。

真吾は妙子を脱がせた。一足ずつ、下駄から足を離して、妙子は脱ぐ。真吾はそれをポケットに入れた。そのほうが、中途はんぱな状態でいるよりも、ふいに人が近づいたときにさあらぬふりをよそおえるのである。

真吾のあたまは妙子のスカートのなかに入った。妙子のからだはさらに反った。両腿《りょうもも》が痙攣《けいれん》した。

(もうおれたちはすべてを許し合ったも同じなのだ)

すべてを許し合った恋人同士よりも馴れ親しんでいるはずであった。妙子の腰の動きがリズミカルになった。

しかし、妙子が立ったままのこの姿勢では、妙子の感覚は峠を越えられない。それは、これまでのさまざまな試みでわかっている。

やがて真吾は立ち、二人はふたたび元の姿勢になった。妙子のてのひらは、また冷たくなっていた。そして、すぐに真吾の体温に同化した。

真吾の愛撫は濃くなった。それに対して、妙子の手の動きはゆるやかである。暗黙のうちに順序を理解しているからだ。

妙子は上昇気流に乗る。呼吸がいじらしい。真吾へのしがみつきが強くなった。からだ全体が震えはじめた。

何回か、感覚は横にそれる。そのたびに、あえぎはいちじるしくなる。真吾の指は疲れる。しかし、リズムをこわさないために、真吾は耐える。焦ってはいけない。妙子の反応の変化を楽しむ心境になる。

「ああ。あなた。今よ今」

ふいに妙子はさし迫った声を出し、真吾を抱きしめて来た。そのあと、「うーん」とうめき、からだ全体が痙攣した。それでもなお真吾は妙子を追いつめる。妙子はもがいた。

「もう、もう、いいの」

まもなく、呼吸を整えた妙子は、真吾の前にうずくまった。

もう妙子は、はじめのころのように、

「見ないで」

とは言わない。真吾を真吾からおおいかくそうとはしない。

途中で真吾は、

（やがて、昨夜のことを告白する日が来るかも知れない）

と考えはじめていた。

（その場合、客観的な証明が必要だ。ごまかせない証明がある。おれから射出される量をはっきりと妙ちゃんに示すことだ）

そのためには、妙子が呑《の》んでしまっては困る。呑んでも、口中にひろがる感覚でわかるかも知れないが、それはたしかではない。それよりも目ではっきりとたしかめさせたほうがいい。

もう妙子は、二度目やあまり時間を置かない場合は、久しぶりの最初よりいちじるしく量がちがうということを理解している。

それで真吾は、やがて妙子を立たせた。

「きょうは手で」

そうささやいた。

「どうして?」

「きょうはそのほうがいい」

素直に妙子は真吾の要請にしたがった。真吾は妙子を自分と同じ向きに並ばせた。二人で妙子の手の動きを見るかたちになった。

すぐに終局は迫ってきた。

真吾は妙子の肩を抱き、

「じっと見ていろよ」

と言った。

「は、はい」

妙子の声も上ずっている。真吾は頂上に走りはじめたことを告げた。

「ああ、どうしよう」

妙子の手の動きは急になった。真吾をめくるめくときが襲った。快美感のなかで、それはまっすぐに飛んだ。妙子は愛撫をさらにつづける。真吾が「もういい」と告げるまでつづけねばならないことをよく心得ているのである。

用意のハンカチで自分の濡れた手を拭《ふ》いたあと、妙子は真吾の前にまわってしゃがみ、真吾を口に含んだ。ハンカチではなく口で清めるのである。

そのあとハンカチを使いながら、

「たくさん……」

と言った。真吾の聞きたかったことばである。言わなければ、真吾のほうから確認させよう
と思っていたのだ。真吾は満足した。

妙子はやさしい手付きで真吾をしまい、立った。目が濡れている。

「浮気しなかったのね」

はにかみといたずらっぽさのこもった笑顔を浮かべ、抱きついてきた。

「もちろん」

二人は抱き合い、くちびるを合わせた。妙子の吸い方は情熱的であった。

長い接吻《せっぷん》のあと真吾がさっきポケットに入れたものを返すと、

「向こうを向いていて」

妙子は甘えた口調でそう言い、真吾の背後にまわった。真吾は空を見上げる。空は青かった。

昨夜のみよの誘惑と戦っていたときの迷いがふしぎであった。

来た道を手をつないでたどりながら、妙子は、

「きのう、たいへんな秘密を聞かされてしまったの」

と言った。

「秘密?」

「ええ。うちのクラスメートの秘密。まじめでおとなしい子なの」

すでに二人はもう普通の散歩をする気分になっていた。

「どんな秘密?」

どうせ女学生同士の秘密だからたいしたことはあるまい。真吾は妙子のおとぎ話を聞く気になった。

どういうわけかいつも妙子は、情熱のひとときを過したあとは、逆に一転してとくにこどもっぽくなってしまうのだ。意識的にそうなるのではなく自然にそんな気分になるようだ。無意識のうちに、バランスを保とうとする作用が生じるのかも知れない。

「たいへんな秘密なの。だからその人の名は言えないわ」

「うん」

蜘蛛《くも》の巣が顔にかかった。真吾はたたずみ、手で顔を拭《ぬぐ》った。妙子は真吾の前にまわり、まじめな表情で真吾の顔を撫でた。

二人は用心深くあたりをうかがってだれも通っていないのをたしかめて道に出た。道から林の中に入るときと同じように出るときも危険なのだ。

もう手をつなぐことは出来ない。妙子は真吾に寄り添った。まっすぐに家へ帰るのは面映《おもはゆ》い。とくに妙子はそうだ。時間はある。しばらくはほんとうに散歩して、情熱のひとときの名残りをなるべく消してから帰らなければならない。

太陽は、二人が林の中に入るときよりはるかに高くなっていた。

「その子、ついこの前、ある人に純潔を捧げたんですって」

「ほう」

どうせ他愛ない秘密だろうと考えていたのに、妙子の話にしてはめずらしく重大な題材である。

「それを妙ちゃんに言ったの？」

「ええ。あたしにだけ」

「親しい子なのかい？」

「そう親しいというほどではないの。だからふしぎなの。どうしてあたしを聴聞僧に選んだのかしら？」

「相談なのか？」

「そうでもないの。ただ秘密を告白されただけ」

「相手は？」

「大学生で、休学して、サナトリウムにいる人なの。彼女、毎週日曜日、自分の家の庭に咲いている花を持って見舞いに行っていたの」

「じゃ、恋人だ」

「そうね。その人が胸を病む前からのつきあいらしいわ」

「じゃ、悩むことはない」

「でも、その人、病気は重いの。サナトリウムから出られる見通しはまったくないの」

右手に神社がある。境内でこどもたちが遊んでいた。おとながいないのをたしかめ、二人はそのほうへ向かった。二人は庭の隅の木のベンチに腰を下ろした。

「そんなに重いのにそんなことをするなんて、からだに良くないだろう」

「そうでしょうね。でも、そんなことは考えなかったみたいだわ。サナトリウムの裏の山で」

「結婚は出来ないわけだ」

「その希望はほとんどないとわかっているのに、彼女はその人の要求通りになったの。愛しているのよ」

「それで、後悔しているのかい？」

「そうじゃないの。前よりもっと好きになって、毎日でも会いたくなって、家の人たちが見舞いに行くのを反対しはじめたの」

「それはまあ、親は反対するだろうな」

「その人が死んだら自分も死んでもいい。そう思うこともあるんですって。そうなるまでは、そこまで考えたことがなかったのに」

「…………」

「それを聞いて、羨《うらや》ましがっている部分があたしにあるのを感じたわ。だってその人たち、純粋に何も考えないで愛し合っているでしょう?」

「さあ、どうかな? 男のほうは欲望のためじゃないかな? 彼女の将来を考えたら、耐えるのがりっぱだ」

「あたし、その話を聞いて安心してもいるの。その子、普通の、まじめでおとなしい子でしょう。あたしよりも先きに進んでいるんだもの。あたしたちだけじゃないのね」

「それはそうさ。みんな、秘密にしているんだ。おれたちのことだって、だれもわかってはいない。親しくしていることを噂《うわさ》している人はいるだろうけどね」

「あのね」

妙子は上体を傾け、顔を寄せてきた。

「その子、くわしいことを話してくれたの。ううん、あたしのほうから聞いたんじゃないわ。向こうからいろいろ話してくれたの」

「うん」

「もう何回もつづけているみたい。このごろは、会えばかならず、裏の山のだれもいない場所に行くんだって」

「自然にそうなるだろうな」

「でもね」

妙子はさらに声をひそめ、言いよどんだあと、

「その子、あたしがあなたを知っているほど、その人を知っていないみたい」

「というと？」

「まだ、見たことも触ったこともないと言うの。どんなのかよくわからないらしいの」

「触ってみたいと言っているのかい？」

「そうみたい」

「じゃ、そうすればいいじゃないか？」

「女からそんなことは出来ない。あたしだって、はじめはそうだったもの」

「妙ちゃんは、おれとのことを言った？」

「ううん、言わないわ。あたしはただ聞いていただけ。だから彼女は、あたしが何も知らないと思ってしゃべったの」

「妙ちゃんがこわがるようなことを何か言った?」

「ううん。そんなに痛くなかったんだって。それよりも、精神的によろこびのほうが大きかったと言っていたわ。なんだかあたし、そそのかされているような気分になったわ。悩みを訴えているふりをしていたけど、あれ、のろけていたんじゃないかなあ」

「きっとそうさ。それで、だれかにそれを言いたかったんだ。きみも、だれかに言いたくなることがあるかい?」

「ないわ。だれにも知られたくないの。人に知られたらあたしたちの仲がこわれてしまいそうだもの」

「言わないほうがいい。人の口はあてにならないからな」

「評判になったら、困る?」

「おれよりも妙ちゃんが困るんだ」

三十分ほどその境内にいて、やがて二人は鳥居とこどもたちの声をあとにした。

(これで落着ける。やはり昨夜、負けないで帰って来てよかった)

妙子と別れて家に向かいながら、真吾は強くそう思った。

女の真実

ときどき授業は午前中だけになった。食糧事情が悪い。主食の配給は月の半分にもならず、それも大幅に遅れている。弁当を持って来れない生徒が多いのだ。教師たちも持って来れないにちがいない。

わずかに配給される主食のなかで、米は貴重なものである。多くの家庭で、それはお粥《かゆ》か雑炊《ぞうすい》にして食べる。普通の御飯にするのはもったいないのだ。雑炊を弁当箱に詰めることは出来ない。

「生徒の多くが弁当を持って来ないから授業は午前中だけ、などということを体験するのは、明治に中学が出来て以来、おれたちがはじめてだろう」

みなはそう言い合い、内心は授業短縮をよろこんでいる。

それでも、農家の子や農家につながりのある家の子が多く、クラスの半数ほどは弁当を持って来ている。親に「授業は午前中だけ」と報告していないのだ。

そう報告すれば、親は恩に着せるだろうし、早く帰って家の仕事を手伝わなければならない。

それよりも、学校でゆっくりと弁当を食べて、あとは図書館で本を読んだりグラウンドを走りまわったり、あるいはどこかへ遊びに行く。そのほうがしあわせなのである。

日常生活のなかでは、真吾たちが土曜の夜の酒の席で目の前にした御馳走は、夢の中の存在であった。おそらく、それだけで一般民衆の家庭の一月分の出費に匹敵していることであろう。

真吾は母に、授業は午前中であることを伝えていた。その理由も告げていた。そして弁当も持って来ていた。もちろん、真吾の家は農家ではないので、半分ほど押麦の入っている御飯である。ときには、麦が粟《あわ》であったりジャガイモであったりする。ジャガイモ入りの御飯は、あたたかいうちはまだ良いが、冷えると良くない。

その日も、授業は午前中だけであった。昼食後、真吾と近藤はグラウンドに出た。グラウンドの周囲を、大きな赤松がめぐらされている。というより中学創設のとき、松林をグラウンドにし、四方の松を残したのである。

グラウンドが南に尽きるところ、松林に入る手前、芝生が植えられている。

そこへ行き、鞄《かばん》を枕に並んで寝ころがった。空はきょうもほとんど青く、わずかにあちこちに白雲がたなびいている。

近藤に調子を合わせて嘘《うそ》を言う必要はない、と真吾は思っていた。そのことで近藤は、真吾が共同行為を裏切った、とは思わないにちがいない。最初から、そういう約束だったのである。

こうして二人だけでここに来たのは、主として近藤の報告を真吾が聞くためである。

目を細めて白雲を見ながら、近藤は言った。

「おまえ、あの可愛《かわい》い女郎を抱かなかったそうだな」

「ほう」

真吾はすくなからずおどろいた。

「あの子がそう言ったか？」

「うん」

近藤はうなずいた。あとすぐに、

「おまえ、おこるなよ」

と言った。

「おこらない」

「裏口まで、おまえを送った」

近藤は、真吾と別れた直後のことから話しはじめた。初体験の話はあとまわしにするつもりらしい。

「うむ」

「台所に行って、水を呑《の》んだ。そばに酒の一升壜《びん》があったので、すこしだけラッパ呑みした。女郎屋で台所に忍んで酒を盗む。なかなか出来る芸当じゃなかろう」

近藤のことばは静かである。気負ってはいない。だからなお、凄味《すごみ》がある。

（こいつは将来大物になるぞ。おれなど、足許にも及ばない）

真吾はそう感じた。

「すくなくとも、優等生のすることじゃないのはたしかだな」

「おれは、優等生である自分を、今学期からやめにした。おとなたちや社会に忠実な羊になる必要はない。土曜の夜は、あたらしいおれの出発の祝賀会さ」

「そうだったな」

「酒を呑んで、階段を上った。おまえのいた部屋の前を通りかかると、暗い廊下にあの子が立っていた」

「みよ、か？」

「そうだ」

「はだかだったか？」

「いや、寝間着を着ていた。しかし、帯はしていなかった。手で前を合わせていた。じっとたたずんでいた」

「うむ」

「おれは、〝帰って行ったよ〟と言った。向こうはうなずいた。〝じゃ、おやすみ〟そう言って、おれはみよの横を通り過ぎようとした。腕をつかまれた」

「おもしろくなったな」

「そういう言い方は止せ。ちゃんとまじめに聞けよ」

「わかった」

二人を見下ろして立った顔がある。三年のときに妙なかかわりを持った金井である。

「ひなたぼっこか?」

「そうだ」

「宮崎。文江とはつきあっているか?」

真吾は上体を起こした。近藤は帽子を顔にかぶせて眠ったふりをした。

「また何かあるのか?」

「いや、そうじゃない。あいつはもう文江をあきらめているよ。安心せい。ただ、おまえに紹介して欲しいという子がいるんだ。だから、文江との仲を知りたい」

「文江との仲はただの友だちだよ。しかし、おれに会いたいとは、物好きな子もいるもんだな」

「近所の女学生じゃない。しかし、おまえはその子と話をしたことがあるはずだ」

「………?」

心当たりはなかった。真吾の行動半径はひろくない。遠い町の女学生など、話をする機会はないのである。

「憶えていないか?」

「人ちがいだろう」

「いや、おまえだ。おまえの写真を見せたら、〝まちがいない〟と言っていた」

「おかしい」

「ま、いいや。そのうち、会うだけ会ってみないか?」

「会うくらいならいい。しかし、人ちがいだぞ」

行きずりにからかって声をかけたことぐらい、あるかも知れない。けれども、そういう女学生は普通の子である。金井たちとつきあうような子は、服装でわかる。そういう子は危険なので、ひやかしの声もかけたことはないはずだ。

「とにかく、そのうちに会ってくれ。おれはどうもおまえと因縁があるようだな。会えば、おまえも思い出すさ」

金井は去り、近藤は帽子を顔からはずした。

「なんだ、あいつ」

「さっぱり、わからん」

「あいつはインテリやくざ的なところがある。硬派でも軟派でもない。妙に暗い。あんなやつとつきあうのはよせ」

「つきあってはいない。心配するな」

真吾は上体を倒してふたたび近藤に並んだ。白雲の位置が動き、かたちも変わっている。上空は風が強いのだろう。

「おれとみよは、顔を合わせた。あの子、すがりつく目をしていた」

みよの顔が脳裏に浮かぶ。一昨夜の顔である。遠い記憶の感があった。真吾は言った。

「いい目をしていた。あれは、男心をそそる目だ」

「おれもそう感じたよ。みよは言った。〝ちょっと入って〟声は低いが、底力があった。拒めない魔力があった。おれは無意識の裡《うち》にうなずき、おまえがいた部屋に入った」

「うむ」

いろんな可能性があたまを去来した。平静である。

「たみの部屋と、部屋はまったく同じだったな。ああいうところ、部屋はすべて同じなんだな」

「さあ、それはどうかな？　出世すると、広い部屋があてがわれるんじゃないかな？　あの世界にも階級があるらしいからね」

「うん、そうかも知れん。たみとみよは新兵さんだからな。とにかく部屋は同じで、調度品はちがっていた。たみの部屋のほうが、品物が揃《そろ》っていた」

「なるほど」

「おれは座らせられた。みよは、おれの前に正座した。帯を締めないままさ。それでいて、きちんと前を合わせている。上手なもんだな。ただ、胸のところがたるんで、素肌が見えた。乳頭も、すこしだけ見えた。向こうはそれを意に介していない。大きな目でおれをにらんだ」

「みつめた、と言え」

「いや、にらまれたんだ。そんな感じだったよ」

「気の強い女だからな」

「おれもそう思った。二人いっしょにいたときは似たように思えたが、たみとはかなりちがう個性だった」

「そうだろうな。あの世界の女でも、それぞれちがうんだ。いい勉強になったよ」

「おれをにらみつけながら、みよはこう言ったんだ。よく聞けよ。こう言ったんだ。〝うちを抱いて〟とな」

「そう思った」

「おれはおどろいたよ。田中は闇成金《やみなりきん》だからな。この女、二重に商売するつもりか、と一瞬邪推した。しかし、そうじゃなかった。おれは質問し、いろいろ話を聞いたんだ」

「………」

「あの子の言ったことは、すべてほんとうなのか？」

「おそらく」

「結合しなかったのか？」

「そうだ」

「撫《な》でたり握られたりはしたんだろう？」

「そうだ」

「それでもなお、入らなかったのか？」

「そうだ」

バットが硬球を打つ音がした。きれいな音である。

（ライナーの、いい当たりだな）

そう思った。グラウンドの向こうでは野球部員たちが練習をしているのだ。一方では弁当を持って来れない生徒がいれば、過激な運動をするほど食べている連中もいる。運動部員たちは、弁当を二食分持って来ているのである。

近藤はすこし上体を起こし、芝生に肘《ひじ》をつき、てのひらをあごにあてがった。真吾を見る。

「どうしてだ？」

「やはりその気にならなかっただけさ。しかし、あのままいたら、結びついていたな。泊ってもいい心境になりかかっていた。おまえが戸をノックした。それで、助かった」

「助かった？」

「チャンスを逸したとも言える。どっちでも良かったんだ」

「あきれたやつだ。よく、耐えられたものだ。おれは信じられなかったね。そうか、やはりあの子の言った通りだったのか？」

「そうだよ」

「田中がやって来てみよを呼んだのもほんとうか？」

「その通り」

「おまえが帰ったら、みよは田中の部屋に行かなきゃならなかったのか？」

「ま、おそらくそうだろうな」

「あの女はそんなことをいろいろとおれに話をして、抱きついてきたんだ」

「考えられることだ」

「おれはおどろいた。とにかく、あんな場所のしきたりや仁義作法を知らない。女の要求通りになったらたいへんなことになるかも知れない、と考えた」

「それで、どうした？」

「待ってもらったよ。そして、たみの部屋にもどった。みよもおれといっしょに来た。おれは何もしゃべらない。たみとみよが話し合った。たみは承知し、おれはみよとともにみよの部屋にもどった」

「たみがよく承知したな」

「朋輩《ほうばい》だからな。みよの立場を理解したわけだよ。それに、たみはもう任務を果たしている」

「おまえはおれの後始末をしてくれたわけだな」

「そういうことになる」

「可能だったか？」

「もちろんだよ。そのために予定を変更して泊ったんだからな」

「精力的だ」

「そういうものさ。おれはおまえの寝ていたふとんに入り、おまえの使った枕をあたまにすけた」

「妙な気分だっただろう？」

「いや、そんな感慨に浸《ひた》る余裕など、あるものか。すぐにみよが迫って来た。濃厚なサービスがはじまった」

「…………」

「たみとはまったくちがっていた。たみはいじらしいだけだった。心情的な面が強かった。みよはそうじゃない。ほんとうにからだの芯《しん》から、男と遊ぶのが好きなんだな。おれは夢中になった。向こうも夢中になった。どうだい？　惜しいと思わないか？」

「すこし、思う」

「おまえは阿呆《あほ》よ。宝の山に入りながら、手ぶらで去って行った」

「阿呆かも知れん」

近藤は肘を横にし、仰向けになった。

「朝まで、おれはみよの部屋にいた。田中は呼びに来なかった」

「そうか。来なかったか」

「朝早く、おれはみよに揺り起こされた。そのままみよはおれを刺激しはじめた。もうおれはベテランの気分になっていた。たった一晩で、へんなもんだな」

「たみはどうした？」

「知らん。やって来なかったよ。おれはみよに送られて、おまえの出た裏口から出た」

「女を買ったあくる朝、帰るとき、強い自己嫌悪と後悔に襲われるそうだ。おれたちの年ごろでは、例外なくそうなるらしい。おまえはどうだった？」

「太陽は空にあった。今のこの太陽より、もっと大きかった」

「朝はそうさ」

「散文的な解釈をするな。気分としてもそうなんだ。たしかに太陽は眩《まぶ》しかった。おれのなかに、汚れちまった悲しみに似たものは、たしかにあった」

「…………」

「自己嫌悪もあった。しかし、それはほんのわずかだったぞ。だから、おまえは阿呆だったんだ」

「そうかも知れん」

「それより、女を征服したよろこびの余韻のほうが大きかった。何しろみよは、おれに攻められて泣き、身悶《みもだ》えして許しを乞うたんだからな。たみとはまったくちがっていた。たみだけで帰ったら、あの充足感を味わうことはできなかっただろう」

「じゃ、おれに感謝しろ」

真吾に抱かれるはずだった女が、真吾がいなくなるとたちまち近藤を楽しむ。

(女郎だからか？　女とは本来そういうものかも知れない)

そう考える真吾に、近藤は急にひめやかな声になった。

「おまえ、みよから聞いたんだが、恋人がいるのか？　だから、最終的にみよを拒んだのか？」

真吾は答えずに目をつむった。松の梢《こずえ》を風が渡っている。

二つの約束

近藤の話を、真吾は意外とは感じなかった。近藤の行為もみよの情熱も理解できた。

たしかに、

(惜しいことをした)

という気分は、あらたに生じた。豊富な経験を持つみよにいろいろ教わったほうが良かったのではないか、という反省も胸をかすめるのだ。

しかし、その気分はそう強くはなかった。わずかであった。

自分がそのなかに入るべきであり自分と相互愛撫《あいぶ》までした女を抱いた近藤におぞましさをおぼえる、ということもなかった。

むしろ、近藤が自分に代わってみよの義務の遂行に協力したことを、多とする心理があった。

しかも、みよがその欲望を満足させたのだから、なおさらである。

ただ、初体験の近藤が熟練した女をよろこばせ得たことには、畏敬《いけい》の念をおぼえざるを得なかった。

「人の話だと」

たしかめるために真吾は訊《き》いた。

「女郎は、男のプライドを満足させるために、お芝居でよろこびを表現することが多い、とのことだ。みよの場合はそうではなかったか？」

近藤はゆっくりと大きく首を振った。

「あれはお芝居じゃない。ちがう声を出した。からだの反応でもわかった。ほんものだよ。芯《しん》から好色な女なんだ。帰るとき、くり返し、もう一度来てくれ、と言った」

「行くのか？」

「わからん。行きたくても、金がない。また、女を買うことが習慣になっては、おれの人生は狂ってしまうかも知れん。おれにとって自制心が必要なのはこれからだよ」

「また遊びに行くとすると、たみはどうなる？」

「たみを相手に登楼して、こっそりみよも呼ぶんだ。それでも来てくれる、と言った。しかし、おれはやはり自制しなきゃいかんだろうな。普通の世界の女をさがすべきだろうからな。おまえの自制よりも、おれのこれからの自制のほうがたいへんなんだぞ」

「そうだろうな。おまえは、禁断の木の実を味わったんだからな。おまえのこれからを注目しているよ」

たとえ娼婦《しようふ》であっても、同じ女の秘密を知っている。そのことで、真吾は近藤に妙な親近感を抱きはじめていた。

近藤も、真吾ひとりいわゆる純潔を守ったことはそう意に介していないらしく、やはり共通の秘密を持った意識のなかにいるようであった。

「それで、その前のたみとの場合はどうだったんだ？　やはり、ばあさんがやって来たのか？」

「そうなんだ。三十を超えた厚化粧の女がやって来て、はじめはそのばあさんと予行演習をさせられたよ。たみはそれを見ているんだ。まじめな顔をして見ていたよ。ばあさんが、いろいろたみに教えていた。たみはうなずきながら聞いていた。おれはすぐに爆発しそうになった。ばあさんでも、女であることにはちがいないからな。すると、敏感なもんだぜ。すぐにはずして、上から押さえておれの頰《ほお》をたたいて、おまじないをするんだ。おれは爆発を免れることが出来る。ま、とにかく予行演習をして、ばあさんはおれとたみの両方に講義して、そのあとおれはばあさんの指導でたみのなかに入り、ばあさんは去って行ったんだ」

「おどろいたな」

「事務的なものさ。まるで着物の縫い方を教えているようなあんばいだった。しかし、おれはばあさんに好感を持ったよ」

「ほう」

「おれのものを褒めてくれたんだ。何しろそれが一番気がかりだったんだからな。大きさだけでなく、かたちも良いそうだ。自分ぐらいになると珍相を観ることが出来る、と威張っていた。ま、千人以上の男を知っているんだから、そうかも知れん」

「ばあさんもよろこんだか？」

「いや。よろこばなかった。しかしあとになって、途中でよろこびたくなった、と告白した。とにかく、事務的に教師の役だけすませて出て行ったよ。あれぐらいになると、自由自在なんだな」

「ところで、みよはおれとの約束のことは言わなかったか？」

「約束？　何か約束したのか？」

「今度の日曜日、あの部屋から見える川の堤に行くんだ。おれの姿を見て、みよは窓から顔を出す。出来たら、出て来る」

「いや、聞かなかった。へえ、そんな約束をしていたのか」

「おまえに言わなかったとすると、カマトトぶるための約束かな？」

「いや、そんなことはあるまい。おれとおまえが男同士だからさ。で、行ってみるつもりか？」

「いっしょに行こう」

「それはいかんよ。行くなら、おまえ一人で行け。しかし、おまえもへんなやつだな。拒みながら、そんな約束をする」

「なあに、逆だよ。拒むための理由なんだ。普通の清い仲の友だちになろうというわけさ。娼婦を女友だちに持つ。ちょっとロマンチックじゃないか」

「ロマンチック過ぎて、現実的じゃないわい。ま、行ってみろ。それとも、もう行く気はなくなったか?」

「いや、とにかく行ってみる」

あくる火曜日の昼休み。

金井が真吾のそばにやって来た。

「ちょっと廊下に出てくれ」

廊下に出ると中庭に面した窓際に連れて行かれた。

「よく見ろよ」

ポケットから、金井は一葉の写真を出した。真吾はそれを受取って眺める。

女学生の上半身の写真である。

「きれいな子だな。この子が、おれに会いたいと言っているのか?」

「そうだ、思い出さないか?」

「うーむ」

真吾は写真をみつめる。そのうちに、写真の目がほほえみかけているように感じられた。たしかに、どこかで会ったことがあるような気もして来た。

金井は言った。

「汽車の中で、おまえがこの子に話しかけたんだぞ」

「あ」

たちまち、思い出した。

「あの子か。わかった。ほう、これがあの子か。うん、たしかにそうだ」

妙子にも言ったことがある。桜井といっしょだったときのことである。いたずら半分、というより勇気を試すつもりで話しかけたのだ。向こうの態度が落着いていてりっぱだった印象が強い。

「そうなんだ。あれ以来、おまえを慕わしく思うようになったらしい。おれに捜してくれと頼んで来た。それで、おれはクラスで撮《うつ》した写真を見せた。一分で、おまえを当てた」

「おまえはこの子とつきあいがあるのか？」

「ただの友だちさ。ま、遊び仲間と言っていいかな」

「この子、おまえたちのような不良とつきあっているのか？　そんな子に見えなかった」

そう見えたならば真吾は話しかけなかったはずである。

金井は苦笑した。

「まじめな子だよ。悪い遊びはしていない。学校にもまじめに行っている。ま、映画を観に行ったり話をしながら散歩したりする程度なんだ。おれたちだって、こういう女の子といっしょのときはまじめなんだぞ。悪いことをするのは男だけのときなんだ。その点、どうもおまえたちは誤解しているようだ。不良だとわかって交際してくれる女の子は、相当のすれっからしだよ」

「どういう子だ？」

「おれたちと同じ年だよ。汽車通学している。家が引っ越したから、遠くまで通学しているんだ。なかなかの読書家だよ。どうだ？」

「会ってもよい」

「よし、会ってくれ。今度の土曜の夕方はどうだ？」

「ただし、トラブルはいやだぞ。なぐられるのはもうたくさんだ。それに、とにかく一応会うだけだ」

「心配するな。この子にはまだヒモはいない。ヒモがいたら、おれに頼むものか」

金曜日の朝、また金井がやって来て、

「あしたの三時、駅の井戸のそばに来られるか？」

と言った。真吾はうなずく。

「よし、行ってくれ。あの子は先きに行っておまえを待っているはずだ」

「おまえは？」

「おまえたち、もう話をしたことがあるんだから、紹介する必要はなかろう。おれもだれも行かない。おまえたちだけで会うんだ」

「その子、文江とは友だちなのか？」

「いや、ちがう。たがいに知りもしないだろう。文江よりまともだよ」

その夕方、妙子が遊びに来た。しばらく縁側で話をしたあと、真吾の持っている本のなかから借りるものを探すという名目で、真吾の部屋に入った。

夕方だから、母は忙しい。真吾の部屋には来ないだろう。襖《ふすま》を閉めると、二人は抱き合った。

「ね、日曜日、山登りしない？」

真吾のみちびきに応じてズボンの上から撫《な》でながら、妙子はささやいた。

「どこへ？」

「つつじ山。小学校のときに遠足で登ったでしょう？　あれきり、行っていないわ」

すぐに、十一時にみよの部屋の見える場所に行く約束を思い出した。

「そのつぎの日曜にしよう。今度の日曜は、ちょっと用があるんだ」

約束の相手は娼婦である。しかも、近藤が抱いた女だ。真吾とは縁が切れている、と言ってよい。それに、向こうはもう忘れているかも知れない。行かなくてもいいはずだ。しかしやはり、一応は行かなければならない義務を真吾は感じていた。

「じゃ、そうするわ。今度の日曜、何かあるの?」

「うん、ちょっと近藤と約束がある」

妙子の人さし指が、ボタンをはずさずにその間をくぐって真吾をまさぐりはじめた。ボタンをはずして本格的な愛撫に入る余裕はない、と思ったからであろう。真吾の手も、妙子の下着の上からそのあたたかい部分を撫でているだけだ。

真吾はささやいた。

「だいじょうぶだよ。おふくろは入って来ないよ」

「だめ。もしもということがあるもの」

真吾も強引には誘わなかった。周囲を気にしているとき、真吾はいいが妙子のほうは没入出来ないのだ。

それでも妙子は、

「ね、ちょっとだけね。挨拶《あいさつ》だけよ。わがまま言わない?」

そう念を押して、真吾をあらわにし、その前にしゃがんだ。

そのことば通り、一分足らずで妙子は真吾をしまい、ボタンをはめて立った。

「借りる本をさがさなきゃ」

やがて、妙子を送って真吾は家を出た。

(あした、あの少女に会う。また、日曜日はみよとの約束を果たしに行く。二重に、おれは妙ちゃんを裏切ろうとしている)

罪をおぼえた。しかし、決定的な裏切りに至ることはないだろうから、許されないことではない、と自己弁護していた。

「文江さんに会う?」

「ここのところ、顔も見ていない」

「秘密に会わないで」

「会わないよ。あいつも、ずっとまじめにしているようだ」

前後を人が歩いていないのをたしかめて、妙子の肩を抱く。妙子はからだを真吾のほうに傾けた。

「お母さん、もう知っているの」

「何を?」

「あたしと真ちゃんのこと。ううん、具体的なことではなく、心のこと」

「それで、何か言っている？」

「まだ何も言わないわ。でも、反対していないのはたしかよ」

「結婚の話、あれからもいろいろあるんだろう？」

「だから、あたしにだまっておことわりしているみたい。まだ早いから、おことわりするのもやさしいわ」

「だんだん、むつかしくなる」

「でも、だいじょうぶ」

（どんな女とつきあっても、おれの正面にいるのは妙ちゃんなんだ）

スリルのともなうちょっとした冒険をするだけなのだ。そう考えることによって自分に寛容になることにしている真吾であった。

あくる土曜日、また金井がやって来て、念を押した。

「約束、だいじょうぶだろうな？」

「だいじょうぶだ。行くよ」

真吾は金井をみつめた。

「ま、もしおまえが何かを企《たく》らんでいるにしても、行くだけは行く。もう一度会ってみたいと思っていた子だからな」

「何も企らんでいない。おれは、あの子に頼まれただけなんだ。信用しろよ」

「信用はできないね。しかしまあ、散歩がてら行ってみる」

「行って会えばわかる」

「ところでその子、なんという名だ？」

「柏木路子と言うんだ。おまえなら、あの子の話相手として合格だろう。あの子、おれたちと話をしても、退屈らしい。おれたちは教養が低いからしようがない」

「じゃ、なぜつきあっている？」

「男だからさ」

「…………？」

「そういうものさ。おまえだって、女の子があたまが悪くても、ちょっと可愛《かわい》らしかったら、かまいたくなるだろう？　抱く気にならなくても、いっしょにいたいだろう？　女の子だってそうさ。へんなまねはしなくても、異性とつきあってみたい。そんな冒険心があるんだ。男と女とはそういうものさ」

「なるほど」

「とにかく、おれはこうしてお膳立てしただけなんだ。正直言うと、おまえが行ってくれれば、おれは目覚まし時計をその子からお礼にもらうことになっている」

「目覚まし？」

奇妙な品物である。

「遊びまわっているおまえに、目覚まし？」

「そこがあの子の皮肉だよ。目覚ましを使って学校に遅刻するな、という意味がこもっているんだろう。遊びまわっているからこそ、目覚ましが要る」

「なるほど」

「だから、疑わずに行ってくれ」

放課後、真吾は一旦《いったん》家に帰り、机に向かって勉強した。

（あれ以来、おれを慕っているとは、金井の誇張だろう。あるいは創作かも知れない。柏木路子というその子、もっとちがう理由でおれに会おうとしているのかも知れない）

時刻が来て、真吾は自転車で家を出た。自転車を使ったのは、ロマンチックなあいびきを期待していないことを表現するためだ。もし金井にかつがれたのであっても、屈辱を感じる度合いが少ない。

途中、文江に会った。文江は真吾を認めると、両手をひろげて進路をふさいだ。

「しばらくねえ」

ハンドルをつかまえて、すり寄って来た。

「偶然はそうあるもんじゃないのね。いつも、出会わないかと期待しているのに」

列車が着いたばかりなので、駅から来る人は多い。しかし、文江は人の目をまったく気にしないで親しみを示した。

「元気だったかい？」

「それが、そうじゃないのよ」

首を振った文江は、秘密を告げる目になった。白い顔に愁《うれ》いをただよわせる表情を作ったのである。自然にそこに色気がにじんだ。

路子

文江はさらに真吾に寄って来て、腿《もも》の上に手を置いた。真吾の足はペダルの上に乗っているために曲げられている。

「今度、あたしの悩みを聞いて」

「ほう、きみにも悩みがある？」

「あるわよ。矛盾を抱えている年ごろだもの、深刻よ」

「連中とのつきあいはどうなっている？」

「あの人たちとの遊びは卒業したの。いつまでもこどもじゃないもの」

真吾は腕の時計を見た。

「約束の時間があるんだ。行かなきゃならない」

「日曜日にでも、遊びに行くわ。居留守なんか使わないで」

「わかった」

文江と別れて駅に向かう。文江にみよとのことを話したらおもしろいだろうな、と思った。

駅の横に線路に沿って材木置場がある。その端に、屋根のついた大きな井戸があった。

井戸には厚い木の蓋《ふた》がしてあり、今は使われていない。

その井戸のそばに柏木路子は真吾の見覚えのある制服姿で立っていた。駅から線路と直角に下る道に顔を向けている。

積まれている木材の横を通って近づく真吾に気がつかない。真吾は自転車のスピードをゆるめずに接近し、その前でブレーキをかけた。

(きれいだな)

ブレーキのきしむ音で、路子は真吾に顔を向けた。

「しばらくです」

「あ」

大きな目がみひらかれ、あごが引かれた。同時に、会釈して来た。

「今日は」

その声にも記憶がある。井戸の蓋の上に置いていた紺の鞄《かばん》を持って、路子は寄ってきた。真吾は自転車から降りないでいた。

(革の鞄を持っている。お古じゃなさそうだ。金持ちの家の子だな)

真吾の学校でも、革の鞄を持って登校する生徒は、おそらく五本の指にも充たないだろう。

「あなたにもう一度お会いしたくて」

一語一語明瞭なことばである。

「それで金井さんに捜索願を出したのです」

「三年のとき、同じクラスだった」

「幸運でした。クラスがちがっていたら、わからなかったでしょう」

正面からまたたきもしない目で真吾をみつめている。真吾は圧倒されそうな感じになった。人との応接態度のりっぱさで、真吾はいつも妙子に敬意を抱き、やはりその点では姉上だな、と思っている。一つ年上のその妙子よりも堂に入っている。女学生特有のはにかみが、まったく感じられない。成人した女性と対している気分になった。

「金井とどういうつきあいなんですか?」

「お友だちです。あの人たちの話を聞いていると、社会勉強になります」

「じゃ、何回もこの駅で降りたことがあるわけですね？」

「いいえ、はじめてですわ。ゆっくりとお話の出来るところに案内してくださいません？」

「川の堤に行きましょう」

自転車があるので、丘の上に行くのは難儀である。

「そこへ連れて行ってください」

「じゃ、うしろに乗りますか？」

と、路子はおどろいた顔になった。けれどもすぐににっこりと笑って、うなずいた。

真吾は荷物台に路子を乗せて走り出した。路子は女だから荷台にまたがらずに、横から乗っており、どうやらサドルの端につかまっているようだ。真吾のからだには触れていない。

ハンドルを左右に振ったらどんな反応を示すだろうか。そんな考えがあたまに浮かんだ。年にふさわしくなく落着いている路子をあわてさせてみたいのである。真吾の腰にしがみつかせたい。

しかし、そのようないたずらは真吾の性分に合わない。普通に進んでいた。

県道に出て間もなく、予期せぬ事態が生じて、真吾の脳裏をかすめた状況になった。左手からふいに馬があらわれたのだ。馬車であった。大通りに出るのに、馬方は馬の手綱《たづな》を引かずに馬車に乗っていた。

いきなり長い首があらわれたので、真吾は右にハンドルを切る。急停止してもこれまでのスピードのためになお自転車は進み、ちょうど馬にぶっつかってしまう。それよりも走り抜けたほうが安全だ。とっさにそう判断してペダルを踏んだ。重心を保つためにハンドルを左右に操作した。車体も真吾自身も、傾き、揺れた。

間一髪で馬の鼻面をかすめて通り過ぎたのだが、路子は真吾にしがみつかなかった。悲鳴も上げなかった。

「足が」

と路子は普通の平静な口調で言った。

「馬の脚に当たるかと思った。お上手なのね」

馬の来た方向に伸びている路子の二本の足を計算して大きく右へハンドルを切ったのは事実である。馬方はあわてて手綱を引き、馬のあたまは空中に舞って脚が前へ上がった。まかりまちがったら蹴《け》られていたところである。それなのに、落着いて真吾のハンドルさばきを褒める。真吾は舌を巻いた。

県道をななめに外れて小路に入り、やがて麦畑の間を通って川の堤に出た。

ここは片袖《かたそで》橋から遠く、大野屋は見えない。

堤の上に自転車を残し、斜面を下った。座り心地の良い場所をさがす。路子は鞄から風呂敷を出して敷いた。

膝《ひざ》を揃《そろ》えて腰を下ろした路子の足の先きに、靴がある。黒い革の靴であった。妙子も、革の靴は履いていない。中学生も女学生も、革の靴を履いている生徒は、革の鞄よりは多くても、クラスに一人ぐらいのものであった。妙子は下駄《げた》で登校することもある。中学生に至っては、ほとんどが下駄だ。ズックの運動靴は配給制で、運よくくじに当たったものだけが公定価格で買える。配給は、一か年に五人に一足ほどであり、粗悪品なので半年も保たない。闇市《やみいち》に行けば運動靴など山と積まれているが、田舎の中学だから、無理して買って子に与える親は少ないのである。多くの中学生は、高校生並みに朴歯《ほおば》の高下駄で闊歩《かっぽ》するのを見栄としている。逆に、手製の草履で登校する者もいる。体操の時間ははだしだ。運動靴を履いて来ている者も、級友に合わせなければならない。

あらためて真吾は、路子の上から下までを露骨に眺めた。

「どうかなさったんですか？」

路子はふしぎそうな顔をした。正面から射す陽光を浴びて、その顔は透明な桃色にかがやいている。かたちの良いくちびるも、紅をさしていないのにあざやかに紅《あか》い。

「いや、なんでもない」

首を振った真吾は、顔を川面にもどした。

「あれは去年の冬でしたね」

「ええ、冬休み前」

「今ごろになって、どうしてぼくに会おうという気になったんですか？」

しばらく、路子は答えなかった。真吾は質問を重ねる愚を避けてだまっていた。川の流れの中央あたりで、魚が跳んだ。ゆるやかな流れなので、波紋がひろがる。鮎《あゆ》ではないだろう。鮎は跳ばないだろう。そうだ、日曜日には鮎を刺しに来よう。まだ水中に入るのは寒いか。

「きっと」

おもむろに路子は口をひらいた。

「あなたに、エロチシズムを感じたからだと思うの」

相手が親しい友だちだったら、飛び上がって驚愕《きょうがく》を示すところである。女学生の口にすることばではなかった。しかも、真吾の質問に対する返答としては奇をてらい過ぎていないか？

（こいつ、おれの教養を計測しようとしている）

真吾はそう判断した。織田作《おださく》ぐらいは読んでいるぞ、と反撥《はんぱつ》する気分になった。

「光栄ですね。しかし、あなたのつきあっているあの連中のほうが実行派ですよ」

口では余裕ありげにこう言いながら、真吾の頬《ほお》は熱くなった。また、それを意識して自分を叱《しか》った。

路子の首を振る気配がした。

「あの人たちには何も感じません。あたしとは住む世界のちがう人たちですもの」

「金井のほかにだれを知っているんです？」

「岡本さんも知っているわ。あなたと文江さんというきれいな人のこと、金井さんに聞きました」

そのあと、路子は平然とした調子でまたも真吾を圧倒することばを放った。

「文江さんとは、肉体関係に入っているんですか？」

もう真吾は、頬を熱くするのをやめることにした。感情を混じえてはしどろもどろになるだけである。

(こいつ、頭脳でしゃべっているだけなんだ。おれは性を知っているんだぞ。女郎と、交わりはしなかったが接したこともあるんだ)

それよりも、妙子との密会の歴史が真吾を支えた。

「もしそうだったら？」

それに対する路子のことばには、今度は真吾はおどろきを通り越して腹を立てた。

「あたしにも、そういうチャンスを与えて欲しいの」

からかわれているかバカにされているかのどっちかだ、と思った。

「あの彼女とは何もありませんよ。しかしおどろいたなあ。あなたが何を考えているのかさっぱりわからない」

「あたし、自分を変えたいのです」

路子はこちらを向いた。真吾も路子を見る。目が合った。路子は目をそらさなかった。で、真吾もそらさなかった。

みつめ合う。路子の目にはエロチシズムはにじんでいなかった。澄んでいた。知的な疑問を抱いて友だちをみつめる目である。

(だからこそ、はにかまないのだ。大胆なことを平気で言っているのだ)

「じゃ、今、接吻《せっぷん》しますぞ」

真吾は目と目の距離をせばめて脅迫じみた語調を作った。

「ええ、いいわ」

路子はかすかにうなずき、自分のほうからも迫って来て、そこでまたたいた。すると、どういうわけか、それまで一重だった両の目の右だけが二重瞼《ふたえまぶた》になった。

(これで引っ込んだら、負けたことになる。しかしこの子は金井に報告し、評判になるかも知れない。そうなると、妙ちゃんの耳に入る可能性も出て来る。しかし、しかたがない)

真吾は路子の肩に手をかけなかった。手を使えば、あとになって、強引にくちびるを奪ったと証言されるかも知れないのだ。

そのまま顔を進めた。

くちびるが合った。路子は目を閉じなかった。

真吾はさらに顔を前に押しつけた。くちびるとくちびるは密着した。

そこで静止する。

路子はじっとしていた。

間を置いて、真吾はそのくちびるを吸いはじめた。かたく閉じられていた路子のくちびるが、すこしずつゆるみ、その唾液《だえき》が流れてきた。

路子の手が真吾の肩にかかった。重心を支えるためかも知れない。

ゆっくりと、路子の上下の瞼が合わさった。真吾の肩に置いた手に、力がこもった。しかし、路子は吸い返しては来なかった。

（こんな接吻、はじめてだ。こういうことがあり得ていいのだろうか？）

真吾もようやく路子の肩に手をかけた。すると、路子のもう一方の手が真吾の背に伸び、その上体の向きが大きく変えられた。真吾ももう一方の手を使い、二人は抱き合うかたちになった。

白昼である。見通しは良い。くちびるを合わせる前、対岸を上流から牛が歩いて来ていた。そろそろ正面近く来るころだ。農夫が牛にくっついているはずである。こちらの堤の上にも、いつだれがあらわれるかわからない。

しかし真吾は、周囲への配慮をあえて絶っていた。それよりも路子との対決が重要で、ひるんでは負けたことになる、という心理であった。

官能のゆらめきはほとんどなかった。妙子とは、普通の状態で接吻に入っても、すぐにからだはふくらみはじめ、一分もすると疼《うず》き出す。そんな徴候はまったくなかった。

それでも真吾は吸いつづけ、やがて路子がみじろぎしたので顔を離し腕を解いた。

すぐに正面を向く。

「信じないでしょうけど」

かすれてはいてもしっかりした口調で路子は言った。

「はじめてなの」

ようやく、真吾は相手を痛撃するときが来たのを意識した。

「わかっていますよ」

間を置いて、路子は低く、

「どうして？」

説明を求めてきた。これも真吾の期待通りである。何事にせよはっきりしなければ気のすまない性格なのだろう。やはり、お嬢さんである。

「まだ、接吻の仕方も、あなたは心得ていらっしゃらない。経験ある子はちがいますからね」

すぐに返事がはね返ってきた。

「だから、宮崎さんに教わりたいの」

ひるまなかったようである。はじめて姓を呼ばれた。真吾はまだ名乗っていない。路子の口からその名も聞いていない。それなのに、もう何百回となく真吾を呼んでいる響きがあった。

「ぼくも未経験だということもあり得たはずです」

「そんなことはないと思いました。去年の冬のあのとき。だから、ずっとあなたを思い出しつづけていたんです」

「それにしても、きれいなだけあって自信があるんだな。自分がその気になったら、ぼくはかならず応じる。そう思っていたわけでしょう」

「いいえ」

はっきりと路子は否定した。

「自信なんかありません。夢を抱いているだけ。あなたにお願いしたいのはこれからなんですもの」

「…………」

ふたたび接吻してみよう、と真吾は考えた。たしかめるためである。で、路子のほうを向いた。

その横顔にあるきびしさを印象づけられながら、真吾はその肩に手をかけて強引に引いた。

路子は真吾を見た。

真吾の表情と動作でわかったらしく、路子はからだを寄せながら目をつむった。対岸の牛は正面から下流へと去って行きつつある。

くちびるを合わせると、路子の口はわずかにひらいた。抱きしめながら吸う。路子の手も真吾を抱いてきた。

さっきより、からだはやわらかである。しかしやはり、エロチシズムは感じなかった。実験のなかにいる心境である。

ふいにその両頬をてのひらではさみ、くちびるをはずした。

路子のくちびるはめくれ、大きく白い歯が二本、見えた。陽光を反射して光った。

「吸うんです」

真吾が低く短かくそう言うと、路子は目を開けた。目がうなずいた。すぐに閉じられる。両頬をはさんだまま、くちびるを押しつける。路子は強い力で吸ってきた。

真吾は呼吸を停めて吸われる感覚を味わっていた。もう太陽は暑い、と思った。

実験

白昼夢のなかにいる心境であった。夢想もしなかった状況である。今後も、こういう経験はしないだろう。

まちがいなく路子が吸いつづけるのを、確認した。接吻《せっぷん》しても、自分が一方的に相手の口を吸うのは、唾液《だえき》をもらうだけである。相手の食べかけたものを食べるようなものだ。それでは対等でない。相手にも、こちらの唾液を吸わせなければならない。そうでなければ、あとで威張られてしまう。

真吾が路子にくちびるを吸わせたのは、そういう理由による。接吻を教えるためでもなく、エロチックな気分に浸るためでもなかった。

かなり多量の真吾の唾液を路子が吸ったのを確認し、

(これくらいでいいだろう)

と真吾は考えた。路子は真吾の要請をまじめに実行しているのである。

で、まずその両頰《りょうほお》をはさんでいた手を、ゆるめた。

路子は真吾の肩から手をはずさず、なおも吸いつづけた。

真吾は顔を引いて離れようとした。

「大胆じゃのう」

上のほうから声がした。

急いで顔をはずしてそのほうを見る。立っているのは、他校の中学生であった。上着のホックも上のボタンもはずしており、帽子を斜めにかぶっていた。

腕を組んで堤の上から二人を見下ろしている。朴歯《ほおば》の下駄を履いていた。一見して、硬派とわかる連中である。

(これがワナか?)

背も高く、からだつきもがっしりとしている。襲われたら、抵抗してもはかない。真吾は覚悟を決めた。

(金井のやつめ)

ただ、これまでの路子の話し方とこの二人は似合わない。だから、路子は共謀者でないかも知れない、という希望はあった。ところが、そうなるとまた厄介である。真吾の責任は大きい。路子の安全をはからねばならないのである。

知らぬ顔をしてはかえって危険だ。

真吾は手を上げた。

「見苦しいところを見せて、すまん」

軽く、あたまを下げた。

二人の男は顔を見合わせた。真吾の如才なさが意外だったらしい。

路子はからだをかたくして水面をみつめている。

その態度からは、路子が連中と知合っているのかどうかわからない。真吾としては、どっちであっても良い応対をしなければならない。

「おまえ、何年だ?」

おそらく、この二人は五年だろう。からだつきや顔で、真吾はそう判断した。他校の生徒でも、一年上は一年上だ。

「四年です」

「ほう」

二人はまた顔を見合わせた。ゆっくりとこっちをいたぶろうという気になってしまったようだ。

「四年で、たいしたものだな」

「おい、女。こっちを向け」

路子はその声に応じてふり返った。

「今日は」

臆《おく》せずにそう言ったのである。

(やはり、知合っているのか？　かくれて尾行してきたのだ)

ところが堤の上の二人は、

「ほう。美人じゃのう」

「見たことのない顔だな」

そう言った。

路子はそれには応《こた》えずに顔を川のほうにもどした。

「おい、四年」

「は」

「その子のくちびる、おれたちにも貸してもらいてえ」

「いやとは言わせんぞ。あれだけ見せつけたんだからな」

真吾は路子に、

「知らない人たちですか？」

と訊《き》いた。

路子は首を横に振った。

「知らないわ」

すこしの間であったけれども路子を疑ったことに、真吾はすまなさを感じた。

このような危機を乗切るのは、全面的に男の責任である。

(立って向き合ってはいけない。話が長びいてしまう)

「それは不可能です。先輩、見逃してください。頼む」

指をまっすぐにしててのひらを立て、顔の前で振った。拝むしぐさである。こういう恭順の意の表現も、場合によっては堂々と見える。こういうとき、なかなかこうは出来ないものだ。あえて、その方法を選んだ。

「いや」

一人がゆっくりと首を振った。

「見逃すことは出来ん。罰金は納めてもらわなきゃ」

しかし、二人は用心深く、進んでは来ない。こちらの先制攻撃を警戒しているのだ。

「そうよ。さ、おまえはもう行っていい。女の子だけ残るんだ」

どこまで本気か。

場所は見晴らしの利《き》く川の堤である。こちら側も向こう岸も、農夫が通る。麦畑の向こうには人家が並び、人影がちらちらしている。真吾が去っても、重大なことにはならないだろう。しかし、路子を置いて逃げることは絶対に出来ない。

真吾は首を振った。

「それは出来ません」

おだやかな表情になるように努める。険悪な雰囲気にしてしまっては損なのだ。今は向こうはからかっているつもりであっても、本気になるおそれがある。こういう連中のこわいところは、気まぐれで、冗談と真剣とのけじめが本人自身にもつけられない点にある。

「ぼくら、いとこ同士ですからね」

とっさの嘘《うそ》である。

「へえ」

二人はまた顔を見合わせた。

「いとこ同士か」

「そんならまあ、見逃してやるか」

「おい。昼日中、あまりいちゃつくな」

それから二人はポケットからたばこを出して吸いはじめ、一人が、

「女の子、もう一度顔を見せろ」

と言った。真吾は路子の膝《ひざ》をついた。路子は二人に顔を向けた。およそ五秒ぐらいで、顔を元にもどした。

無言である。

「よし、ようく、わかった」

「さあ、行くか?」

二人は去って行った。それをたしかめて、真吾は草の上に仰向けになった。接吻の重要性が、思わぬ連中の出現によってうすれてしまった感じである。

「知っている人たちですか?」

と路子が訊いてきた。

「いや、見たこともない連中です」

「いやな人たち」

「ああいう連中はどこにだっている」

「もどって来ないかしら?」

「駅のほうへ行ったから、だいじょうぶでしょう」

路子も真吾にならって寝ころんだ。普通の女の子なら、「もう行きましょう」とこわがるところであろう。連中に対する態度といい、落着いている。

「金井も、あの連中と似たような生徒です。親しいんでしょう？」

「いいえ、親しくはないわ。ただつきあっているだけ」

「なぜ？」

「だれだって、男には興味があるわ。あたしたちに接近して来るのは、ああいう人たちだけですもの」

「それはそうだ」

アメリカでは男女共学である。日本はアメリカの教育制度をまねしようとしているのに、依然として校則は女学生との交際を禁じている。そこにだけ、戦前が残っている。普通の生徒たちは、異性にあこがれを抱きながら、すでに明確な処罰力を失なっているその校則を守っている。

「だからです」

「金井たちとつきあって、おもしろい？」

「別に。それに、特別の仲になった人はいません」

「どうして？」

「ばからしくて、そんな気にならないもの。あたし、あの人たちをことわるのを楽しみにしているのかも知れないわ」

「なるほど。あなただったら、モーションをかけられるでしょう。真剣に好きになっているやつもいるかも知れない」

「あんな人たちを選ぶようなまねはしません。好きになれっこないもの。でも、研究にはなりました」

「男の心理の研究？」

「ええ」

そのあと、路子はそれまでと同じ語調で、またも真吾を驚愕させることばを口にした。

「それだけでなく、生理も研究できました」

「生理？」

真吾は路子のほうを向こうとした。しかし、すぐにその動きを止めた。顔を合わせたら、路子が口を閉じるおそれがある。

「何を研究できたと言うんです？」

「あたしたちはみな」

路子は普通の口調でつづけた。

「男の子の心理だけでなく、からだについても興味を持っているわ。大部分は、興味がない顔をしながら持っている。一部の人たちはほんとうに持っていないけど、それはまだこどもだからでしょう」

「そうだな」

「あるとき、あたしと三人の男の子とトランプをして、そのあと男の子たちはお酒を呑《の》みはじめたんです。酔うと、いろいろ本音を吐きはじめます。それを聞くために、そばにいました」

「金井も入っていたの？」

「いいえ、金井さんはいなかったわ。金井さんより単純な人たちです。そのうちに露骨な話になり、男性のからだの話になりました。一人がけしかけて、あとの二人が競争意識を高めたんです。アルコールは、まず人から羞恥心《しゅうちしん》を奪うのね」

「そうなんです」

「それで、けしかけている人がおもしろがって図に乗ってなおけしかけ、くらべることになったの」

「おどろいたな」

「あたしに席をはずすように要請して来ました」

あくまでも路子の語調は平静である。

「ま、それはそうでしょう」

「でも、あたし、こんなチャンスはめったにない、と考えました。自分が安全圏にいて男の生理を知るなんて、願ってもないことですもの」

「うん」

「それで、あたしの前でくらべるように提案しました。三人ともびっくりしたようでした。でも、意地になっている二人は、もうあとに退《ひ》けなかったんでしょうね。承知してしまいました」

「アルコールはこわい」

「あたしも、三人が正気でないので、気がらくでした。それで、二人は立って、うしろを向いて勝手にごそごそしていて、そのあと前後して横向きになったときは、自分を出していたんです」

「うーん」

「興奮状態になっていました。あたしは顔をそむけたいのをがまんして、まともに見ました。はじめてです。いろんな意味でおどろきました。二人は自分の手でそれをしごきはじめました。それまでの話で何を競争さすのかはわかっていたけど、どういうふうにしてそうするのか、見当もつかなかったの」

真吾は唸《うな》った。男たちも破廉恥《はれんち》なら、路子もたいした度胸である。相当な不良少女でも逃げるところだ。

（この子、知能だけが異常に発達して、情操面では赤ん坊ではないのか？）

「あたしは最後まで観察しました。飛ぶのも見ました。結局、背の高いほうが遠くに飛んで勝ったけど、物理的に考えたら、当然の話だわ。位置が高ければ、畳に落下するまでに、飛ぶ距離が長くなるはずですもの」

「狂ってる連中だ」

「それを見届けて、あたしはそのまま席を立って帰りました。あんなのを見たから同類意識を持たれてはいけないもの。その後、その三人とはつきあっていません。道で会っても、歩きながら挨拶《あいさつ》を交わすだけです。あの人たち、あたしが乙女《おとめ》心で嫌悪感を抱いてしまったと思っているでしょうね。そうじゃなく、いい勉強になった。実験のモルモットになってくれたと感謝しているだけです。つきあわないのは、必要以上に親密感を持たれるといけないから。最低の人たちだもの。自分を危険に置きたくないわ」

「りっぱと言うべきか、――とにかくおどろいたなあ。あなたのような女の子は、めったにいないでしょう？」

「おどろきました？」

「だれだっておどろく。あなたは女医か科学者になったらいいかも知れない」

「そんなにあたまは良くないの。普通の女の子なんです。ただ、ほかの子たちはあたしのように自分の好奇心を率直に表明しないだけでしょう」

「じゃ、ぼくもさっきは実験台になったわけだ」

「それは」

一度ことばを切って、数秒後に路子は言った。

「これからだわ。あなたがあたし自身といっしょに実験台に上ってくれるかどうか？　キスぐらい、だいたい想像がつくもの」

真吾はすこしだけ上体を起こし、路子の顔を見た。路子は手で光線をさえぎりながら、真吾を見返した。その目は澄んでいた。

「これから、どうしたいんです？」

「あたしはあなたを選んだわ。あなたがあたしを選ぶかどうか、決めて欲しいの」

静かに目が閉じられた。真吾はあたりを見まわし、だれも歩いて来ないのをたしかめ路子の顔に顔を近づけた。くちびるを合わせると、路子は両腕で真吾の肩をつかみ、すぐに吸って来た。

短かい接吻ののち、真吾はささやいた。

「つまり、あなたは体験してみようという気になっているんだな？」

路子はうなずいた。

「もう前から、考えていたの」

「どうして、今までつきあってきた人たちと実験しない?」

「不良だもの。あとくされがこわいわ。一回だけで縁を切ることは出来ても、自慢して言い触らしてまわるでしょう。秘密がたいせつだもの。それに、やはり好きな人じゃなきゃいやなの」

「どうして、ぼくを選んだ?」

「この前お目にかかったときの感じ、すてきだったわ。それに、金井さんにいろいろと聞きました」

「ぼくだって、言い触らしてまわるかも知れない」

「いいえ、そんなことはしないはずよ。妙子さんとのことだって、だれにも言っていないでしょう?」

あっ、と思った。

「どうして知っている?」

思わず、声に力がこもった。

「あなたとその恋人は秘密にしているつもりでも、評判なの」

「あなたは、妙子を知っているの?」

「いいえ」

路子は首を振った。

「きれいな人みたいね。でも、あたしはまだお顔を拝見したこともないわ」

真吾の胸に、おどろきのなかでいくつもの疑問が生じた。さらに上体を起こした。

乱反射

川の光がにぎやかになった。太陽の位置が傾いたからであろう。去って行った二人の硬派たちはもどって来ない。

「だれから聞いたんです?」

「…………」

「金井ですか?」

「それは言えません。あなたはその人を憎むでしょう。でも、その人だけでなく、いろんな人が知っているみたい」

「金井が知っているとすれば、そうだろうな。それでぼくとその子がどこまで親密になっていると噂《うわさ》されているんです?」

「さあ、その点ははっきりしていないんじゃないかしら。それぞれ憶測しているんだと思うわよ。妙子さんも優等生なんでしょう？　同じことをしても、日ごろの心がけで、悪く解釈される人もいるし、そうではない人もいる。だれも、はっきりしたことは知っていないでしょう」

なおも横たわったまま、路子は真吾を見て、笑った。底意のない笑いである。路子自身がその噂を気にしていないことを示している。

「ま、かなり仲が好いのは事実だから、噂が飛ぶのはしかたがないだろうな」

真吾は一人でうなずいた。噂など、真吾自身は平気だ。むしろ、歓迎する。妙子が真吾の恋人であることを周知させるのはいいことだからだ。

しかし、妙子にとっては望ましいことではない。縁談は身近な問題なのだ。

真吾を見つづけながら路子は、

「それで、ほんとうはどの程度の仲なんですか？」

と訊《き》いてきた。

真吾はゆっくりと首を振った。

「それは言えないな。ま、想像にまかせることにしましょう。ふーむ。文江のことも知っているし妙子のことも知っているわけか。油断のならない人だ」

「あなたのこと、いろいろ知りたかったの。でもそれは、あなたのせいです」

「…………」

「あのとき、あなたが話しかけて来たからなの。あの責任をとっていただかなきゃ。ふふふ」

「それはつまり、実験の相手になるということですか？」

「いや？」

路子の目に力がこもった。接吻《せっぷん》を求めてきたときと同じく、澄んでいる。美しい表情だが、色気は感じられない。いっしょに数学の勉強しようと提案しているような感じである。

(やはり、この人は何もわかってはいない。内的な燃焼はないのだ。胃や胸のはたらきを知るのと同じ意味で性の機能を体験しようとしている)

(しかも自分の美しさを知っており、自分が求めれば男はかならず承知する、と思っている)

(その点、文江よりもはるかに自信を持っている)

ふしぎに、そのことに反撥《はんぱつ》は感じなかった。さわやかさのほうを感じた。

「いやと言ったら、どうする？」

「あきらめるわ」

あっさりとした返事である。これもやはり、内的な欲求によるものではないからであろう、と真吾は思った。

「そして」

真吾はふたたび草の上に横たわり、肘《ひじ》を立てて耳のあたりにてのひらをあてがい、路子のほうを向いた。すこし上から路子を見下ろすかたちになった。

路子は空の遠くに目をやっている。頬《ほお》が透明にあかい。妙子よりも、肌のきめはこまかい感じである。農民の子ではないのはあきらかであった。

「他の相手をさがす？」

「そう」

「なぜ？　どうも、ぼくにはそこがわからない。あなただって、いつかは恋愛したり結婚したりするはずだ」

「しないもの」

「恋愛も？」

「ええ。きっと、出来ないと思うわ。結婚だって、いや。男に仕えるなんて。一人で自由に暮します」

（やはり、幼稚なのだ。幼稚な女学生は、よくこういうことを言う。二年も経てば、自分がそう思ったことなどけろりと忘れて、あまりたいしたこともない男に夢中になるのであろう）

「じゃ、あなたは、人を好きにはなれないタイプなんだ」

「そうでもないわ。あなたを好きになったんだもの」

「好きなんじゃない。興味を抱いただけでしょう」

「興味だけじゃないわ」

間を置いて、

「やはり、好きなのよ。愛してはいないけれども」

それも、女学生らしい表現である。

「どうして、実験しなければならないんですか？」

真吾は本題にもどった。

「さあ、どうしてでしょうね」

他人事《ひとごと》のような口調である。

「自分でも、よくはわからない。とにかく、そうしてみたいの。あなただって」

路子は目を閉じた。

「あたしをことわる理由はないと思うわ。男の人って、好きでもない娼婦《しょうふ》だって、病気になる危険があるのに、抱くでしょう？　あたしは、すくなくともそんな女たちよりは安全だと思う。あとを追いかけたりもしない。責任をとって、などとは言わない」

「じゃ、承知したら？」

「うれしいわ」

「いつ、どこで？」

「いつでもいい。今日でも、今これからでも」

「こういうところじゃ無理です」

「じゃ、どこかへ行きましょう」

「ぼくはまだあなたの姓名しか知らない」

「知る必要があるんですか？」

路子は目を開けて真吾を見た。単純にいぶかしがっている目だ。

「それはやはり、ある」

「あなたと同じ年。普通の女の子。それでいいじゃない。親が何をしているとか、家族構成がどうだとか、住所や本籍や性格や、そんなものは必要ないんじゃないかしら？」

「金井は、ふしぎな人を知っていたものだ」

「あの人たちにはもう関係ありません。金井さんは、あたしがこうしてあなたと再会するための道具だっただけ」

「あなたは事務的過ぎる」

「しかたがないわ」

そのあと声を低め、

「キスをして、もう一度」

と言った。はじめて、女らしい声である。うなずいて、真吾は口を近づけた。

さっきより、やや情緒的な接吻がはじまり、そのなかで真吾は路子の胸に手を這《は》わせた。

真吾の手がその乳房に触れたとき、際立った反応が生じた。全身が硬直した感じになったのだ。

しかし、抵抗はしなかった。

真吾の手は、普通の乳房を感じた。あるいはこの子はほとんど乳房がないのではないかとも疑っていたのだが、それは杞憂《きゆう》であった。

ゆっくりと、もむ、馴《な》れている方法である。楽しんで味わう気分になった。

路子はくちびるをはずした。頬と頬が密着する。ようやく、真吾のからだはふくらみはじめてきた。それを意識して、安心感が訪れてきた。

「小さいでしょう？」

その質問も真吾を安心させた。普通の女の子のいじらしい心理がにじんでいるからである。

「いいや」

首を振って見せた。頬と頬が密着しているので、見なくても路子はそれを感じることができる。

「普通です」

まだこれから大きくなるにちがいない。真吾はもみつづけた。すこしだけ、かたくなった感じである。

それは、よろこばしい徴候であった。観念のかたまりの相手をしているのでは、気分的な潤いが得られない。

真吾のからだは、ようやく興奮状態になった。疼《うず》きはじめた。

(ほんとうに、この子をいただこうか)

(金井たちと共謀して何かを企《たく》らんでいるのではないことはたしかだ)

一方では真吾は、周囲に気を配っていた。さっきの失敗をくり返してはならない。人の気配はすぐに察知して、離れなければならない。

(こういう行きずりの子との冒険も悪くはない)

路子の美貌《びぼう》は、真吾の最初でそして忘れ去るべき相手として、けっして不足ではないはずである。

路子は真吾の背に腕を巻きつけた。

「いい気持ちだわ。自分で触るのとは、まったくちがうわ」

「これは」

真吾は説明した。

「金井に触られても同じですよ」

「かも知れないわ。でも、それでも、あんな人たちはいや」

真吾はもみつづけた。路子のからだが汗ばんでいるのに気がついた。太陽が暑いせいか、からだが熱くなってきたからか。

急に、真吾のからだの奥から強い欲望が満ちてきた。

「じゃ、人がだれも来ないところへ行きましょうか？」

路子はうなずいた。真吾は頬を離れさせて、その顔を見た。

路子も真吾を見た。

それまでになかった熱っぽさが、目の潤みのなかににじんでいた。

「ただし」

真吾はつけ加えた。

「明日からは、もう会わない」

「あたしもそのつもりよ」

この子が真吾と妙子の間に入ってくれれば、妙子は文江のとき以上に動揺するにちがいないのだ。そんなことがあってはならない。

二人は離れ、真吾は上体を起こした。あたりを見まわす。だれもいない。路子も上体を起こして、髪を撫《な》でた。

「さあ、行きましょうか？」

「遠いの？」

「自転車をどこかに置いて、山の中へ行くんです」

「…………」

「行きますか？」

「行くわ」

「何時の列車に乗ればいいんです？」

「何時でもいいの。場合によっては、帰らなくていいの」

その横顔には最初に会ったときのきびしさが浮かんでいた。

（何かある？）

女学生が家に帰らなくていい。これは普通ではない。

「どうして？」

「だって、こっちのほうがたいせつですもの」

「それはそうだが」

「家庭のことは問わないで」

「わかった」

（やはり、何かがある。そうじゃなきゃ、こんな危険に挑むはずがない）

真吾は立った。からだがズボンを突っ張っているが、もう路子の目を気にすることはない。気がついてもよい。

一時間くらいで、真吾と路子は山の中の炭焼き小屋に着いた。それは、妙子といつも来ている山ではない。妙子との場所に連れて行くのは、やはりはばかられたのだ。

道からかなり奥まっている。人の通る場所に出るには三十分以上かかる。林道の奥の、そこからまた山に踏み入ったところで、その炭焼き小屋の存在は知っていた。

期待通り、炭を焼く土のかまはこわされており、小屋は戸を閉ざしていた。

もうここまで来れば、暗い小屋の中に入らなくても、人にみつけられることはないにちがいない。鳥の声と谷のせせらぎと風の音だけである。

しかし、万一ということがある。ぶっつかった相手が無法な男だったら、生命の危険もある。だから、小屋に入ったほうがよい。

真吾は小屋の戸を開けた。

「さあ、ここに入りましょう」

こわがらずについてきた路子は、そこではじめてためらいを示した。

「ここに？」

「そのほうが安全なんです。何時間でも、人の目を気にしないでいっしょにいることが出来ます。さ、早く。山菜を採るためにさまよっている人がいるといけない」

まず、真吾が入った。かび臭《くさ》くはなかった。草の匂《にお》いがした。

真吾につづいて、路子も入って来た。

（やはり、おれがこうしてこの子をここに連れて来たのは、この子の美しさのせいだ）

（それだけではない。もっとこの子の正体を知りたいからでもある）

小屋の広さは、畳三枚分ぐらいであった。空《から》の炭俵がいくつもあった。真吾はそれを手にし、戸口から入る光で見て、炭に汚れていないのをたしかめた。並べて、座る場所を作った。

「そうね」

静かな口調で路子は言った。

「場所なんかどうでもいいわね。たいせつなのは、あたしとあなた」

「そうなんだ」

小屋の中に動くものがないのを見きわめて、真吾は路子を抱いた。路子は鞄《かばん》を落とした。

「すぐに、暗くする。あなたの顔をよく見ておきたい」

二人はみつめ合った。

(今はもう、妙ちゃんのことは忘れたほうがいい。もうここまで来たのだ)

歩いて来たので、路子のからだはさらに汗ばんでおり、頬は紅潮していた。

「ふしぎな人だ。ほんとうにここまで来た」

「わがままを言って、ごめんなさい。こんなつもりじゃなかったでしょう?」

「もちろん、ただ話をするだけのつもりでした。だから、気軽に来たんです」

「自信ある?」

(ときどきこうしてこの子はおれをおどろかす。これはもう、何人もの男を知っている女の吐くせりふだ)

「さあ、わからない」

「経験はあるんでしょう?」

それを答えれば、妙子との仲を告げることになる。

「とにかく、なんとかなるはずです。自信はないけど」

「全部、あなたにまかせるわ。あたしは、指図通りにしていればいいんでしょ?」

普通の作業に取りかかるようなことばであり語調である。これまで真吾が女に対して抱いてきたイメージとはかなりずれている。

「そうです」

真吾はあらためて路子の顔をみつめ、ゆっくりと腕を解いた。

(ひょんなことから、まったく思いがけなかった女と初体験することになった)

(しかし、観念で実験しようとしているんだから、むつかしいかも知れないぞ。固く閉じられているのではないか)

真吾は戸を閉めにかかった。開けるときと同様、戸はきしみ、つかえ、なかなか進まなかった。それでもようやくきっちりと閉めることが出来た。小屋の内部は暗くなった。

けれども、屋根と屋根の間に隙《すき》があるので、真っ暗にはならなかった。

うす闇《やみ》のなかで二人は向き合った。

炭焼き小屋

二人は立ったままであった。向き合っている。路子は動かなかった。

しだいに、目がうす暗がりに馴《な》れてきた。路子の顔が浮かび上がった。小さな怪物を前にしている気分であった。怪物ではなく妖精《ようせい》である気もした。

「こわくない？」

低く、真吾は問うた。あまりよく知らない男とこうして山中の暗い小屋の中にいる。女としてではなく生物として恐怖乃至《ないし》不安を抱いて当然であろう。

「いいえ。ちがうわ」

路子の声はかすれていた。

「胸がどきどきしているの。これ、期待のためよ、きっと」

真吾は手を上げ、その肩にかけた。目はさらにこの小屋の中の明かるさに馴れた。路子のまたたくのも見えてきた。想像していたよりも暗くない。

（これじゃ、この子のからだを目で鑑賞することも出来る）

そう思った。胸がはずむ。やはり、暗闇は楽しみを半減するものである。

するとつづいて、裸像を鑑賞することを思い立った。そのためにはちょうど適当な明かるさである。普通の処女の場合ははずかしがるにちがいない。しかし、この子はあっさりと承知してくれそうであった。

「さあ、脱いでもらいましょう」

自然な口調でそう要請した。それが出発点だと思い込んでいる調子である。

路子は真吾の目をみつめたままうなずき、

「あなたもでしょう？」

と言った。

ある意味でそれは反撃的なことばだが、もう真吾はおどろかなかった。つねに並みの女の子を超えた発想をする子なのだ。いちいちおどろいてはいけない。新鮮さを感じるだけでよい。

（こういう子は）

大きくうなずきながら、真吾は考えた。

（一度だけでいい。一度でなくても短期間のつきあいでよい。長くつきあえば、鼻につくだろう。妙ちゃんのほうが、やはり自然で素直でよい）

「もちろんぼくも脱ぎます」

真吾は路子の肩から手をはずし、上着を脱いだ。シャツを脱いだ。

「待って」

と路子は言った。

「外で、音がするわ」

真吾は動きを停める。

コツコツという音が聞こえてきた。リズミカルな音だ。響きがある。

「キツツキです」

まちがいなかった。こういう静かな場所では、キッツキの木をつつく音は、かなり大きく聞こえる。あたりに響く。

「そうみたいね」

真吾は舌を巻いていた。外部の音が聞こえるだけの余裕があるとは、それだけでもたいへんなことなのだ。

路子も脱ぎはじめた。やはり女の子で、真吾から離れ、横を向いて脱いでいる。

「何もかも脱ぐんです」

真吾はそう言った。その場合、人が小屋の戸を開けたら困る。しかし、もう午後も夕方に向かっている今、この小屋の持主だってここに来ることはないにちがいないのだ。

「ええ」

素直な声である。実験するのに、すべてを脱ぐ必要はない。スカートなので、一枚を脱げばそれで状況は進む。それは路子もわかっているはずだ。

それなのに、真吾の要請にしたがってすべてを脱ぎつつある。すべてを真吾に委《ゆだ》ねる気になっているのだ。はじめて真吾はいじらしさを感じた。また、ようやくそれを感じた自分に安心した。

脱ぎはじめた順序にしたがって、真吾が全裸になった。つづいて、ほとんどためらいを示さずに路子が全裸になり、乳房を抱いてこちらを向いた。

真吾は近づき、抱いた。しっとりとした肌である。呼吸を震わせているのがわかった。真吾のからだは路子の下腹部に刺さった。

「こわくない?」

「こわくない。一人じゃないもの」

真吾としては「ぼくがこわくないか?」と質問したつもりである。意外なことばがもどってきた。最初から、真吾に対してはこわさを感じていないようだ。

接吻《せっぷん》した。路子は、川の堤で教えた通りに応じてきた。真吾はその背を撫《な》でる。最初、やや汗ばんでいたその背は、すぐにすべすべとしてきた。

真吾はささやいた。

「さあ、脱いだ服をふとんの代用にしよう」

炭俵の上では路子の肌に傷をつけるおそれがある。

真吾は二人の衣類をひろげ、かなり広い衾《しとね》を作った。そのあと、その上にあぐらをかいて、

「立ったまま、こっちを向いて」

と言った。

小屋の中の明かるさは、均等ではない。大きな隙間《すきま》の近くは、やはり明かるい。そこに路子

を立たせたのだ。

見事なスタイル、というほどではなかった。むしろ、いじらしい感じである。妙子よりも、かなりやせている。やせていながら、腰は丸く胴はくびれ、胸の厚さはある。その変化に、エロチシズムがにじんでいた。路子ははにかまずに真吾の指示通りに動いた。

「人にからだを見せるなんて、はじめて」

はじめてながら落着いている。けれどももう真吾は、その落着きをいぶかしまなかった。むしろそのほうが路子にふさわしいからだ。

真吾は、ゆっくりと仰向けになり、立っている路子を仰いだ。

路子の顔が、真吾の中心に向けられ、固定した。目の色はわからない。みつめはじめたのはたしかであった。真吾もまた、路子の黒い三角地帯を視野におさめていた。

ゆっくりと、路子は寄って来て、膝《ひざ》をついた。視点は固定したままである。近くでたしかめる風情《ふぜい》である。その意図を察して、真吾は両足をまっすぐに伸ばした。

「動いているわ」

低く、路子はそうつぶやいた。脈打っているのだ。

「これは心臓の鼓動と同じなんです」

説明すると、小さくうなずき、

「触っていい？」

期待していたことばを口にした。真吾は承知する。と、路子のからだの線が、なよやかになった。首もかたむいた。手が伸び、宙でためらった。

（ほう、この子が、はじめてためらいを示した）

「トランプの相手のときは、見ただけ？」

「ええ、それに」

路子の手は真吾に向かわずに、彼女自身の膝の上に置かれた。

「なんだか、もっとちがっていたみたい」

「そんなことはない。同じようなものです」

「あたしの記憶ちがいかしら？」

路子の顔の位置や向きが移動した。角度を変え距離を変えて眺めはじめる。その動作は愛らしいが、やはりそれも普通の神経の乙女には出来ない芸当にちがいなかった。

路子は、これから自分の内部に入ろうとしている物体を確認しているのだ。確認させるために、真吾は仰向けになったのである。

「ふしぎ。いつもはこうじゃないんでしょう？　寝ているんでしょう？」

「そう」

ふたたび、路子の手が上がった。今度は、思い切ったようにまっすぐに進み、真吾に触れた。おや指と人さし指で、そっと中ほどをつまんだのだ。

それはきわめてそっとであったので、脈打っている真吾のからだは、その二つの指をはじいた。

急いで、路子は手をひっ込めた。

「生きているんだわ」

「それはそうだ」

真吾にはこれまでの経験があり、余裕があった。この状況を楽しむ心理にもなっていた。この子は終列車でもいいはずだ。終列車では遅くなって危険だとしても、急ぐ必要はない。

「もっとしっかりとつかまえなきゃ」

路子はうなずいた。ふたたび、手が伸びてきた。今度は五本の指でしっかりと握りしめた。

「つかまえちゃった」

どういうわけか、それは泣きそうな声であった。

真吾のからだに、ふくらもうとして限界に達しているのに逆に圧迫されたことによる快感がみなぎる。

それを、路子に伝えた。

「いいんですか？」

いぶかしみのこもった質問である。

「うむ」

「こうしているだけで？」

「うん」

「どうしてかしら？」

「そうなっているんだろうね」

真吾自身にもわかっていないことである。どうしてかなどという疑問をおぼえたことはなかった。

（なるほど。あたまで考える子なんだ）

すぐに路子は、握力に強弱をつけはじめた。それは、真吾の感覚をよろこばすためではないにちがいない。彼女自身、触覚をより明確に味わうためであろう。

「信じられないわ」

急にかすれた声でそうつぶやいて、路子は首を振った。

「何が？」

「こんな大きなのがあたしのなかに……」

「こわくなった?」

「すこしだけ」

「実験は、中止してもいい」

「でも、だれだって結ばれるんでしょう?」

「そう」

「じゃ、こわがらないわ」

真吾は上体を起こし、路子の肩を抱き、自分の隣に横たえた。

路子の手は真吾からはずれ、胸を抱きしめて来た。

「なんだか、遠い世界に来てしまったみたい」

「もう、もどれないよ」

「わかっているわ、あたし、自分の意志でここに来たんですもの」

路子は真吾の腋《わき》の下を撫でた。真吾は路子のあたまの下に左手をすべり込ませて手枕とした。

一方の手で乳房をもむ。

(まもなく、わかる。この子が、観念だけで実験しようとしているのか、内からあふれ出る欲求も持っているのか)

秘境に手をあてがえばわかるはずであった。真吾がふくれ上がって疼《うず》き脈打っていると同じように、女は愛の泉にあふれていなければ嘘《うそ》なのだ。

しかし、急いでそれをたしかめるのを、自制していた。

(もしあふれていなければ、中止したほうが賢明なのだ。あなたはまだ肉体的に未熟だから、このつぎにしよう。そう言えば、この子は傷つくであろうか?)

路子はくちびるを求めてきた。

足に足をからめてその要求に応じる。

長い接吻になった。いつのまにか、キッツキの音は止んでいた。小鳥の声と風の音。小鳥がさえずっている間は安全であることは、妙子との密会でよく心得ている。

ようやくくちびるをはずすと、路子は大きく震えながら息を吸った。

「あたし、困ったわ」

「何が?」

「あなたを、好きになりそう」

「実験なんだ」

「そうなの。そうだったはずなの。でも、おかしくなっちゃった」

「困るだけだ」

「あなた、妙子さんを愛しているんでしょう?」

こういう状況でこのような質問には、あいまいに答えるのが賢明にちがいない。質問している路子自身、それを望んでいるのかも知れない。

しかし真吾は、はっきりと言わなければ、それは妙子への裏切りになる、と感じた。

「多分」

「だから、困るわ」

「しかたがない」

顔を引いて、路子の目を見た。

「じゃ、中止しようか？」

と、路子は目と目の間に皺《しわ》を寄せて、はげしく首を振った。

「いや、中止しない。もう実験じゃないわ、あなたに捧げるの」

そのしぐさは女らしさにあふれていた。それでかえって真吾は、

（この子、今、演技しているのではないだろうか？）

という疑問を抱いた。

真吾は路子をみつめたまま、

「理由は？」

かなり冷たい声で質問した。

「そう決めたんだし、それに」

路子はそのあと、絶え入る声で言った。

「欲しいの」

その直後、路子は真吾を強く抱きしめ、くちびるを求めて来た。

また長い接吻になった。もう路子は、接吻に関しては初心者ではなかった。真吾の誘導にしたがって、舌を使うこともおぼえた。顔のうねりも情熱的であった。

接吻しながらそのからだのあちこちを撫でていた真吾の手が、やがて秘部を目指したのは、そのほうが路子の羞恥心《しゅうちしん》を刺激することがすくないだろう、と推理したからである。

そう濃くない秘毛の地帯があった。腿《もも》は真吾の手を迎えても、閉じられたままであった。

真吾は合図を送りその腿をゆるめるように求めた。

しかしその気配は示されなかった。谷間の上流に人さし指で微妙な愛撫《あいぶ》を送りつづける。

それでも、路子のからだはかたく閉ざされたまま、真吾の指を迎えようとはしなかった。

真吾は急がない。

処女であってしかも相互愛撫はもとより接吻もはじめてだとすれば、当然のことにちがいないのだ。陽は自然に昇らねばならない。

ようやく、自然にくちびるがはずされ、真吾は路子の耳にささやいた。

「…………」

はじめて、からだの動きを指示したのである。

路子はうなずき、真吾は路子が自分の指示通りにしやすいように、路子を仰向けにした。真吾は上から路子の頬《ほお》に頬を密着させるかっこうになった。

てのひらに力を加えながら、

「もうすこし」

と真吾はささやいた。

そのなかで真吾は、娼婦《しょうふ》の館《やかた》のみよのときには感じなかった興奮に自分が領されているのを意識しはじめていた。

それは、真吾がみよをその身分のゆえに軽んじ、その逆に路子に愛に似たものを抱きはじめつつあるせいではないようであった。

みよがすでに豊かな体験を有していたのに反して、どうやら路子はまぎれもなく処女であるらしい。そのことのためのようであった。

みよに対しては、真吾はあたらしくつけ加えるだけの力を有していなかった。その自覚のなかにいた。また、責任もなかった。

路子に対している今、状況をよりすぐれたかたちで進めなければならない責任をすべて真吾が有しているのだ。

男は、自分が女をみちびくという関係のなかでこそ発揚するのかも知れない。路子の初心《うぶ》さは、強い魅力になっていた。

真吾の指示に応《こた》えて、すこしずつ路子のからだはひらかれて行った。

知的欲求

それに応じて真吾は進んだ。進むと、それだけ路子のからだはゆるめられた。

真吾の動きはゆるやかであった。これは、状況の進展を路子にはっきりと認識させるためでもあった。つまり、路子の意図に協力しているのである。

路子は体験したいのではない。体験した自分を認識したいのである。さっきから急にしおらしくなっているけれども、その意図はなおつづいているはずであった。

真吾としては、女である路子にやさしくするとともに、認識者である路子にも良き協力者でなければならない。二重の使命を帯びているのである。

小屋の外はなお静かで、小鳥の声と風の音が二人の背景に流れつづけている。

真吾の指は、ようやく谷の源泉にさしかかった。

真吾はその指をまわした。神経を集めて、花の芽をさぐり当てた。

(可愛《かわい》らしい)

そう感じた。小さいのである。しかも、やわらかであった。

予想された通りである。みずからそこを愛撫《あいぶ》して楽しむ習慣を、路子は持っていないようだ。

そして、生理的に真吾の愛撫を求めているのでもないようであった。

(とすると)

真吾はそこを軽く押しつづけながら、

(やはり、おれたちがここにこうしているのは自然な営みではないのだ)

ただし、たとえそうであってももうとって返すことはできない。それでは路子を侮辱したことになる。路子が拒まないかぎり、真吾は状況を進ませなければならない。

真吾は静かに愛撫しながら、首をめぐらせてうす闇《やみ》のなかに浮かんでいる路子の裸像を見やった。

それはたびかさなる真吾の無言の要請によって大胆なポーズになっていた。

逆にその大胆さは、路子の幼稚さのあらわれであるとも言えた。

愛撫をつづけても、そこに変化は生じなかった。

ただ、ときどき路子は低いうめきをもらした。だから、刺激を感じているのはたしかである。

やがて真吾は、

「どう？」

路子の耳に口をつけて、感想を求めた。

当然、（いいわ）という返事がもどって来ることを、これまでの経験によって真吾は期待していた。

路子はあえぎつづけるだけで、答えなかった。

真吾はかさねて問い、間を置いて路子は、

「くすぐったい」

と答えた。

「それだけ？」

「ええ」

中止して欲しいという意向が、そのからだに示された。

意外であり、

（そうかも知れぬ）

と思った。

かすかな失望をおぼえたが、予想しないことでもなかった。

（妙ちゃんとはかなりちがう）

（やはり、あたまのなかだけの要求なのだ）

真吾の指は谷の流れに沿い、二つの小さなくちびるを分けて進んだ。

（…………！）

真吾の予感は的中した。そこにはオアシスはなかった。わずかな潤みがあっただけで、真吾の指は自由に動けなかった。

さらに手を伸ばして、それをたしかめ、路子の肩を抱いている腕を解いた。

上体を起こし、路子の正面にまわった。路子は動かなかった。身をちぢめるしぐさもしなかった。

大胆なポーズのまま、屋根を見ていた。小屋には天井がない。ふかれている萱《かや》がそのまま見える。

観念してそれを見ているのだ。

真吾は路子の腿《もも》の間にうずくまり、大理石の裸像に顔を寄せて行った。

小さな秘毛の地帯が、いたいたしい印象をもたらしている。

それは、こうして男の目にまださらしてはならない秘境であるように思えた。

（おれと）

と真吾は考えた。

(この子自身とで、共謀して、この子をいたぶっている)

真吾も加害者であるし、路子自身も加害者になっている。

妙子とのときには生じないそんな感慨が真吾をおおいはじめた。

そういう観点に立てば、主犯は路子自身ということになる。

その点が真吾の心の負担を軽くしていた。真吾は路子自身の残酷な実験に協力しているだけなのだ。

小屋の中のうす明かりでは、そこはよくたしかめられなかった。けれどもそれゆえになお、いくつもの陰翳《いんえい》をそこは帯びていて、神秘な色をたたえていた。すでに童女でないのはあきらかであり、しかも童女の面影を残している。

みつめながら、花びらの内側にやさしい愛撫を加える。

用心して、触れるか触れないかほどの接触にした。さっきの路子の返答が念頭にあるのである。

路子は反応を示した。

直感で真吾は、路子がさっきとはちがう感覚に彩《いろど》られはじめたことを知った。

(これでいいんだ)

さらに路子は反応を示し、真吾はほっとした気分のなかで愛撫しつづけた。

小屋の中の空気は濃密になっていた。ようやく陶酔の甘美な世界が訪れつつあるのである。

それでもまだ、路子は十分な潤いを示さない。

顔を見た。

白い起伏の向こうのその顔は、やはり天井に向けられたままであった。

(この子は、目を開け、眸《ひとみ》を凝らして、状況を把握しようと努めているにちがいない)

なんとなくそう思った。それが、これまで真吾に自分を示した路子にふさわしいのである。

さっきから、路子は二分化されている。真吾はその両方と対決しているかたちになっていた。

一方の路子は真吾におののき、あえぎ、くすぐったがり、その上であたらしい感覚を追おうとしている。

それは、これまでこういうときに真吾に妙子が示した女の姿であった。

妙子は純粋にそんな自分になりきるように努め、真吾は違和感をおぼえない。だから、真吾自身もやすらかであった。

路子は頑固にもう一人の自分を確立しつづけている。

わずかな反応を示しながら横たわっているその静かな姿勢のなかに、真吾はそれを感じつづけていた。

(こういう子なのだ)

真吾は、もうあまり気にしないように自分に言い聞かせ、くちびるを寄せて行った。

しばらくは真吾が何をしているか、路子にはわからなかったようだ。

疑問をおぼえてたしかめたくなったのであろう、大きな動きが伝わって来た。

(上体を起こしかけている)

と、
かまわずに真吾は接吻《せっぷん》をつづけた。

「そんなことを」

同情のこもった声を頭上に聞いた。

「しないで」

真吾は腕で路子を抱きしめ、そのことばにしたがう意志がないことを示した。

「ああ」

路子は首を振ったようである。

「そんな」

ふたたび、路子は横たわった。腿は、真吾を拒む動きはしなかった。

路子が真吾のために中止を求めたのは、あきらかであった。

路子自身は、それを歓迎している。わずかな腰の痙攣《けいれん》が、それを物語っていた。しかし、真吾としてはただの奉仕ではなく、真吾自身の楽しみでもあるわけだ。それが路子にはわからないらしい。

しばらく経って、真吾は路子から顔を離し、からだをずらせて路子に平行に横たわった。

肩を抱き、顔の向きを変えさせる。

路子は小きざみに首を振った。

「あたしを」

かすれた声である。

「好きでもないのに」

「好きだよ」

真吾はくちびるを求めた。

路子はためらいを示した。

真吾の口に対して、である。

しかし、それは一瞬で、おそらく拒んでは真吾になおすまないという意志によってであろう、応じてきた。

真吾の背にまわした腕に、これまでにない力がこもった。

「どうだった？」

路子はうなずいた。

ことばによる感想を聞きたい。さらに接吻して、質問をくり返した。

「ふしぎな気持ち。はじめてよ。ああ、困ったわ」

ようやく、路子は答えた。

「困った？」

「だって」

言いよどむ。

真吾は背を撫でながら、待った。なめらかになっていた背が、また汗ばんでいた。

「忘れられなくなりそうだもの」

「それでいいんです」

真吾は満足した。それ以上具体的な感想を引き出すのは、無理なのだ。

一方の手を、それまで真吾が接吻を捧げていた場所へ這《は》わせる。

やはり、潤いはわずかであった。

「ね」

「はい」

「もう、これだけでいいんじゃないかな？」

「………」

急に、それまで醸《かも》されていた甘い空気が消え、路子のからだが硬くなった。

「どうして？」

「いや、あなたの考えを訊《き》いているんだ」

「いやよ」

路子は首を振った。

「そんなの、いや」

「………」

「あたしをいやになったの？」

「そうじゃない」

真吾は路子に接吻した。

「そんな意味じゃない。ぼくは、さっきよりも何倍も、欲しくなっている」

「………」

「路子さんのことを考えているんだ」

「じゃ」

路子は顔を後方へ引き、黒い目を大きく開けて真吾を見た。

「やめないで」

「ほんとうにいいの？」

「あたしがお願いしているの」

「後悔しない？」

「そんな、通俗的なことはもう言わないで」

通俗的な——そのことばに、真吾はいささか不快感を禁じ得なかった。

（生意気な）

そう思った。

（こうしていても、なおこましゃくれている）

とも思った。

（もう、いたわってはやらないぞ）

そう考えた。乱暴に進んでいじめれば、どんな反応を示すか？

真吾は路子をみつめつづけた。

路子はくちびるを求めてきた。

短かい接吻のあと、

「おこったの？」

低く、あやまる口調で訊いてきた。

「いや」

「おこらないで。うれしいのよ。だから、このままおっぽり出されたくないの」

「わかった」

真吾は機嫌を直すことにした。路子の耳たぶを噛《か》み、

「予定通りにしよう」

とささやいた。

路子がうなずく。

安心した様子が、からだ全体に流れた。

（まるで、あべこべだ）

ふっと真吾は、ユーモアを感じた。普通こういうときは、やはりどうしても女がおそれはじめ、男は強引に口説くものではないか。

（おれは普通なんだ。普通より、ややすこやさしいだけだ）

（この子が普通とはちがって、特別の感覚を持っているんだ）

真吾は路子の背を撫でてつづける。

急がないほうがよい。もうすこし対話をしたほうがよい。

どう語りかけてよいかそれを考えていると、真吾の背にまわっていた路子の手が動きはじめた。

しばらくして、その手がどこを目指しているか、真吾は察した。

真吾が手を添えてみちびくのを欲している。それもわかった。

しかし、真吾は知らぬ顔をしていた。

はっきりした性格の子なのである。自主的に動く子なのだ。

そういう路子のためらいは、やはり初心《うぶ》な可愛《かわい》らしさを表現していた。

路子の手は、あるときは後退し、あるいは迂回《うかい》し、なかなか近づかなかった。

それでも、確実に、撫でる範囲の中心は移動した。

路子の動きを助けるため、真吾はくちびるを求めた。

積極的に、路子は吸って来た。

同時に、それまでさまよっていた手が直線を走って、真吾を握りしめた。

かなり乱暴な握り方である。そんなことをする自分への羞恥《しゅうち》でいっぱいだったからにちがいない。

くちびるをはずして真吾は、

「ああ、いい」

と言った。

路子を勇気づけるためである。なんといっても、はじめての体験のなかに路子はいるのである。

「いいの？」

「うん」

「どんな？」

おそらくその質問は、さっきの真吾の質問を踏襲したものであろう。

また、知的な興味も加わっているにちがいない。

「口では言えない。自分で握るのとは、まったくちがっている」

「ね」

「うん」

ややあって、

「あたしはどうすればいいの？」

と路子はまじめな口調で質問してきた。これは妙子からも問われたことである。

妙子の質問には、心情があふれていた。路子の質問の印象は、やはりかなりちがっている。

ルールにしたがっているという感じであった。

「どうしたい？」

「わからない」

わずかに、路子の手に力がこもった。

真吾はささやいた。

「それでいいんです」

「でも、わからないの。ね、教えて」

甘える口調である。甘えることによって真吾の指示を得ようとしている計算が感じられた。

処女の意志

ふと真吾は、何人かの級友の顔を思い浮かべた。

ある者は机に向かって参考書をひもといていることであろう。中学四年の本来の姿である。そうしていることで、まっすぐに道を進んでいるという意識を得、安心する。そして確実に、学力を身につけつつある。

ある者は、キャッチボールをして遊んでいるにちがいない。これも、世間や常識に対してやましさを感じない行為である。

親しいだれかと「青春」を語り合っている者もいるだろう。太陽の下での議論である。やはり、常識とともに歩んでいる。そこでどんな背徳的なことが語られようとも、あくまでもそれは知的な遊びであり、頭脳の鍛練のひとつなのである。

真吾自身は、それらとは遠い世界にいる。禁断の木の実を味わいつつある。

(おれは、こういうことをしていていいのだろうか?)

(みなは前に進んでいる。おれのこういう行為は現在だけの快楽であり、おれの人生にプラスするものではない)

そんな意識が生じるのである。ただし、このような時間の連続ばかりではない、ということが真吾の弁解となっていた。

路子の手の愛撫《あいぶ》はぎこちなかった。

おそれたり震えたりしているからではなく、方法を心得ていないからである。また、そこへの愛情や執着が生じていないからであろう。

おそらく路子にとっては、真吾のそれはなお自分の実験のための道具にしか過ぎないのである。ただ、その道具のもてあつかい方がわからず、試行錯誤をかさねている。

その点、妙子の手とはやさしさがちがっていた。心がこもっていない。

それでもやはり女の手にはちがいないので、真吾をより興奮させる役は果たしつつあった。

「ね、どうしてこうなるの？」

ふしぎそうな声。男のからだのその変化に知的興味をそそられている。おそらく、性に目覚めない童女に握らせたら、同じ調子でむじゃきにそう問うにちがいない。

真吾は、自分の知っている科学的な説明で答えた。

すると、

「あたしも、ここにキスしなきゃいけないかしら？」

迷っている調子の質問である。

真吾が路子に対してそうしたので自分も礼を返さねばならない義務を感じている。その底にはそうしたくない心理がある。

男の心を冷えさせる質問の仕方である、とも言えた。

けれども真吾は、むしろそんな路子に愛らしさをおぼえた。

（義理堅い子なのだ。人から何かをプレゼントされるとお返しをしなければ気のすまない性格なのだ。生まれも育ちも良いからにちがいない）

そこで真吾は路子の頰《ほお》に接吻《せっぷん》し、

「したくなければしなくていいんだ」

と言った。

「でも、それじゃ」

路子が気遣っているのは真吾のプライドにちがいない。

「心配しないでいい」

真吾は説明した。

「ぼくはあなたのここに愛情を感じたからそうした。しかし、あなたにはおそらくまだそんな心理は生じていないだろう。だから、無理にそうしなくていいんだ」

真吾のことばを聞く間、路子はかなり大胆に真吾をたしかめていた。愛撫というよりも、真吾の全貌《ぜんぼう》をさぐって胸のなかに入れようとする動きである。

「あなたは気を遣わなくていい。したくないことはしなくていい」

と、路子は首を横に振った。

「やはり、あたし、するわ」

「………」

「してみたいの」

好奇心と義務感がかさなったようだ。

「じゃ、好きなようにしたら良い」

路子は上体を起こした。真吾は仰向けになった。路子はからだの位置を変え、顔を低くした。真吾は天井を見ていた。もう、真吾の目は小屋の中の明かるさに馴《な》れている。路子もそうだろう。はっきりと真吾が見えるにちがいない。

路子の愛撫の動きが、急にやさしく微妙になった。つぶさに観察しているようだ。こわれやすいおもちゃをもてあそんでいる心境であろう、と真吾は察した。

それでも良い。

その感触を味わっていると、

「あら」

小さなおどろきの声を路子は発した。手の動きが止んだ。

「どうした?」

「もう、出ちゃったわ」

「え?」

真吾は上体を起こした。路子は一点をみつめている。

(ああ、そうか?)

真吾は理解した。欲望がたかまると、透明な液が湧出《ゆうしゅつ》する。路子の指はそれを感じたのである。それを精液と考えたのだ。

「あ、それはね」

真吾はまた説明しなければならなかった。しかし、わずらわしさはおぼえない。むしろ、何も知らない少女に男の生理の秘密を実習させる観念的な愉悦を感じていた。

「ふーん、そういうものなの」

感心した声である。

「そうなんだ」

「はじめて聞いたわ。本には、女性のことは書かれているけど、男の人もそうなのね。そうでしょうね」

女が濡《ぬ》れるのだから、男にもそんな作用があって当然だと、なっとくしたようなことばの響きである。知の克《か》った子らしい理解の方法である。

真吾はふたたび横になった。

路子の姿勢がさらに低くなり、手の位置が変化した。あたらしいものの触れるのを、真吾は感じた。

はじめ、それはくちびるだけであった。くちびるを合わせて押しつけているのだ。

（これでもう十分だ。これだけでもう、この子にはせいいっぱいだろう）

真吾はそれ以上を望まなかった。路子が真吾に添って横たわるのを予想した。

あたらしい事態が生じた。

路子の舌が真吾に戯れはじめたのだ。あたまをもたげて、たしかに舌かどうかを確認しようとした。しかし、路子の手にさえぎられて、確認できない。ただ、舌であることはしだいにあきらかになった。舌の触れる場所は移動した。

おそらく偶然であろう、真吾のもっとも敏感な部分にも、路子は戯れた。偶然であってそこがそうだと路子が意識していない証拠に、すぐに他に移った。

真吾は路子の心理を考える。

(義務感だけであろうか?)

(不快感に耐えているのか。それはもう消えてしまっているのか?)

(よろこんでこうしているのではないことはたしかだ)

だからやがて真吾が、

「もういい」

と言って路子の腕を引いたのは、路子のためを思ったからである。路子の愛撫は遠慮がちなので、耐えられなくなったのではない。

「もうちょっと」

かすれた声で路子はそう答えて、愛撫をつづけた。

（ほう、自分から……）

しかしそれも、中止を要請した真吾にすぐにしたがったのでは、いかにもお義理でそうしていたことが露骨だとわかるためのやさしさのあらわれかも知れない。

しばらくして、真吾はふたたび、

「もういい」

と言い、前より強く路子の腕を引いた。それで路子はようやく顔を上げ、真吾を放し、横たわった。

真吾は路子を抱く。

「ね」

「よかったよ」

すぐには接吻を求めて来ないで、路子は顔を引いて、真吾を見た。

妙子は最初のときには真吾に顔を見られるのをはずかしがった。

逆である。

「あたしの顔、さっきとちがっている？」

妙な質問だ。

「いや」

真吾はゆっくりと首を振った。

「あいかわらず、美しい」

「いやらしくなっていない？」

「なっていない。どうして？」

「だって」

顔を寄せて来た。腕は真吾を抱きしめる。

「さっきまでと、自分がちがって来たみたいだもの」

興味あることばである。

「どんな風に？」

「うれしくなって来たの。きっとあたし、本質的に好色なのね」

「それが自然なんだ」

「そうね。なんだか、からだのなかを、今まで自分も知らなかった妖《あや》しい生きものがうごめきはじめたみたい」

真吾は路子の秘境に手を伸ばした。

（ほう）

さっきより、はるかに潤みは濃くなっている。

やはり、生理的にもこどもではない。情感がたたえられている。真吾は安心した。

「ほんとうに同じ顔?」

「同じだよ。そんな心配はしなくていい」

「ううん。変化してもいいの。どっちにしても、今までのあたしでなくなるんだから」

「じゃ、そろそろそうなろうか」

「ええ」

真吾は上体を起こした。

路子は真吾の指示通りにした。ほとんど抵抗しなかった。じっさいの行動以上に協力したがっていることが察せられた。

二人は、もっとも正常な結合の姿勢になった。

さすがに、真吾の胸の動悸《どうき》は、ひときわはげしくなっている。

そんな真吾とは逆に、路子は平静なようであった。心を澄まして真吾の動きを待っている。

そんな印象を受け、やはり、わずかながら小憎《こにく》らしさをおぼえた。けれどももうそんなことにかかわりあってはおれない。

(おれは、ほんとうは妙ちゃんに最初にこうすべきなんだ)

(これは、模擬試験と思えばよい)

(この子にとっておれが実験の道具であると同じく、おれにとってもこの子は実験の道具なのだ)

真吾は進んだ。

路子はじっとしている。

目を閉じ、両腕を真吾の背にまわし、からだをやわらかくしている。

真吾は女体の熱さを感じた。

感じる部分が、しだいにひろがる。快感が随伴してきた。真吾の周囲に、花びらが戯れかかった。

(おかしいぞ)

ゆっくりと進みながら、真吾は疑問を禁じ得なかった。

予想された拒絶を、路子は示さないのである。

このままずっと、さしたる抵抗もなく真吾を迎えそうであった。

(この子、処女ではないのではないか?)

金井たちとつきあっている子である。わかったものではない。今までのことばはすべて計算されたせりふではあるまいか?

理性を発揮した真吾は、途中で静止した。

「どう？」

「ぼんやりとした気分だわ」

妙子とは、こうして接して楽しみ合っている。その深度をはるかに超えているはずなのだ。もう真吾は路子の内部にいる。

（それならそれでもいい。あとで、おれが最終的にはごまかされなかったことを思い知らせてやるまでだ）

真吾はふたたび進みはじめた。

路子のからだは硬くならない。腕は真吾を抱きしめたままだ。かすかながら、呼吸にあえぎが生じている。

（なるほど、さっきから平静だと感心していたら、こういうことだったのか？）

真吾が敵意のなかでそう考えたとき、真吾は前進を阻《はば》まれた。壁にぶっつかったのである。

（おや？）

真吾は進もうとした。しかし、進めない。路子のからだはやわらかである。なお、抵抗は示さないのだ。

（これはどういうことだ）

その内部を守っている膜に達したならば、女体は本能的に抵抗してしまうはずで、それは彼女自身の意志にかかわりなくそう反応するものだ、と聞いている。妙子との戯れのときにも、何回かそういうことがあった。

路子はそうではないのだ。

真吾はさらに力を入れた。と、はじめて、

「あ」

と路子は言った。身悶《みもだ》えはしない。声だけである。

ふたたび、真吾は進もうとした。

するとまた路子は、

「あ」

という声をもらした。真吾を抱いた腕に力がこもった。

壁と真吾はぶっつかった。今度は路子は「う、う」とうめき、そこではじめてからだ全体を硬くした。

「どうしたの?」

「苦しいの。でも、かまわないわ」

たしかに、もうここでためらってはいけないのだ。

路子は逃げようとはしなかった。あえぎは急に大きくなり、積極的に真吾に協力しはじめた。

その口から、引きつづき声が洩れる。しかし、中止を要請することばは吐かれなかった。苦痛を表現することばも発せられない。

真吾はきしんだ。角度を調節した。路子はようやく抵抗を示した。からだの奥とからだ全体が一致した。

それでもなお、一方では真吾に協力しようとしていた。路子のからだ全体が相対立する勢力に分裂してしまった感じになった。

「やめようか？」

いたいたしさを感じて、真吾はそうささやいた。

と、路子ははげしく首を左右に振り、

「やめないで」

と叫んだ。

「あたしにかまわないで」

「痛いんだろう？」

「かまわないで」

強い語調である。

自分自身に反抗していることばでもある。

意志のかたまりになっている声だ。気迫がこもっていた。

「わかった」

見えない敵に向かって路子とともに進んでいる気分になった。

熱さがあふれ、砕けた。はげしい締めつけが真吾を襲った。路子の歯が鳴った。のけぞろうとする。それを自分で制しているのだ。真吾もきつく路子を抱きしめた。

二人は汗まみれになっていた。もう真吾は、小鳥の声も風の音も聞いていなかった。だれかが小屋の外に忍び寄っていてもかまわない、という心境になっていた。

熔岩のなかに真吾はのめり込んだ。

少女冷静

真吾にとってもはじめての世界である。精神的に自分が飛躍したのを感じた。妙子へのうしろめたさも走った。それ以上に、

(こんな充足した豊かな感覚が生じるものなのか)

おどろきが深かった。路子に入る前の疼《うず》きは、きれいに消え、代わって無数の小さな快感が躍っている。妖精《ようせい》が真吾に戯れかかっていた。

真吾は静止して、あたらしい状況を胸に沁《し》み込ませた。

(とうとう、おれは)

(思いもかけず、あまりよく知らないこのふしぎな少女を)

そのときすでに真吾は、さっきまで自分が路子の処女性を疑ったことを忘れていた。路子は、苦痛の声をみずから極力押さえた。それがはっきりとわかったのである。

(いたわらねばならない)

(いかに気が強くて理性的な性分でも、やはり純情な女の子にはちがいないのだ)

からだの重みのほとんどを路子にかけていることに気がついた。で、それを軽くし、抱き方を変え、路子の耳に口をつけた。それらの動作は、路子の内部にできるだけ響きをすくなくするようにして行なった。

「どう?」

路子ははげしい呼吸をしている。答えない。

「痛い?」

「すこし、だけ」

「このまま、動かないほうがいい?」

「ええ、もうちょっと。胸が、いっぱいなのよ」

自分の声も上ずっているのを、真吾は意識していた。

呼吸を整える。小鳥の声と風の音がよみがえってきた。

だれも小屋には近づいていない。

「ね」

かすれてはいるが、はっきりした声で路子は言った。

「出血しているかしら？」

「多分」

これは真吾の感じである。壁を裂きながら進んだ感覚がある。動けば、傷をさらにひろげそうなのだ。

「そっと、たしかめて」

「うん」

「そこに、ハンカチが入っているわ」

真吾は路子に指示された鞄《かばん》を引き寄せた。鞄の中には、何枚もの白いハンカチが入っていた。

「いっぱい、ある」

「このときのために、用意していたの」

その一枚で、なるべく路子に痛みを感じさせないように気をつけながら、路子よりもむしろ自分の周辺を拭《ぬぐ》った。

見る。

当然真吾は、処女であったしるしがハンカチにあらわれるのを望んでいた。自分の感じ方が正しかったとしたいのである。また、自分にとってはじめての体験の相手の路子は、やはりそうであったほうが望ましい。さらにまた、路子がいつわりをもって自分に近づいた女であって欲しくないのである。

小屋の内部はうす闇《やみ》である。ハンカチは白い。その白い布に、はっきりと何かが彩《いろど》られていた。バラの色のようである。おそらく、太陽の光の下で見れば、そうであろう。

「たしかに」

と真吾はささやいた。

「見せて」

真吾の示したハンカチを見た路子は、しばらくまたたきもしなかったが、やがて目をつむった。

「さよなら、したわけね」

真吾の背を撫《な》でた。

「安心したわ」

「安心？」

「ええ」

真吾はそっと動く。と、路子は低いうめきを洩《も》らした。

真吾は静止する。

「痛い？」

「だいじょうぶ。気にしないで」

さらに用心深く、真吾は動く。最初に入るときと同じようにきしみ、周辺からまつわりつかれる感じになった。それだけ路子に苦痛を与えているのだろう、と思う。

(このまま、そっと離れようか？)

欲望には反するけれども、路子の苦痛を思いやって、そう考えた。

それを真吾は、

「あなたの実験はすんだ。だから、もう帰りたいんじゃないか？」

ということばで表現した。返事に、路子の行動を解くカギの一つが示されるだろう、という期待もあった。

路子は首を振った。

「あなた、まだでしょう？　これからなんでしょう？」

「うむ」

「じゃ、いやよ。ちゃんと最後まで」

「しかし……」

「男って、普通は、あなたみたいにしないんでしょう？　もっと動物的で自分本位なんでしょう？」

「ぼくはきみにやさしくしたいんだ」

「情熱的になってくれるほうがうれしいの」

「わかった」

真吾は動きはじめた。路子はうめく。逃げたいのを耐えているのが、はっきりとわかるのである。

けれども、もう真吾は路子の意志を尊重することにした。そこではじめて、自分の感覚を追う姿勢になることができた。

それは、これまで自分や妙子の手や妙子の口によって得る感覚で類推していた世界とは、まったくちがっていた。絶妙な感覚が真吾を襲いつづけた。

（これだな）

あたまの隅で真吾は考えた。

（これで、多くの男が女体に迷うんだな。麻薬にひとしいんだな）

真吾に揺さぶられながら、路子は理性的な台詞《せりふ》を発した。

「気持ちいいの？」

「うん、すてきだ」

「あたしには」

ちょっとことばを区切って、

「わかんないわ」

と答えた。

「最初だからです」

しだいに真吾は動きを大きくする。やはり、路子はときどきうめいた。

それは、よろこびを表現するうめきではなく、きしみに耐えるうめきだ。そうわかっているので、真吾は罪をおぼえるのである。

（もうこうなったら、この子を早く楽にさせるために終点を急がねばならない）

ところが、路子の反応が冷静で無感覚的なためか、真吾は快適な感覚のなかをさまようだけで、なかなか上昇気流に乗らなかった。

と、路子が、

「あなた」

ひめやかな声を出した。

「うん」

「なんだか、へんよ」

「へん？」

「そう。へんな気持ち。くすぐったいような、いいような、ああ」

「………」

「どこかへ引っ張られて行く感じ。ああ」

「好いの？　悪いの？」

「悪くはないの」

「もう痛くない？」

「それはすこしだけ」

今度は真吾は路子にあたらしく生じたその感覚をたしかめる努力をはじめた。そのためには、逆に、持続を図らねばならない。

すると、皮肉にも急に感覚は上昇しはじめた。

処女を失なった直後、心やさしい少女たちは迫り来る感傷に身を委《ゆだ》ねて涙にむせぶ。多くの人が真吾に語ったし、小説本などにも書かれている。

おそらく、路子はそうではあるまい。たったひとつの実験をすませただけなのだ。せいぜい、しばらくぼんやりしているくらいなものだろう。真吾はそう考えていた。

ただ、たとえそうであっても、こちらは男としていたわりを示さなければならない。路子の態度によってその手段を考えよう、と自分に言い聞かせていた。

で、路子から離れたあと、横臥《おうが》して抱き寄せ、腕枕してやわらかく背を撫でながら、反応をうかがっていた。

まず最初に、路子は小さな溜息《ためいき》をついたあと、

「最初の男を」

としゃべりはじめた。

「女は一生忘れないんだって」

それに対して真吾は、

「男だってそうじゃないかな」

と答えた。路子を征服したなどという思い上がりはないことを示すためである。

「女はとくにそうなんですって」

路子は真吾のあごを撫でた。

「でも、あたしはどうかしら？　このまま会わなきゃ、忘れはしないけど、そんなに執着はしないと思うわ」

「きみなら、そうだろう」

真吾はうなずいた。

「わかるような気がする」

「あたし今、悲しまなきゃいけないの？」

「さあ、性格によるんじゃないかな」

「悲しくないの。損した気分でもないわ、安心しているの」

路子は真吾をまさぐって来た。真吾は、頂上に達したものの、なお興奮状態のままであった。

ふたたび路子の内部に入りたい欲望が渦巻いていた。それでは路子にとって残酷すぎると自分をいましめているのだ。

「これが、――あら」

小さなおどろきの声。握りしめて来た。

「どうしてなの？」

放射すれば興奮状態は去るという知識は持っているのであろう、とわかった。

「良くなってくれなかったの？」

それまでの甘い響きを含んだ声とちがって、きびしさがこもっている。

真吾は路子を抱きしめた。

「すばらしかったよ。だから、また欲しくなっているんだ」

「嘘《うそ》」

「いや、ほんとうだ。きみは、自分をさぐってみたらわかる。人に聞いてもいい。一回でだめになってしまうわけではないんだ」

「ほんとう？」

「ほんとうだとも。嘘を言ってもしようがない」

「じゃ、信じるわ」

路子はもてあそびはじめた。

「ふしぎ。でも、そのうちにふしぎじゃなくなるのね」

「もう会わないつもりかい？」

「わからない。たとえあたしが会いたいと思っても、あなたがいやなら、しようがないでしょう？」

「ぼくはきみ次第だ」

「二、三日経ったらわかるわ。あたし自身の心理が楽しみ」

「きみのような子には、おそらくもう二度とはぶっつからないだろう」

「ほかの子と、すこしはちがっているかも知れないわね」

「すこしどころか」

路子は低く笑った。普通の少女なら泣くべき状況にいるのだ。

路子の態度に影響されたのか、真吾自身、物理的な実験をしたに過ぎないという気分に領されはじめた。

「さあ、そろそろ着ようか?」

「もうちょっと待って」

「………」

「しばらく、だまってこうしていましょう。こうしたままで考えたいの」

「わかった」

真吾は目をつむり、背を撫でるのを中止した。

路子も指の動きを停めた。しかし、手は真吾からはずさなかった。

時が流れた。

「眠った?」

「いや、起きている」

「まだ、欲しい」

「欲しい」

「じゃ、自由にして」

「いや、自制しよう。あまりいじめないほうがいい」

「お腹《なか》が痛いの。ううん、鈍く、ぼんやりとよ。我慢出来ないほどではないわ」

「じゃ、もうすこしこうしていなきゃ」

「何かしゃべって」

さっきはだまってと言い、今度は語れと言う。表面冷静なようでいて、やはり内部の何かと戦っているようだ。

「何をしゃべろうか?」

「なんでもいいわ。あたし、あなたをもっと知りたくなったわ。それが自分への義務でしょう?」

「ぼくは平凡な人間だよ。きみのように特異な女生徒じゃない」

「あたしの友だちのある子、家出したの」

「どうして？」

「家庭がおもしろくなかったんでしょうね。家出して、学校を中退して、男の人と同棲《どうせい》しているの」

「親しい友だち？」

「ううん、そう親しくない子。同棲している相手は、やくざみたいな男らしいわ」

「かわいそうに」

「一つの状況が自分に耐えがたいからといってよりみじめな状況になるのは、愚かなことだと思うわ」

「その通り」

「あたしが今日あなたとこうなったのは、それとはちがうわ」

「しかしぼくを利用したのはたしかだろう？」

「多分。おこっている？」

「いや、おこるわけがない。実験の片棒をかつがされて光栄に思っているよ」

「おこらないで」

間を置いて、

「好きになるかも知れないんだから、おこられるとつらいわ」

路子は真実味のこもった声でそう言った。

そのあと三十分ほどして二人は起き、服を着た。

板戸を開けて外に出る。

すでに、空に太陽はなかった。西の空は紅《あか》く染まり、林には夕暮が忍び寄ろうとしていた。

路子が真吾に内密に、模様のついたハンカチをたしかめたのを、真吾は知った。

(想像していたよりもはるかに気の強い子なんだ)

普通の少女なら、見るのもこわがるところである。

真吾は言った。

「やはり、紅いだろう?」

「ええ、たしかに」

力んだ顔である。

「それ、どうする?」

「小川で洗って、きれいにして、記念にとっておくの」

「この道を降りて行くと谷がある。水はきれいだ」

「血は、お湯よりも水のほうがよく落ちるの」

あくまでも冷静なそのことばに、しかしもう真吾はおどろかない。

「ぼくも顔を洗おう」

二人は小屋に別れを告げて歩きはじめた。真吾は二度ほど小屋をかえりみたが、路子はうしろを一度も向かなかった。

谷のほとりに出た。清流が岩を噛《か》んで流れている。

「この水、呑《の》める？」

「呑めるよ」

いきなり、路子は川に足を入れた。いつのまにか、靴を脱いでいたのだ。そのまま、顔を流れに浸した。水は波を打ってその髪を濡《ぬ》らした。

ふたたび娼婦

娼婦《しょうふ》みよとの約束があった。十一時に、みよの部屋から見える川の堤に行くのである。真吾は忘れていなかった。ただ、もうほとんど情熱はおぼえなかった。みよが近藤に抱かれたからである。思いがけなく路子という特異な少女があらわれ、妙子と真吾との間でくすぶっていた問題を一挙に解決したからである。それは、みよとの間にも生じた問題であった。その意味で、真吾はもうみよに会う理由を失なっていた。

みよも、あるいは忘れているかも知れない。夜毎《よごと》いろんな男と枕を交わす娼婦なのである。人のおごりで登楼してしかも交歓することなく帰って行った少年のことなど、そういつまでもおぼえているはずはなかろう。

真吾は、行かないほうが賢明で妥当だ、ということを知っていた。部屋からみよは客とともに真吾を見て話題にして興じる、ということも考えられる。

しかし、約束は約束である。義務を感じていた。相手が無責任であっても、こちらは約束は実行しなければならない。

その義務感のなかで、真吾は家を出た。自転車である。釣竿を持ったのは、カムフラージュのためである。魚の釣れる場所ではない。十一時よりも前に、約束の場所に着いた。堤の上に自転車を立て、斜面を下る。釣る用意をはじめた。

と、娼婦の館《やかた》の二階の窓の一つから、白いものが振られた。

(あ)

あの部屋だったのか。女の顔が見えた。

(おぼえていたわけだ)

ふしぎな気がした。奇蹟《きせき》を見る思いである。

(来てよかったたな)

窓はすぐに閉められた。真吾は竿を振って糸を川に沈めた。赤いウキが川面に浮いて立った。

（これでいい。出て来ないかも知れない。それでもよい。そのほうがよい。一時間ばかりここにいて、帰ろう）

真吾はウキをみつめる。川は流れている。ウキはたたずんでいる。川はさざなみを立てている。

みつめていると、ウキは流れに逆らって上流に進んでいるような錯覚にとらわれる。事実は、ウキも流れに押されて、わずかずつながら下流へ移動しているのである。

ウキが小さく上下しはじめた。

（おや？）

おどろきがひろがる。竿を持つ。

（ここで釣れるのか？）

ウキは沈み、瞬間、真吾は竿を上へ向けた。手応えがあった。

釣れたのはスマートなからだに紅《あか》い線を入れたハヤであった。動きの速い魚である。網ではほとんどすくえない。ただ、釣ったあとはすぐに死ぬ。流れのある川でなければ生きられないので、庭の池で飼うことも出来ない。川で泳いでいるのを見ると、その美しいからだの動きが目を楽しませる。釣っても実用的ではない。小骨が多く、食用にしてもそうおいしい魚ではない。自然に自由に生きているのを鑑賞するだけの魚である。

真吾は針からハヤをはずし、ちょっと考えて、川にもどした。尾で真吾のてのひらを鋭く一打ちしてハヤは水中に消えて行った。

ふたたび糸を垂れる。

(妙ちゃんが見たら、おこるだろうな)

そう思った。つつじ山へのピクニックに誘われたのだ。この約束のため、一週間延ばしてもらった。そのことにうしろめたさをおぼえざるを得ない。

こんなことよりも、昨日の路子との妖《あや》しい午後のほうが、はるかに重大な背信行為なのである。それを同程度のように錯覚している。そんな自分が奇妙であった。

下駄の音がした。女の足音である。

(来たな)

真吾はふり返った。ちょうど真吾の真上でみよはたたずんだところであった。白い半袖に紺のスカート、髪は無造作に一つに束ねてうしろに垂らしている。素朴な姿である。普通の娘のかっこうだ。

「忘れないで、来てくれたのね」

「今日は」

もうおれはこの前のおれではないぞ、女を知ったんだぞ、という気負いはなかった。近藤とのことを知っているという気分も生じなかった。たがいに愛撫《あいぶ》し合った仲だというときめきもなかった。自分でも感心するほど平常な心でみよを見た。ただ、みよが普通の娘と同じ服装であることにはほっとしていた。

みよは斜面を降りて来て、真吾に並んだ。ほとんど化粧をしていないようである。脂粉の香もしなかった。

「この前はありがとう」

「そうね。こうしているほうがあなたに似合っとるわ」

みよは真吾から目を離さず、うなずきながらそう言った。真吾は麦藁帽《むぎわらぼう》をかぶっている。作業用のズボンを着用していた。シャツにはツギギレがあてがわれている。これは、いつも真吾が魚釣りや投網《とあみ》打ちに出かけるときの姿である。母の手前この服装で出なければならなかったのだ。みよを異性として軽んじたからではない。

「そうなんです。この前は例外です」

真吾はみよのために草の上に用意のタオルを敷いた。みよは礼を言ってその上に大きな腰を下ろした。

「学校へ行っている？」

「行っています」

「中学校とか女学校とか、どんなところでしょうね」

しんみりしたことばである。小学校の高等科を出て働かねばならなかったみよの嘆きが、そこにこもっているようであった。

「たいしたところじゃないんです」

「あの夜、お母さんに何か言われんかった?」

「いや、何も」

真吾は首を振った。

「信用があるんだ」

普通の年上の女性に対している気分であった。おれはこの女のからだをまさぐり、この女はおれを愛撫《あいぶ》した。その意識はある。しかし、隅に小さくあるだけで、真吾の心理にあまり影響を与えていない。

「そうでしょうね。あんたは、じっさいに信用に応《こた》えたんやから」

さっきの一匹のハヤはどうしたはぐれ魚だったのか、ウキはそのあと波間にただよっているだけである。

(ハヤはあの路子かも知れない。この女は、もっとたくましく出来ている。あの夜がはじめて

だとすると、あれからいろんな体験があっただろうに、応《こた》えてはいないようだ）

「近藤に、あれから会いましたか？」

あれから、とは近藤を楽しませてから、という意味である。

「聞いたのね」

みよは真吾の腕に手をかけた。

「しようがなかったんよ。おこらないで」

声の調子に女がにじんだ。媚《こび》がこもった。しかし、みよは真吾に弁解する必要はないのである。

「いや、おこってはいません」

「でも、おもしろくないやろ？」

「びっくりしただけです」

「あの子も、もう来ないやろうね」

「行くと言っていました」

「来ないほうがいいの」

真吾はなじる目でみよを見た。みよはつけ加えた。

「あの子のために」

「それはそうだ。あいつは一高か三高を目指してがんばらなきゃいけない」

「あんたも？」

「さあ、ぼくはどうかな？　あいつとは、学年で席次が十番ちがう。あいつは、自分では劣等生ぶっているけど、ほんとうはたいへんな秀才なんです。秀才であることをはずかしがっているところがある」

「あんたは？」

「ぼくは普通」

「あの子はそう言わんかった」

「それにしても」

真吾はさっきみよが手を振った窓を見やった。

「よく出て来られたなあ」

籠《かご》の鳥ということばが胸に浮かんだ。売られてきた女なのである。これでは、逃げようと思えば逃げられるではないか？

「あら、いつも出とるんよ。みんな、映画にもよく行くよ。今度、映画を観て、何かご馳走《ちそう》して上げようか？」

「うん、そのうちにね」

真吾はあの夜以後のみよの生活に興味を持っていた。こうしてここに来ることについてのもっとも大きな関心事であった。

けれども、職業が職業だけに、問うことができない。

それで、

「病気はしなかったですか?」

と訊《き》いた。環境や生活様式の変化が体調をくずさなかったか、という意味である。

ところがみよは、

「あら」

ふくれっ面《つら》になった。

「うちたち、だいじょうぶよ。ちゃんとしとるんやもの。病気の心配はないわ。パンスケとちがうんやから」

勘ちがいしたのだ。パンスケとは街娼のことで、非合法の無断営業である。衛生検査もない。戦後の性病流行に大きな役を果たしている。それと公認の女郎とはちがうことぐらい、中学上級生になればだれでも知っている。真吾も知っている。

「いや、そうじゃない」

プライドを傷つけたと知って、真吾はあわてた。

（女郎だって、安全ではない）

あたまの隅を反撥《はんぱつ》がかすめたが、みよと議論すべきことではない。手を振って、

「普通の病気のことなんだ」

「あ、そうか」

素朴な人柄なので、みよはすぐに了解した。

「ありがとう。ずっと元気よ」

「食事はいいの？」

「うちは良いお客さんが多いからね。毎晩、ご馳走を食べとるわ」

宴席での豪華な料理がよみがえる。

「普通の食事は？」

「配給米なんか、食べたことはないの。それぐらいのぜいたくはさせてもらわなきゃ」

だんだんいろんなことを質問出来そうである。他には共通の話題はない。妙子とも路子ともちがうのだ。

「朝は何時？」

「たいていはお客さんが帰ったあと。だからみんないっしょじゃないの。部屋でお客さんと食べることもあるんよ。自分持ちでお客さんにご馳走する子もいる。もちろん、まわりまわって、

結局はお客から金は出るんやけどね」

「なるほど」

表面を見ただけで内幕はまったくわからない世界である。店によっても街によってもしきたりはちがっていることであろう。

「お腹が空《す》くんよ」

みよは今度は真吾の上に手を置いた。重みをかけた置き方である。

「あんなにお腹が空くもんとは思わんかった。恋愛しとるときには気がつかなかったんやね」

「労働だからな」

「いろんな客がいるわ」

「もう馴《な》れた？」

「まだまだ。うちはまだ普通の女ね。お客さんの顔をまともに見れんし、胸がどきどきするもん」

「みんなインフレに苦しんでいるのに、どんな客が入るのかなあ」

「いろいろ。警察署長も来るわ。学校の先生も来る。労働組合の幹部も来る」

真吾はおどろかない。法や倫理を説くおとなたちのタテマエと本音が正反対であることは、敗戦のときに身に沁《し》みて知っている。

「うちの学校の先生も？」

「何人も来るわ。一人、うちの客になった」

当然、興味は深い。

「だれ？」

「ふふふ」

みよは笑った。

「秘密。言ってはいけんことになっとるの」

「知りたいなあ」

生徒の近藤が抱いた女を、その教師は抱いたわけである。

「だめ」

みよは座り直して真吾に寄添って来た。白昼である。見晴らしの良い場所だ。しかも、相手は路子ではない。もっと離れたい。

しかし、それを言っては気分を損なわれるおそれがあるので、真吾はだまっていた。

「これぱっかりは言えんと」

その口調にはこどものないものねだりをたしなめる響きがあった。

「そうだろうな。ま、いいや。ほかにどんな人たちが行っている？」

「建築関係の人とか、選挙の関係とか。うちは料理も出す二重営業やからねえ」

「普通は、料理は出さんのか？」

「そりゃそうよ。普通の家やったら、客はこれをしに来るだけ」

いきなり、みよの手は真吾の股間《こかん》に伸びた。適確な動きで、まともに握った。真吾はあわてたが、もう遅い。あきらめて、ゆっくりとその手首を握り、はがそうとした。しかし、この前も感じたことだが、みよの力は強い。ますます強く吸いついてきて、ついに真吾はあきらめた。

「じゃ、あなたは、お客さんの酌をするだけでも良かったわけだ」

「そうはいけんわ」

みよは指を各個に動かしはじめた。

「借銭があるし、うちだって生身《なまみ》の女なんやもの」

「もう何人の客をとった？」

「あんたが最初で」

「いや、ぼくはちがう。客になりそこなったんです」

「そうね」

あっさりとみよは真吾の主張を認めた。素直である。真吾はほっとする。

「それじゃ、近藤さんが最初で、それから」

算《かぞ》えはじめた。一週間しか経っていない。真吾の勘定では、多くて八人のはずである。ところが、みよは十一人まで算えた。

「そんなに？　おかしいじゃないか」

「一晩に二人ということもあるんよ」

「はあ」

「泊る客ばかりじゃないからね。そんな客にかぎって、短かい間に何回ものしかかって来る」

みよの愛撫によって、自然に真吾のからだはふくらみ、かたくなった。

「ああ、安心したわ」

とみよは言った。

「もう嫌われたかと思うた」

「いや」

真吾は自分の名誉のために弁明した。

「これは機械的な現象なんだ」

みよはあたりを見まわした。

「だれも来ないわ」

もう一方の手も添えて、ボタンをはずしにかかった。真吾はそれを拒む。しばらく、無言で争い、ようやくみよは作業の進行をあきらめた。

「なんだか、お勤めがつらくはなさそうみたいだな」

「たみちゃんは、つらいと言うとるわ。よく泣いとるもんね」

「うむ」

「でも、うちはそうでもない。つらいのはこれからやろうけど、今はめずらしくてしようがないもん。男って」

腰をさらに押しつけて来た。

「みんな、ちがうもんね。体格も、方法も、いろんなことも。うちは、ひょっとしたら生まれつきの女郎さんかも知れんわ」

そのことばやさっきからの積極的な行為は、普通の娘の服装や化粧していない浅黒い顔に似合わないものであった。

(女は、外からではわからんものだ)

強くそう感じさせられるのである。

娼婦の操

みよがズボンの上から愛撫《あいぶ》することは、真吾も認めている。で、みよはそれをつづけながら、

「ほんとうは、あんたにもう一度来て欲しいの。見てもらいたいものがあるんよ」

と言った。

「行けるわけがない」

そんな金はない、とはみよへの理由である。そんな心理にはならない、というのが本音であった。

しかし、「見てもらいたいもの」ということばには興味が生じた。で、それを問うた。

「ううん、ちょっとしたもの」

みよは言いたがらなかった。それを問いつめて、ようやく真吾は、それが小学校時代の写真や通信簿であることを言わせた。みよは真吾から手を引き、両手で自分の膝小僧《ひざこぞう》を抱え、前方遠くにうす青く煙る山脈に目をやった。

娼婦《しょうふ》になったばかりの少女の悔恨と悲しみと嘆きに触れた思いで、真吾はだまった。こうして会いに来て、よかった。そう思った。みよは、娼婦である以上に生きている一個のいのちで

あることを、ふいに思い知らされたのだ。

自分自身の気負いや欲望や弱さにかまけて、それを感じる余裕が、真吾にはなかった。欲望の対象の女としてしか、みよを考えていなかった。目から鱗《うろこ》の落ちた思いである。

低く、真吾は言った。

「小学校のときから、可愛《かわい》い顔をしていたでしょう。きっと、成績も良かったでしょうね」

「副級長を、五年までしていたんよ。六年のときは、女学校に入る予定のお医者さんの子がなったと」

小学校は共学である。男子が級長になり、女子が副級長になる。六年になって、進学の希望がなく、したがって内申書の必要のないみよはその座を追われたのだ。それはどの学校でも行なわれていることであった。真吾の胸のなかを風が吹いた。

「親を怨《うら》んでいますか？」

「いいえ」

みよは首を振った。

「運命やもん。親だって、一所懸命働いたんやもの」

「世の中は矛盾だらけだからなあ。今度会うときは写真を持ってきてください」

こどものころの写真や成績表を行李《こうり》の奥に入れて売られて来る。その心情はまっすぐに理解できた。

「うちの部屋に来られんことはない。金は、うちがお店に払えばいいんやもん」

間夫《まぶ》のために遊女がそうすることがあるとは、真吾も物の本で読んで知っている。しかしそんなことをすれば、借金は減るどころか増えて行き、女は苦界《くがい》から身を脱することができなくなるのである。多くの純情な遊女はその道をたどった。それを知りながら、女は心のよりどころを求めてそんな男を作るのである。

(この人も、やがてほんとうにそんな男を作ってよけいに苦しむことになるかも知れない)

真吾は首を振った。

「そんなことをしちゃいけない。早く年季が明ける努力をしたほうがいい」

「どうせ、同じよ。あんた、蟻《あり》地獄を知っておる？　うちなんか、それに落ちたようなものなんやから」

「まだ若いのにそんなこと言っちゃいけない。賢明な女はうまく脱出すると聞いていますよ。好きになるんなら、金持ちを好きになればいいんだ」

真吾の知らない世界の話である。知識を総動員させてしゃべっていた。ただ、生きている以上完全な絶望はない、というのが真吾の世間知らずを承知の上での信念であった。

「そうね。出来るだけそうしましょう」

急に語調を変えて陽気にそう言うと、みよは真吾の肩を抱いた。一方の手を、また真吾の股《こ》間《かん》にあてがってきた。ふたたび現実にもどった感じである。なまなましい女になった。

「あんたはうちの弟になって」

「弟にはそんなことをしない」

真吾は逃げなかった。口では非難しながらも、みよの手を歓迎する分子があった。

「義理の弟やから、いいの。それに」

みよはつけ加えた。

「うちがあんたに出来るサービスはこれくらいなものやもの」

女というものが真吾にはわからない。天使と悪魔が同居しているようだ。わからないのが、女かも知れなかった。

またみよは、真吾のズボンのボタンをはずしにかかった。真吾はあたりを見まわした。だれもいない。

やわらかくなっていた真吾のからだは、みよの手の刺激でふたたびよみがえっていた。みよの指はそれに直接触れ、さらにもぐり、握りしめた。

「そんなことをしても、ここじゃどうしようもない」

「口で吸うてあげたい。呑《の》ませて」

みよは真吾を出そうとした。真吾はその手を押さえた。

「ぼくとあんたは、こういうことはしないほうがいいと思う」

みよは握力に強弱をつけ、指を微妙に動かしはじめた。

「うちはこんな女やから、いいの」

「どっちにしても、こんな昼日中《ひるひなか》、こういうところではいけない」

「そうね」

みよは溜息《ためいき》をつき、真吾の頬《ほお》に接吻《せっぷん》した。

「だから、来て。うまく行けば、お店に知られなくてすむこともあるらしいよ」

「あなたは、ぼくがあの晩あのまま帰ったから、意地になっているんでしょう?」

「ちがう、ちがう。好きになったんよ。うちなんかがこんなこと言うとおかしいかも知れんけど、ほんとうよ」

女郎のことばである。眉《まゆ》に唾《つば》をして聞いておいたほうがいい。そう自分に言い聞かせながらも、みよの声は甘く響いてくるのである。みよは、真吾をたぶらかしても現実的な利益はないのだ。

「ね、吸わせて。お客さんには、こういうことはせんのよ。だから、したいの」

肩に置かれた手がはずれた。

みよは真吾の腿《もも》の上に上体を折った。強引に、真吾は露出させられた。真吾は抵抗を弱めたのである。

周囲を見まわす。

やはり、だれもいない。堤は東西へ延び、歩いている人影はなかった。前方対岸のその向こうの家からは、二人の男女がいることぐらいはわかっても、こまかなことは見きわめられない。

「人が来た」

そう言えばみよはあわてて真吾をしまって離れるだろう。しかしそういう嘘《うそ》をついてまでみよを拒むだけの意志は、すでに真吾にはなかった。

みよはさらに顔を低くした。肩が真吾の胸を押す。真吾は上体を後方へ引き、両手で重心を支えた。

みよのくちびるが真吾に触れた。真吾は草の上に仰向けになり、抵抗をやめた。麦藁帽《むぎわらぼう》が歪《ゆが》んで顔にかぶさったので、それをはずして、みよのあたまにかぶせる。

それは、人があらわれてもみよが何をしているかを見せないためであり、みよの行為を認めるかたちになった。一方では、真吾の視野をひろげて人の姿を発見しやすいようにしたのである。

みよは真吾を口に含み、舌で戯れはじめた。帽子が動く。

（上手だ）

（客にしていないとすれば、別れた恋人に教わったのだ）

快美な感覚が真吾のからだを流れはじめていた。

目をつむりそうになる。

それでは危険なので、目を開ける。

ふと、強く噛《か》まれた。

痛みは感じない。

（噛み切られたらたいへんだぞ）

みよが心中を企《くわだ》てていないという保証はないのである。

（まさか、そんなことはあるまい）

みよの舌はまわり、あるいは律動する。歯も二つのくちびるも、基底部を押さえている手も、それぞれに機能的に動いた。男の敏感な場所をよく知っていた。

真吾は急上昇しはじめた。

みよの肩をつかんで引いた。

「もういい」

みよは首を振って続行の意志を表明した。

「もう、だめなんです」

真吾のそのことばで、みよの愛撫はなお急になった。真吾を頂上へみちびこうとしているのは、あきらかであった。

(ほんとうに呑むつもりなのか?)

その男をほんとうに好きでなければ呑めないはずだ、という推測が真吾にある。

(口に射出しても、吐くつもりだろう)

はたしてどうするか?

それを見きわめたい欲求が真吾に生じた。

(よし、もうこうなったら)

感覚に浸《ひた》る前に、今一度周囲をたしかめる必要がある。

首をもたげて、真吾はあたりを見まわした。やはり、人影はない。野は初夏の暑い空気のなかでひろがっていた。

真吾は上昇する姿勢になり、それを示すためにみよの肩を撫でた。

その寸前、真吾はそれをみよにさし迫った声で予告した。みよに口をはずす余裕を与えたのである。

みよは逆に、さらに深く真吾を呑み、動きをはげしくした。

めくるめく瞬間が、苦痛をともなって真吾に訪れた。それは大きな波となって襲い、その上にさらにあたらしい波がかぶさり、三重四重にかぶさった。

真吾はうめきを発し、からだをのけぞらせて硬直した。

みよは真吾をはずさなかった。真吾は痙攣《けいれん》する。

「あ、今」

そう言ったのは、理性をふりしぼって逃げる最後のチャンスをみよに与えたのだ。

みよは逃げずに真吾を受けた。

(こんなつもりじゃなかった)

その思いのなかで波はさらに襲い、絶頂感は長くつづいた。みよは動きを中断させなかったのである。

「もういい。もう」

やがて真吾が強く肩をたたき、みよは静止した。

真吾は呼吸を整えながら、みよの動向に注目した。

みよは真吾から顔を離すと、すぐに顔を向けた。

頬は火照《ほて》り目はいちじるしく潤んでいた。くちびるも濡《ぬ》れていた。

「呑んでしもうた」

そう言った顔にはどういうわけか泣き笑いがにじんだ。両手は真吾をかばっている。

真吾は上体を起こした。

「早く帰って、口をすすがなきゃ」

「いや」

みよは首をはげしく左右に振った。

「そんなこと、しないもん」

そのあとみよは真吾の服装を整え、腰を抱いて、身をすり寄せてきた。

「信じないやろうけど、はじめてよ」

「………?」

「こういうことをしたことじゃないの。呑んだのは、はじめて」

「どうして?」

真吾はみよにいじらしさを感じはじめていた。年上の娼婦なのに、ふしぎな心理のなかにただよっている。快美感の余韻もなお尾を引いていた。

「何回も、彼に、そう言われたんよ。でも、よう呑まんかった。吐き出していたの」

「………」

「おいしかったわ。あんたを好きやからよ」

殺し文句である。しかし、身を挺《てい》しての行為であったのは事実なのだ。

「ああ」

みよは一方の手で真吾の腕をつかみ、からだを密着させてきた。

「歯がゆい」

「…………」

真吾は無言でみよの肩に手を置いた。はじめて親愛の情を示したのだ。

絶頂感が去ったあとは自己嫌悪と後悔と相手への疎《うと》ましさを感じる。愛情のない男女の交歓の結末はそうなるものだ、という知識がある。

真吾はそれを予期していた。

そうではなかった。

かすかな後悔は体内に流れている。しかし、みよへの疎ましさは、まったくなかった。自分が加害者のような気がするのだ。

「まだ客にはだれにもしていない？」

「していないよ。ほんとう。うちなんか、嘘を言うてもしようがないでしょう」

「しかしぼくは」

真吾は勇気をふるった。

「あんたを好きになることはできんのだ」

「知っとるわ。ただ」

みよはあたまを真吾の肩に預けた。

「ときどき、こうして会えばいいんよ」

真吾はみよのからだに触れていない。それなのに、みよは満足そうであった。

真吾は仰向けになった。もう服装はきちんとしているので、堤の上から人に見られてもかまわない。

みよも真吾に並んで草の上に寝た。

「近藤に言っていいんですか?」

「もちろん。いい」

「あいつとは何も約束しなかった?」

「うちたちはね」

しんみりした口調である。

「いつも約束するんよ。約束しても、うちたちは何もしない。だから、お客さんに約束させるだけ」

「そうかあ」

「お客さんは、約束しても、それを守る義理はないと。おたがい、調子のいいこと言い合うと、仲好う別れるんよ。お客さんを送り出すときが一等たいせつやと、はじめに教わったわ」

「それはそうでしょうね」

「別れるときはいつも約束。からだよりもことばがたいせつなんやって。あんたはこれから社会に出て、お金を儲《もう》けて、つきあいで女と遊ぶやろうけど、女の言うことなんか、信じちゃいけんよ。みんな、商売のことばなんやから」

「肝に銘じておこう」

「うちだって、これからどんなあばずれになるかわかりません」

「…………」

じっさいにわからない。そんなあんたではない、とは真吾は言えなかった。

「ね」

「うん」

「よかった？」

「よかった」

「うちも、あんたを欲しい。ああ、今が真っ暗な夜やったらいいのに」

「…………」

「どうしても、来てくれる気はないん？」

「………」

「写真を見るだけでいいから来て」

「それでも、店に知られたら、料金がいるんでしょう？」

「そのことは心配せんどいて」

「いや、する。いったい、いくらかかるんです」

「気にせんでいいと」

みよは上体を起こし、きらめく目で真吾をみつめた。その額には汗の玉が浮いていた。汗は、鼻のあたまにも載《の》っていた。娼婦ではなく農家の娘の匂《にお》いを、真吾は嗅《か》いだ。

白いつつじ

つつじ山に妙子と行く。真吾は正直に母にそう告げた。

聞くと、妙子もその母に、その通りに言って出て来たようだ。

「お弁当を二人前作るんだもの。嘘《うそ》を言わないほうが気らくだもの」

その弁当を入れた紡績糸の袋と水筒を、妙子は持っていた。水筒には麦茶が入っている。白家製の麦茶である。

真吾は、人目を気にしないでゆっくりと出来る場所が発見出来れば、妙子と結ばれるつもりであった。

もちろん、その中心になっているのは、欲望である。また、好きだという感情であった。それだけではない。行きずりの少女と言ってよい路子と結ばれたのになお妙子に距離を置いていることに、うしろめたさを感じはじめていたのだ。

路子は行きずりの、責任を持つ必要のない特異な女だから良い。妙子は好きだからたいせつにしなければならない。それが、路子を抱いたときの真吾の自己弁護であった。

その自己弁護が力を失ない、逆の心理が強まってきたのだ。

それに、もう妙子とは結ばれたほうが自然だ、という観念が、真吾を領していた。

こうして会う時間の打合わせをしたとき、

「山で、妙ちゃんがおれのほんとうの彼女になる。そのつもりで来られるかい?」

真吾ははっきりとそう言った。女にはいろんな都合があるだろうから予告していたほうがいい。そう考えたのである。

そのとき、一瞬妙子は動きを停め、こわばった。一呼吸して、無言でうなずいたのである。

もうはるか以前から、妙子は真吾の決断を待っていたのだ。おそらく妙子は、真吾のその決断が真吾の妙子への愛情の深まりの結果だと解釈したにちがいない。

つつじ山は、季節から言って当然のことながら、つつじの花は咲いていなかった。登る山道の左右に、大小さまざまなつつじの木がつづいている。

「日蔭《ひかげ》のどこかに咲いている花もあるだろうな」

「このつつじ、自然に増殖したのかしら？　それとも、最初はだれかが植えたのかしら？」

「最初はだれかが植えたらしい。地質に適していたんだな。こうして全山にひろがった」

もちろんつつじは、松や櫟《くぬぎ》や椎《しい》などの大きな樹の間に点在しているので、つつじだけで全山をおおっているのではない。

山道は曲がりくねってつづく。空は、青空と白い雲とが相半ばしていた。晴れたり曇ったりした。軽い風があり、蒸暑さはそう感じなかった。それに、木蔭の湿地帯がつづいたりして、登る苦労はなかった。

真吾の胸には、いよいよ今日妙子のからだをたしかめる、という重要な問題が渦を巻いている。

おそらくそれは、妙子も同様にちがいなかった。

しかし、二人はそのことにはまったく触れなかった。妙子は遠足に来た小学生のように振舞った。

頂上に、無人の神殿がある。毎年秋に、そこで豊年感謝の祭典が行なわれる。二人が目指しているのはその神殿であった。そのあと適当な場所を選んで弁当をひらく。食後、二人だけの祭典を行なうのが、真吾の予定であった。その順序は、妙子も暗黙のうちに了承していることであろう。

路子も処女であった。路子は愛撫《あいぶ》の体験すらなかった。それでいて、真吾は失敗しなかった。たがいのからだに目や口や指で馴《な》れている妙子とは、もっとなめらかに進展するはずであった。第一、妙子に対しては、良心にとがめられることなく、「愛」を語ることができる。

山道はしだいに細くなり、でこぼこが多くなった。大きな石が道の中央にころがっていたりした。

また、坂は急になったりゆるやかになったりした。妙子は手にしたハンカチで、たえず、流れる額の汗を拭《ぬぐ》った。

たしかに、スポーツとしてのハイキングである。山の空気を吸い、頂上に立って平野を見下ろしたい。

両方の親たちはそう理解して、この山登りを許した。

「気をつけるのよ」

母が真吾にそう言ったのは、危険な崖《がけ》に近づかないことや無茶な冒険を避けるように、という意味であろう。

しかし、やはり真吾も妙子も、ほんとうは、「二人だけの世界」を求めてこうして人里から遠ざかりつつあるのだ。

いつもひそかに会っている林の中や路子と情熱のひとときを過した炭焼き小屋は、やはり油断なく周囲に気をつけなければならない。妙子との最初の場所にふさわしくなかった。

「朝の七時に会ったでしょ？」

ひとつの坂を登って今度はやや下り気味の道をたどりながら、妙子は真吾に並んだ。

「山を下りて家に帰りつくのは、やはり七時ごろになるでしょう？」

「それくらいになるね」

頂上で三時間以上は遊ぶ予定だ。頂上に至るまでにも、妙子をいたわって何回も休息する必要がある。

「そうすると、真ちゃんと二人だけで、十二時間いっしょにいることになる」

「そうなる」

「こんなに長い時間いっしょにいること、はじめてよ」

「いつも、一時間から、多くて二時間ぐらいだからな」

「それだけでもうれしいの」

左手が谷になり、大きな岩が突出していた。

「あの岩の上で休もうか」

「うん」

二人は道を外れ、やわらかい土を踏んで岩に近づいた。足場をたしかめて、腰を下ろす。妙子も並んだ。

谷から風が吹き上げて来る。上は大きな桐《きり》の葉がおおっていた。すぐに汗は引き、涼しくなった。

「もう、どのくらい登ってきたかしら?」

「まだ半分には達していないよ」

二人は今日はじめてのくちびるを合わせた。挨拶《あいさつ》程度のあっさりとした接吻《せっぷん》になった。けれども、真吾のからだは興奮状態になり、それを妙子に触れさせたくなった。

まだ目的地までは時間がかかる。途中でそういう雰囲気になってしまっては慢性化して感激がうすれるので、自制する。

「さあ、そろそろ歩きましょう」

と言ったのは妙子であった。真吾はうなずき、二人は立った。そこで妙子は急にくちびるを求めて来て、

「好きよ」

と言った。なぜ急にそんな気になったか、わからない。

二人はまた山道を登りはじめた。

だれにも会わない。

世相は暗く、血なまぐさい事件が、連日新聞をにぎわしている。都会ばかりでなく、農村地帯でも犯罪は頻発している。

山中で無法者に襲われるおそれがないとは言えない。そのときはせめて妙子だけは逃がして格闘するつもりで、真吾は妙子にひそかに、持って来た小さな鞄の中に、短刀を用意していた。勝つことはできなくても、相手をひるませることは出来るし、場合によっては同じくらいの傷を負わすことが可能なのである。もちろん、食糧も金も保管されていない山の中によからぬ目的を持ったやからがうろつく理由はない、とは楽観していた。ただ、女の子と人のいない場所に同行するときは、それぐらいの気がまえが必要なのだ。

道はさらに小さくなった。左右の樹の種類が変わってきた。つつじも少なくなった。

「あら」

妙子がたたずんだ。

「つつじが咲いているわ」

見ると、右手の斜面の暗い場所に、白い花がいくつか咲いていた。

二人はそばに寄ってみた。やはり、白いつつじであった。

「やっぱり、咲いていた」

真吾は感心した。季節はずれの花も場所によっては咲くことがあるという実証を見たのである。

「大きいわね」

「うん。大きく、青みがかっている」

青みがかっているのは周囲の色が映えているせいかも知れない。大きいのは、たしかであった。

「帰りに、持って行きたいわ」

「おぼえておこう」

二人はいくつかのつつじの花を摘んで、その蜜《みつ》を吸った。

神社は狭い台地の上に古びて立っていた。神楽《かぐら》を奉納する建物もあった。長い間だれも手を入れていないのはあきらかであった。

二人は特にそれらに興味があるわけではない。また、信仰心もない。それでも、習慣にしたがって、柏手《かしわで》を打った。ママゴトめいた気分である。

「戦後は、ここで何か行事をしたことは、一度もないらしいわ」

「ほう、そうなのか？」

「戦争に負けて、日本の神さまは信用されなくなったんでしょう」

「神風が吹かなかったからな。しかし、農家はおかげで闇米《やみごめ》で儲《もう》けているんだから、感謝していいはずだがなあ」

「神社は村にもあるからでしょう」

「そうだな。日本はいろんな神さまがいるから、つきあうのもたいへんだ。どさくさの時代だから、身近な神さまだけとつきあっているんだろうな」

一方では真吾は、神殿で妙子を抱くことはできないものか、と考えていた。その目で、神殿を覗《のぞ》いた。

暗くて、埃《ほこり》っぽい。かび臭い感じであった。その床に横たわれば、妙子の白いブラウスはたちまち汚れるだろう。

やはり、外のほうが良い。

二人は神社をあとにして南へ歩いた。視野が開け、遠くの山や野や川が見えた。川は白く見えた。

見晴らしの良い日蔭の平地があった。そこに、用意の新聞紙や風呂敷を敷く。腰を下ろし、妙子は濡《ぬ》れたタオルを真吾にさし出した。それで手や顔を拭《ふ》く。弁当をひろげた。

まだ正午には間があるが、非常な空腹をおぼえている。

「考えてみればおれたち、運動部員以外はあまり日ごろ運動していないな」

「でも真ちゃんは、日曜日などは、裏の畠《はたけ》を耕したりしているんでしょう?」

「ちょっとだけね。手伝いのまねごとをしているだけなんだ」

妙子の作ってきた弁当は豪華なものであった。巻寿しを主として、別に野菜や竹輪《ちくわ》類の煮付けなどもある。

「ほう、これはご馳走《ちそう》だ」

「かなりわがままを言って使ったの」

「女学生たち、いつもはどんな弁当を持って来ている?」

「中学生と同じでしょう?」

「いや、やはりちがうはずだ。女学生には見栄があるからな。おれたちは、梅干しだけとかタクアンだけという連中のほうがいばっている。麦やじゃがいも混じりのご飯だけ持って来て教室中を歩きまわりながら、おいしそうなおかずを持って来ているやつのをつまむ。これが自由平等のデモクラシーの実行だと言っている」

「同じ家から中学と女学校に通っていたら、差別はできないでしょう」

「いや、やはり女の子のほうにはいろいろ気を遣うんじゃないかな。中学はそういう風習だから、生徒たちはまったく気にしない。だいたい昼休みに弁当を食べるやつは軽蔑《けいべつ》されるんだ」

話をしながらのんびりした昼食がすんだ。真吾は満腹した。

（急ぐことはない）

だれも来ない。

しかし、ここは見晴らしが良過ぎる。万一人があらわれたら、かくれることも出来ないのである。

（場所をさがさなきゃならないな。しかしとにかく、ここでしばらく休息しよう。急いで場所をさがしたら、いかにもそのために来たようなことになる）

真吾は寝そべった。妙子も後かたづけをして真吾の横で仰向けになる。

白雲が浮いていた。

（路子のときと、状況も条件もかなりちがっている）

（あれから、あの子はあらわれない。実験がすんで、もうおれには用がなくなったのかも知れない）

へんな女ではある。自分の内部に再会への希求が生じるのではないか、と真吾はひそかに不安に思っていた。

しかし、

(会ってもいい)

という心理は意識しても、

(会いたい)

という切実な心理は生じなかった。

今も同じである。それはおそらく、真吾にとって路子だけが異性ではないからであろう。あのあくる日にはみよに会って濃厚な愛撫を受けている。妙子がいる。妙子との長く深い交情の道程のなかで、ふと脇道《わきみち》にそれて道草を食った。真吾は自分の行為をそう認識しているのだ。そのことが自然に、路子への執着を生ぜしめない力になっているにちがいない。

「ね、何を考えているの?」

「これからの人生さ。妙ちゃんとぼくの」

「あたしが年上だということ、気になっていない?」

「全然」

「そんならうれしいけど。あたしは幼稚だから、年下と同じよ」

「ときどき、そんな気もする」

「いつもそう思って」

妙子は上体を起こし、何やらしていたが、向きを変えて上から真吾の顔を覗き込むかっこうをした。

目が合った。

妙子は歯を嚙《か》み合わせたまま、くちびるをひらいた。

歯と歯の間に、金色のあめ玉がはさまれていた。

そのまま顔が近づく。

口移しするというしぐさである。目が笑っている。

真吾は口を開けた。

口は合い、あめ玉は真吾の口に移った。肉桂《ニッケ》の鮮烈な味が、真吾の口にひろがった。

「ほう、ニッケ玉だ」

「このごろ、めずらしいでしょう。母が知った人からもらって来たの」

出まわっているのは、闇の澱粉《でんぷん》で作った菓子類である。肉桂を使う余裕などはない。戦前はありふれたあめ玉だったが、戦後の今はめずらしい。

「戦後はじめてだな」

「この前会ったときも、家にあったの。今日味わってもらおうと思って、だまっていたの」

妙子の顔は真吾の真上から離れない。真吾の顔を情のこもった目でみつめている。

(はじめたがっている)

真吾はそう直感した。これまでの妙子とのつきあいで、はっきりとわかるのである。

反射的に、真吾のからだはふくらみはじめた。

真吾は右腕を伸ばして妙子の左の乳房をつかんだ。妙子は逃げない。胸を下げてきた。

ゆっくりともむ。

(ここで、いいだろうか)

人は来ないだろう。出来れば、この場所が理想的なのだ。

鳥は舞う

結局、場所は変えないことになった。真吾の意図はすぐに妙子に通じ、妙子も同意したのである。

明かるい太陽の下である。人里は眼下に遠い。空には鳥が舞い、樹は風にそよいでいる。真吾は妙子のブラウスもスカートも脱がせなかった。万一人があらわれたときに困るからである。

真吾自身は、下半身だけ脱いだ。真吾の場合は、人があらわれても、そうあわてることはない。いつもの愛撫《あいぶ》からはじまった。時間はある。急ぐことはない。

もう妙子は何も言わなかった。ことばであらためてたしかめる必要はない。これからの営みは、タブーとされてきた。そのタブーを解き、自然に委《ゆだ》ねるだけなのである。

状況は進み、妙子は燃えた。その耳に、真吾は予告した。妙子はうなずいた。

妙子自身の意志にかかわりなく生じる抵抗を、真吾は予想していた。

その抵抗を排除して進む非情さが必要だ、と自分に言い聞かせていた。

その抵抗はほとんどなく、状況はなめらかに進んだ。真吾は妙子をみつめる。これまでの親密さの極限を感触したのだ。

四肢をさらに強くからみ合わせた。

「いい？　何か感じたら、強く抱きしめたほうがいい。逃げちゃいけない」

「ええ。わかったわ」

瞬間、高度な熱さが真吾を襲った。妙子の処女を感じた。真吾は呼吸を停めてまっすぐに進んだ。真吾が要請した通り、妙子は抱きしめて来た。逃げようとする本能的な動きをきつく封じて逆の方向に身を投げたことが、動きのなかのニュアンスと低いうめきでわかった。

熱い締めつけのなかに真吾はいた。路子とのときに生じた感覚と同じで、あたらしい世界に入ったことがはっきりと意識された。

真吾は休まずにさらに進む。強引にのめり込む感じであった。妙子は真吾にしがみついて、短かいうめきを発しつづけた。

腹と腹とが密着し、真吾は停止した。妙子のなかの真吾全体の部分が、重畳《ちょうじょう》した鉄の輪に締めつけられる感じになった。妙子のからだ全体もこわばっている。吐く息も吸う息も大きく震えていた。それでいて真吾を抱きしめて離そうとはしない。

真吾は左手で妙子の髪を撫《な》で、

「からだをらくにして。肩の力を抜いて」

と言った。その声は、やはり上ずっていた。妙子は小さくうなずき、肩の力を抜くのが感じられた。しかし、秘境はゆるめられない。

「痛かった？」

真吾の質問に、目をつむったまま妙子はうなずく。「痛い」ということばを、妙子は言わなかった。短かいうめきがそれを表現しただけである。おそらく、言えば真吾がひるむと考えたからであろう。

真吾はくちびるを求めた。妙子ははげしく吸い、すぐにはずして大きく息を震わせた。呼吸が、長い接吻《せっぷん》に耐えられないのだ。

妙子の内部から、早い脈搏が伝わってきた。それは、真吾の、極限にまで張りつめたからだの基底部に訴える。

真吾は妙子を抱きしめたまま動かず、その訴えに耳を傾けた。

(傷口が、痛みを告げつづけている)

いのちの訴えだ、と真吾は感じた。ついに妙子とひとつになった、という認識は生じていた。しかし、それによる勝利感は訪れなかった。それよりも、妙子をいじらしく思う心でいっぱいであった。妙子の頬《ほお》も胸も腋《わき》の下も熱い。火のかたまりの感じであった。もう離れられなくなったのだ、と思った。

動いて頂上へ向かうのが、欲望の原点のはずであった。しかし、その欲求をほとんど感じなかった。すでに目的は完遂されたかのような心理になっていた。妙子のなかの真吾はその真吾の心理に、ほんとうは逆らいたがっているはずであった。妙子の心臓の鼓動と同じ訴えを受け、上昇をつづけている。しかし、真吾のセンチメントに柔順であった。

こうして静止しているかぎり、妙子の呼吸周期はしだいに収束して行く。そう考えて、真吾は動かなかった。いたわらねばならない。

妙子の耳に真吾は口をつけた。耳たぶを舌とくちびるでくすぐり、

「痛む?」

と訊《き》いた。

「だいじょうぶ」

震える声で妙子はそう答えた。それだけのことばによって、真吾に響きが伝わった。

不必要な圧迫を妙子に加えないように気をつけながら、真吾は手を動かし、さっきまで妙子が持っていたハンカチを取り、玉の汗の浮いている妙子の額を拭《ぬぐ》った。片手で妙子を抱いたままである。

「目を開けてごらん」

妙子は真吾の要請に応じた。深い目の色であった。潤み、わずかに充血していた。まっすぐに真吾をみつめる。真吾の顔が映っている。

悲しみはたたえられていないようである。ただひたむきなものが感じられた。二人はみつめ合った。その間も、妙子のからだは真吾を把握しつづけ、鼓動しつづけた。その鼓動は、最初より間隔が長くなった。そのかわり、大きくなった。真吾の芯《しん》にまで響いて来る。それに応じて、真吾も妙子の内部にどよめきを伝えつづけているようであった。

祭典はこれからはじまるのだ。しかし、心情的には目的はすでに達成されたとも言える。妙子が苦痛なら、今日はこのまましりぞいてもよい、と真吾は考えた。妙子がいじらし過ぎるのだ。

いたわりをこめて、それを真吾はささやいた。妙子は複雑な目になった。

いぶかしみの色が浮かんだ。

「よくなったの？」

素朴な疑問である。

「ううん」

真吾は首を振った。

「まだだけど、妙ちゃんがつらいだろう」

妙子は首を振った。

「いや。よくなってくれなきゃいや」

強く真吾を抱きしめた。すると、真吾に訴える脈搏は強まった。

「きつくない？」

「だいじょうぶ」

真吾は用心しながら、からだを浮かせた。妙子は低くうめいた。真吾を吸う感じである。あわてて、真吾は静止する。

「だいじょうぶ？」

妙子はうなずく。拭《ふ》いたばかりの額に、また無数の玉の汗が浮かんだ。真吾はふたたびそれを拭く。

「気にしないで」

あえぎのなかで、妙子はそう言った。真吾はしりぞいただけ進み、妙子はうごかなかった。うめきを咽喉《のど》の奥で押さえたのがわかった。

「あとは、あとにしようか？」

妙子ははげしく首を横に振った。

「いい気持ちなのよ」

はっきりとそう言って目をつむり、真吾を抱きしめた。それが真吾の気分をやわらかにするためのことばではなく真実であることを示すかのように、妙子の内部に大きな波が生じて真吾を襲った。

無意識のうちにそれに応《こた》えて真吾は動き、

「ああ」

妙子はやるせなさそうな声を発し、真吾の動きに応えた。妙子の内部は、しりぞく真吾にまつわりつき、真吾の動きが一転して進もうとする直前に吸ってきた。それは、ただ真吾にしがみついているだけの妙子のからだ全体とは別個の、内部だけの独自の動きであった。

動くと、妙子の訴える鼓動がわからなくなる。別のはたらきが生じる。静止すると、鼓動がよみがえる。真吾はそれを交互に味わいつづけた。

鼓動を味わっているとき、

「好き?」

遠慮がちに妙子はそう問うてきた。

「好きだとも」

「ああ」

妙子は強く真吾を抱きしめて、

「ずっとついて行くわ」

と言った。やはり、生じている感覚よりも、これからの二人の関係にウエイトを置いた心理になっている。

(その点、おれのほうが現実的で欲望的なんだな)

ふと、うしろめたさをおぼえた。

妙子は真吾にできるだけ負担をかけまいとして、苦悩の表現を押さえている。真吾が自由に動くように仕向けている。

その健気《けなげ》な姿勢に応じるのが妙子自身のためでもあるのではないか。ようやく真吾はそう思い至った。

腕のからみを変え、妙子に重心をかけないようにして、真吾はリズミカルな動きに入った。途中で、妙子は真吾の動きに合わせようとしはじめた。非常な努力でそうしようとしているのが感じられる。真吾は急上昇し、妙子にそれを予告した。

「あたしも、いいの」

妙子はそう言った。その乱れたことばが、真吾の爆発の引き金になった。

(たいせつなのは、これからだ)

めくるめくときが過ぎたあと、妙子を抱きしめたまま真吾は自分にそう言い聞かせた。自分の心を覗《のぞ》き込む。妙子を愛《いと》しく思う分子は、減ってはいなかった。むしろ、より大きな感動が真吾を包んでいた。

真吾は妙子に接吻する。今度は妙子は、最初からゆっくり吸い、くちびるをはずそうとはしなかった。

長い接吻のあと、妙子はささやいた。

「はっきりと、わかったわ」

「わかった?」

「ええ」

うなずく。自信にみちたうなずき方である。何がわかったのか。真吾はすぐに了解した。なお真吾は妙子の内部に存在しており、妙子の脈搏はつづいている。それに、さっきまでのようにはっきりしたものでなく、全体にちがった感じであった。

(このままでは、このまままた妙ちゃんに苦痛を強《し》いる気分になってしまう)

真吾は、

「じゃ」

短かくそう言い、静かに妙子から離れた。妙子は低く尾を引く声を発した。

いつのまにか、妙子は背にガーゼを用意していた。そのガーゼを取って自分にあてがいながら横向きになった。

やがて真吾は服装を整えて妙子に添って横になり、その肩を抱いた。妙子は頬を密着させてきた。

頬にあたたかいものを感じた。

(………?)

涙であった。声もなく、その様子も見せずに、妙子は涙を流しつづけている。涙だけが自動的に出ている感じであった。

「後悔している?」

「ううん」

強く首が振られた。

「うれしいの」

この上なく妙子を愛しく感じている状況にありながら、そのことばに真吾は重みをおぼえた。

(やはり、十字架を背負うことになると言えるんだろうな。他の女の子とはちがうんだ)

「将来は」

と真吾は言った。

「結婚しよう」

ありふれたことばだが、やはりそのことばがもっともこの場にふさわしいと考えたのである。

意外にも、妙子は首を横に振った。

「気にしないで。結果としてそうなれたらうれしいけど、まだまだ遠い話だもの。重荷になるのはいやなの」

「重荷にはならない」

「これから、いろんなことがあると思うの。だから、現在だけでもいいの」

その間も妙子は涙を流しつづけた。真吾はその涙をなめ、目を吸った。

「もう、ぼくたちは決まったんだ」

真吾は手を妙子に這《は》わせた。もういつ人があらわれてもいいように、妙子もスカートの裾《すそ》をきちんと下ろしている。

ガーゼがあてがわれていた。腿《もも》をゆるめさせ、このガーゼを取った。

妙子は真吾の手を押さえた。

「見ないで」

「どうして?」

「はずかしいもの」

真吾は妙子のことばにしたがい、手を外に出した。

ガーゼは、やがて妙子が上体を起こそうとしたときに、強引に見た。瞬間、真吾は目をつむり、妙子を抱きしめた。鮮血が、妙子の辛抱をそのまま示していて、いじらしさがあふれてきたのである。

「苦しかっただろう?」

「ううん、ずっとうれしかった」

完全に服装を整えて、二人はふたたび並んで仰向けになった。もう妙子は泣いてはいなかった。

(今日はもう、いたわるだけにしなければならない)

「空がきれい」

と妙子が言った。真吾は妙子の顔を見る。目を向けて空を見ていた。その目にわずかに充血は残っているものの、もう涙はない。

「さっき、なぜ泣いたの?」

「ほんとうを言うとね」

妙子は目を細めた。

「ちょっぴり、悲しかったの。でも、真ちゃんを不安に思ったからではないの。自分でもわからない」

「………」

「あたし、今までのあたしとちがうんだわ」

「うん。おれたちの仲もちがうんだ」

「きっと、これからはもっとやきもちを妬《や》くと思うの。いい?」

「いいよ。おれのほうが妬くと思うよ。独占するんだ」

「真ちゃんにはその必要はないの。あたしは真ちゃんだけだもの」

「いや、これからいろんなことがある。さっき、妙ちゃんが言った」

「でも、あたしにはそういうことはないの」

二人がその神殿近くにいる間、山は静寂そのもので、だれもあらわれなかった。

やがて真吾は、弁当の残りを食べた。妙子は水筒の麦茶だけを呑《の》んだ。

三時過ぎ、二人は手をたずさえて山を下りはじめた。

途中、妙子の様子がおかしいのに気がついた。足がもつれ、歩きづらそうなのだ。下りでらくなのに、呼吸が荒くなっている。

「どうしたの？」

「まだ、あなたがいるの」

真吾を見上げた妙子の目に、甘えがにじんだ。

真吾はその肩を抱いて接吻した。

「それに……」

間を置いて妙子は、

「ね。ちょっと先きに行っていて」

哀願する口調で言った。

「だいじょうぶ？」

「ええ。心配するようなことではないの」

真吾は妙子を残して道を下る。妙子は樹の間に入ったようである。

五十メートルほど下って待っていると、やがて妙子はあらわれた。ゆっくりと歩いて来て、真吾に抱きついた。

「なんともなかったわ。あなたのあれなの。お腹がすこし痛いだけ」

山を下りきったところで、二人はうしろをふり返った。

「今度もまたあたしたちいっしょに来られるように」

と妙子は言った。つつましい祈りのことばである。

蝶が舞う

路子は姿をあらわさない。あれは、幻の一日になった。特異な存在であったみよとの、いわゆる交友も、長つづきするわけはなかった。所詮《しょせん》は春をひさぐ女であり、真吾とは住む世界がちがった。

くらべて妙子との仲は、日常生活のなかから生じたものである。生活の一部とも言えた。結ばれたのは自然であり、結ばれてさらに多くの世界を共有するようになったのも当然のなりゆきであった。

秋も深まったころ、路子と真吾とのあいびきをお膳立《ぜんだ》てした金井が、教室から真吾を連れ出した。

「柏木路子はいなくなった」

「え？」

「家出したというわけよ。ま、おれたちと深くつきあっていた子ではない。距離を置いて、冷たいところがあった。心のなかに秘密を抱いている感じであった。だから、なぜ、どこに行ったのか、だれも知らない」

「学校も辞めたのか？」

「そうらしい。夢みたいなことを考えている子だったからなあ。何かを求めて去って行ったのであろう。ただ、家出するちょっと前、おまえの家の道順をおれに訊《き》いてきた」

「教えたのか？」

「もちろん、教えた。ひょっとしたら、そのうちに行くかも知れんぞ。そのときは、家出して学校にも行かなくなった子だということを忘れるなよ」

「家に帰ることを勧告するんだな？」

「いや、そうじゃない」

金井は肩をすくめた。

「おれは不良だ。はみ出した人間だ。そんなまっとうなことをおまえに頼まないよ。ま、訪ねて来たら、達者で暮せ、と伝えてもらおうか。達者で暮せ。もしこれが永遠の別れなら、永遠に達者で暮せ、とな」

「おまえは、おれとあの少女が、あの日、どんな時間を過したか、知っているのか？」

「知らないよ」

金井は笑った。

「知ろうとも思わない。どうせ、金も力もない十代の男と女だ。どんなことをしたって、せいぜいからだとからだをくっつけ合うくらいなものさ。心中したわけじゃなし、アベック強盗に入ったわけでもない。興味はまったくない」

「それもそうだな。おまえはおまえの遊びに忙しい」

「そういうことだ」

金井とそんな話をしたつぎの週の日曜日の朝早く、路子が訪ねてきた。

すでに女学校の制服ではない。髪にも、ウエーブがかかっていた。

「家出したと、あなたは聞かなかった？」

「聞いた」

「あれは嘘《うそ》」

「え？」

「ほんとうの家出じゃないの。脅迫。成功したわ。あたし、修道院に入るの」

例のきらめく目で真吾をみつめた。

「修道院？」

「ふふふ。それも嘘。北海道に行くの。理由は、遠いから。学校にはもう行かない。退屈だもの。とにかく、わずらわしくないところで、自由に暮すの。家出じゃなく、ちゃんと家の人に認めさせたんだから、心配しないでちょうだい」

「それはよかった」

「それで、あなたを誘いに来たの。いっしょに行く気はない？」

「ない」

「そうでしょうね。百パーセント、そういう返事だろうと思ったわ。それでも誘いに来たのは、それが仁義だと思ったから。それからもう一度会いたかったから。駅まで、送ってくれない？」

「送りましょう」

「自転車はいやよ。早く着いてしまうから」

「じゃ、歩いて行く」

二人は駅へ向かった。

「どこへ行くか、言わないわ。お別れに来たんだもの。あたらしい住所を言うなんて、ナンセンス」

「それでいいのかも知れない」

「この前のこと、忘れる？」

「忘れはしないよ。強烈な思い出になるだろうな」

「それでいいの。忘れられるのはつまらない。あたしはおそらく一生おぼえているだろうから。内地での一番の思い出になったわ。でも、これもだんだん、うすれて行くでしょうね。どうせ向こうで、正式の恋人を作るんだもの」

「恋人？」

「ううん、まだ会っていない男。いるかいないかわからない男。でも、あたしの恋人になる男は不幸ね」

「なぜ？」

「なんとなくそんな気がするの。彼女と仲好くしている？」

「どうだか」

「この前、彼女の顔を見に行ったの。あたしって、おかしいでしょう？　見てもしようがないのに。ライバル意識なんかじゃないのよ。ただの興味」

「会ったのかい？」

「いいえ。こっそりと見ただけ。彼女はあたしとあなたのことを知らないんでしょう？」

「知らない、と思う」

「それでいいの。人生、何もかもそれでいいのかも知れないわ」

「あれから、だれかと何かした？」

「何もしないわ。実験は一度で十分。あたし、無駄なことはしないの。だから、あなたに会いたいのもがまんしたんだわ。あれ、多くの女の子は、がまんできなくなるのね。そのため、最初はそれほど好きだとは言えないはずだったのに、夢中になってしまうのね。自分で自分を追いつめるのよ。あたしはそうじゃないわ。耐えて、克《か》ったわ。さっきあなたと顔を見合わせたときも、平然としていたでしょう？」

「ぼくはどぎまぎした」

「それはおそらく、突然だったからでしょう？　お母さんの思惑を気にしたからでしょう？　あたしを好きなわけじゃないんだから」

「きみはぼくの意表をついてばかりいる」

「あたしは自分に忠実にふるまうと、そうなるのよ」

「これから、北海道は寒いぞ」

「平気。自然のきびしさは人間関係のわずらわしさや世間の因習よりもずっといいわ。向かって行く甲斐《かい》もある。あたし、向こうで働くのよ。どうせお嬢さんの道楽と言われるでしょうけど、あたしにとっては真剣に考えたことなの」

「何をする？」

「牧場。叔父が牧場を経営しているの。そこに行って、ほんとうに働くんだから。労働者として行くんだから」

「叔父さんがいるのか。安心した」

「あたし、無鉄砲なことはしないの。すべて、計算通り」

「とにかく、安心した。からだに気をつけろよな」

「ありがとう」

ようやく、路子は真吾の腕を取った。

「あなたが一番親密なんだから、別れの挨拶《あいさつ》に来たの。あたしといっしょに行かない？」

「行けないいな」

「そうでしょうね。もう誘わない。でもふしぎね。あたしの体内にはあなたのからだが入ったんだし、あなたの体液も入ったの。人間と人間が、あれほど親密になれるなんて、ほんとうにふしぎ」

「ふしぎなのは、ぼくにとってはきみだよ」

向こうから人が来る。しかし、路子は真吾の腕をはずさなかった。むしろ、人が近づくとより強くつかみ、からだを寄せてきた。

「気が向いたら、手紙を出すわ」

「待っているよ」

「もう、思い残すことはない。あなたとはこうして歩いたし」

「このごろは、もう二度と会えないだろうと思っていたんだ」

「あたしも、そう思っていたの。でもやはり、会って説明するのが仁義だと考えたの」

「仁義?」

そのことばを、路子はさっきも口にした。

「ええ。だって、あたしたち、あんなことをした仲なんだもの。あたしだって、女の心は持っているのよ。妙子さんとはちがっているでしょうけど」

「来てくれて、うれしいよ。あのまま別れたままじゃ、なんとなくおもしろくない気分だった」

「あたしだって、あなたがあたしをさがすんじゃないかと期待していたわ。同じなのね」

ふいに路子は真吾の腕を引き、前にまわって真吾をみつめた。

真吾はたたずんだ。路子は顔をさらに寄せてきた。

「もしあたしが」

低いが力のこもった声である。

「今から、この前の炭焼き小屋に行ってとお願いしたら、行ってくれる？」

直感で、真吾は理解した。

（本気ではない。自分の魅力、おれへの影響力を試そうとしているのだ）

（プライドのためだ）

（なんといっても、この子は女だ。満足感を味わわせて送らねばならない）

真吾は路子の目をみつめ返して、大きくうなずいた。

「行くとも」

「行って、この前のように抱いてくれる？」

「そうする」

「ありがとう」

路子はにっこりと笑い、顔を引き、そこで語調をあらためてやさしい声を出した。

「でも、あなたからは誘わないんでしょう？」

「そうだな」

二人は歩きはじめた。

「誘いたいけど、誘わないほうがいい」

「あたしもそうよ。ああ、これで安心した。来て、よかったわ」

路子は首をもたせかけてきた。

駅に着いた。

列車到着にはまだ時間がある。二人は待合室のベンチに並んで腰かけた。

「牧場の話はほんとうなのかい?」

「信用していないの? いやだわ、ほんとうよ。じゃ、牛のお乳をしぼっている写真でも送るわ。あたしがあなたに嘘を言った?」

「うん」

やがて、改札がはじまった。真吾は駅員にことわって入場券を買わずに改札口を入る。

「考えたら、きみとはじめて会ったのは、汽車の中だった」

「あのときはおどろいたわ。不良でもなさそうなのにふしぎな人がいるものだ、と思った」

「どうして、あんな気になったのかなあ」

「運命かも知れないわ。あのときあなたが話しかけて来なければ、あたしはあなたを知らなかった。この前の一日もなかったし、今日こうして会いに来ることもなかった。ひょっとしたらあたしが親と別れて北海道に行く決心をすることもなかったかも知れない」

「きみは、どんなことをしてもくずれない。体験を自分の養分にして生きて行く。そんな人なんだ」

「自分でもそう思いたいわ。でも、あのね」

路子は真吾の耳に口をつけた。

「あたし、さっきあなたに会ったときから、ずっと濡《ぬ》れているの。条件反射ね。ほんとうは、だれにも見られない場所に連れて行って欲しいの」

「今も？」

「そう」

口が耳から離れた。真吾は路子を見た。路子の目は潤みをたたえていた。

「じゃ、行こうか？」

「ううん」

ゆっくりと、路子の首は横に振られた。

「このまま、未練を残してさようならをしたいの」

「あ、そうだ。金井が言っていた。きみがもし訪ねて来たら、〝達者で暮せ。もしこれが永遠の別れなら、永遠に達者で暮せ〟と伝えてくれ、と言っていた。これは、たしかロシヤの詩人のことばだと思う」

「へえ、あいつ、不良らしからぬことを言ったわね。それに、あたしがいなくなるのを知っていたみたい」

「あいつはあいつのなかのデーモンにあやつられて生きているんだ。デーモンがあいつを悪の道にみちびく。悪いことと知りながら、深みに入って行く。これも運命かな」

野の向こうから白い煙を吐きながら、列車があらわれた。列車はうねり、貨物の前に客車を連結しているのが見えた。

客車が連結されているので、真吾はほっとした。有蓋《ゆうがい》貨物車にちょっと手を加えて客車にした車輛《しゃりょう》では、戸を開けると一本の棒しか残されていなくて顔を出して手を振るのは危険なのである。それに、風情《ふぜい》もない。

機関車は汽笛を鳴らした。

「さあ、来たぞ」

「来たわね。憎たらしい。めずらしく、延着しないんだから」

路子は真吾の前にまわった。

早口に、

「あなたにとってあたしは恋人じゃなかったでしょうけど、あたしにとってあれから今まであなたは恋人だったの」

と言った。

真吾も餞別《せんべつ》のことばを贈らねばならぬ。

「いや、ぼくにとってもそうだった。朝夕きみのことを忘れたことはなかった」

「じゃ、キスして。お別れのキスよ」

持っていたバッグをホームに落とし、両手を真吾の首にかけた。

ホームには、十人ばかりの乗客がいる。駅からも見える。

「早く」

と路子は言って顔を寄せてきた。

とっさに真吾は、

(ぐずついていては、多くの人が注目する。今なら、たとえだれかが見ていたとしても、わずかだ。それに、そう注意を向けていない)

そう判断した。

別れて遠くへ旅立つ少女の最後の要請なのである。拒むのは男らしくなかった。すでに真吾に処女を捧げた少女なのだ。

(もういい)

真吾は路子の肩を抱き、くちびるを合わせ、はげしく吸った。路子も吸ってきた。

(いや、もうすこしだけ、誠意を示さなければならない)

おとな同士でも大胆な行為である。あきらかに十代とわかる二人なのだ。常識は吹っ飛んでいた。問題になれば、真吾の退学は必至である。

二秒、三秒と過ぎ、くちびるをはずしたのは路子であった。同時に、腕も離れた。真吾も腕を下ろした。開けた路子の目は、大きくふくらんでいた。

「不良たちには、こういう勇気はないでしょう。うれしいわ。もうほんとうに、思い残すことはない」

そう言った。

真吾はホームに落ちたバッグを拾った。周囲は見まわさないほうがいい。

「きみのぼくへのプレゼントを考えたら、当然だよ」

「あら、あたしだって大きなプレゼントを受けたわ。あのせせらぎの冷たさも、忘れないわ」

列車が進入してきた。大きく左右に息を吐きながら、停止した。

二人は握手し、もう無言でうなずき合い、手を放した。

路子は人びとの最後に乗った。昇降口に立つ。

「なかに入りなさい」

「ここでいいの。だいじょうぶ。落ちはしないわ」

列車は動き出した。その動きにつれて、真吾は歩いた。列車の速度は増し、やがて真吾はたたずんだ。
路子は片手で手すりを持ち、片手を振りはじめた。真吾も手を振った。すぐに路子の顔が見えなくなり、振られる手だけが見えた。その手も見えなくなった。

（「女人追憶2」につづく）

P+D BOOKS ラインアップ

居酒屋兆治	山口 瞳	●高倉健主演映画原作。居酒屋に集う人間愛憎劇
血族	山口 瞳	●亡き母が隠し続けた私の「出生秘密」
家族	山口 瞳	●父の実像を凝視する『血族』の続編的長編
江分利満氏の優雅で華麗な生活 《江分利満氏》ベストセレクション	山口 瞳	●〝昭和サラリーマン〟を描いた名作アンソロジー
血涙十番勝負	山口 瞳	●将棋真剣勝負十番。将棋ファン必読の名著
続 血涙十番勝負	山口 瞳	●将棋真剣勝負十番の続編は何と〝角落ち〟

P+D BOOKS ラインアップ

夢の浮橋　倉橋由美子　●両親たちの夫婦交換遊戯を知った二人は…

城の中の城　倉橋由美子　●シリーズ第2弾は家庭内〝宗教戦争〟がテーマ

公園には誰もいない・密室の惨劇　結城昌治　●失踪した歌手の死の謎に挑む私立探偵を描く

山中鹿之助　松本清張　●松本清張、幻の作品が初単行本化！

白と黒の革命　松本清張　●ホメイニ革命直後　緊迫のテヘランを描く

花筐　檀一雄　●大林監督が映画化、青春の記念碑作「花筐」

P+D BOOKS ラインアップ

人間滅亡の唄　深沢七郎　●"異彩"の作家が「独自の生」を語るエッセイ集

アニの夢 私のイノチ　津島佑子　●中上健次の盟友が模索し続けた"文学の可能性"

楊梅の熟れる頃　宮尾登美子　●土佐の13人の女たちから紡いだ13の物語

記憶の断片　宮尾登美子　●作家生活の機微や日常を綴った珠玉の随筆集

幼児狩り・蟹　河野多惠子　●芥川賞受賞作「蟹」など初期短篇6作収録

ウホッホ探険隊　干刈あがた　●離婚を機に始まる家族の優しく切ない物語

P+D BOOKS ラインアップ

罪喰い	赤江 瀑	●“夢幻が彷徨い時空を超える”初期代表短編集
春喪祭	赤江 瀑	●長谷寺に咲く牡丹の香りと“妖かしの世界”
おバカさん	遠藤周作	●純なナポレオンの末裔が珍事を巻き起こす
宿敵 上巻	遠藤周作	●加藤清正と小西行長 相容れぬ同士の死闘
宿敵 下巻	遠藤周作	●無益な戦。秀吉に面従腹背で臨む行長
銃と十字架	遠藤周作	●初めて司祭となった日本人の生涯を描く

P+D BOOKS ラインアップ

ヘチマくん	遠藤周作	●太閤秀吉の末裔が巻き込まれた事件とは？
フランスの大学生	遠藤周作	●仏留学生活を若々しい感受性で描いた処女作品
春の道標	黒井千次	●筆者が自身になぞって描く傑作〝青春小説〟
裏ヴァージョン	松浦理英子	●奇抜な形で入り交じる現実世界と小説世界
快楽（上）	武田泰淳	●若き仏教僧の懊悩を描いた筆者の自伝的巨編
快楽（下）	武田泰淳	●教団活動と左翼運動の境界に身をおく主人公

（お断り）

本書は１９９３年3月に集英社より発刊された文庫を底本としております。
あきらかに間違いと思われるものについては訂正いたしましたが、
基本的には底本にしたがっております。
また、底本にある人種・身分・職業・身体等に関する表現で、現在からみれば、
不当、不適切と思われる箇所がありますが、著者に差別的意図のないこと、
時代背景と作品価値とを鑑み、著者が故人でもあるため、原文のままにしております。

富島健夫　とみしま・たけお

1931年10月25日－98年2月5日

31年当時、日本領だった朝鮮京畿道生まれ。早稲田大学・仏文学科卒。53年『喪家の狗』が芥川賞の候補作に。河出書房に勤務しながら『黒い河』を書き下ろし同社からデビュー。代表作に『雪の記憶』『恋と少年』など。

女人追憶 1

Classic Revival

2018年2月18日　初版第1刷発行

著者　富島健夫
発行者　清水芳郎
発行所　株式会社　小学館
〒101-8001
東京都千代田区一ッ橋2-3-1
電話　編集　03-3230-9727
販売　03-5281-3555
印刷所　中央精版印刷株式会社
製本所　中央精版印刷株式会社
装丁　おおうちおさむ（ナノナノグラフィックス）

ISBN978-4-09-353101-6